BASTEI
LÜBBE

Kai Meyer

Der Kreuzworträtsel-Mörder

TRUE CRIME
Der wahre Kriminalfall

BASTEI LÜBBE

BASTEI-LÜBBE-TASCHENBUCH
Band 13 502

Erste Auflage:
November 1993

Lektorat: Reinhard Rohn
Titelfoto:
Archiv Mitteldeutsche Zeitung
Umschlaggestaltung:
Quadro Grafik, Bensberg
Satz: KCS GmbH,
Buchholz/Hamburg
Druck und Verarbeitung:
Brodard & Taupin, La Flèche,
Frankreich
Printed in France

ISBN 3-404-13502-4

Der Preis dieses Bandes
versteht sich einschließlich der
gesetzlichen Mehrwertsteuer.

Für meine Eltern

Vorbemerkung des Autors

Daß der *Kreuzworträtselmörder* unter dieser Bezeichnung in die Kriminalchroniken der ehemaligen DDR einging, hat wenig mit Verharmlosung zu tun. Der Begriff wurde durch die spektakulärsten Ermittlungen der jüngeren deutschen Polizeigeschichte geprägt und später von der Presse aufgegriffen. Noch heute, elf Jahre nach seiner Verurteilung, erinnern sich die Menschen im Osten Deutschlands an das, was er getan hat, und wie man auf seine Spur kam.

Bereits vor der Wende gab es in der DDR zwei kurze Veröffentlichungen, die sich mit dem Fall beschäftigten. Die eine nutzte Teile der Geschehnisse als Prämisse einer erdachten Kriminalhandlung, die andere bemühte sich um eine Rekonstruktion, scheiterte jedoch an ihrem geringen Umfang und der damals üblichen Informationspolitik. Weiterhin produzierte das staatliche Fernsehen eine Folge der TV-Serie ›Polizeiruf 110‹, die sehr lose auf den Ereignissen basierte. Aufgrund ihres geringen Wahrheitsgehaltes habe ich keine dieser drei Bearbeitungen als Quelle verwandt.

Dieses Buch rekonstruiert erstmals den vollständigen Ablauf der Geschehnisse, basierend auf zahlreichen Interviews mit Beteiligten, außerdem Recherchen in Presse- und Stadtarchiven. Nahezu sämtliche Dialoge wurden anhand der Erinnerungen von mindestens einem Beteiligten rekonstruiert; einige Ausnahmen beruhen weitgehend auf jenen Aussagen, die während der Verhöre durch die Polizei und Staatsanwaltschaft gemacht wurden.

Aus Gründen der gesetzlich garantierten Privatsphäre war ich gezwungen, die Namen aller handelnden Personen durch Pseudonyme zu ersetzen. Ich möchte mich hiermit bei denjenigen entschuldigen, die hofften, ihre wahren Namen nicht nur in der folgenden Danksagung, sondern auch auf allen weiteren Seiten wiederzufinden. Vor allem für viele der ermittelnden Polizisten bedeutete der Fall des Kreuzworträtselmörders einen, höchstwahrscheinlich *den* Höhepunkt ihrer beruflichen Laufbahn; sie hätten es verdient, in diesem Zusammenhang genannt zu werden. Leider macht die Gefahr rechtlicher Konsequenzen dies unmöglich.

Besonderen Dank schulde ich Bernd Nulsch, zuletzt Kriminalrat in Dessau, der nur wenige Tage nach unserem letzten Gespräch unerwartet verstarb. Er unterstützte das Projekt von Anfang an mit enormem Enthusiasmus und verhalf mir zu weiteren wichtigen Informationen. Danken möchte ich weiterhin Siegfried Schwarz, Adolf Döling, Karl-Heinz Schlichting, Volkhard Frenzel, Winfried Wölfel und Uwe Theuerkorn. Sie alle haben mir in stundenlangen Gesprächen einen Einblick in die Geschehnisse von damals ermöglicht.

Ein Dankeschön auch den Folgenden: Marion van der Kraats, Gerichtsreporterin des *Mitteldeutschen Express*, die an der Kassations-Verhandlung teilnahm und mir ihre Unterlagen zur Verfügung stellte; Andreas Prenz, *Express*-Polizeireporter, für seine Unterstützung während der Anfangsschwierigkeiten; Thomas Görger und Rudolf Kreitz für ein Okay zum richtigen Zeitpunkt; der Pressestelle des Magistrats der Stadt Halle; dem Bild- und Textarchiv der *Mitteldeutschen Zeitung*. Und, natürlich, Reinhard Rohn und René Strien vom Bastei-Verlag für ihre Geduld während meines Jammerns über abgesprungene Informanten, verschwundene Akten und einen Wasserrohrbruch.

Kai Meyer

Ich seh, wie du von fern bewegst dein Lippenrot.
Und seh ein Lächeln sich auf deine Züge breiten,
Auf diese Zeichen hin, da wünscht ich dir den Tod.

›Choral‹
Jean Cocteau

Sollten im Strafvollzug Schwierigkeiten sexueller Art auftreten, was wir nicht für unmöglich halten, so empfehlen wir (. . .) den Mann untersuchen zu lassen, mit der Fragestellung einer ständigen Verordnung von Androsur, einem Medikament, das die Sexualität aufhebt, oder evt. sogar einer operativen Kastration.

Aus der Begutachtung des Täters, Berlin (Ost) 1982

Prolog

Ehe man den Beschluß faßte, daß eine Betonwüste von zehn Quadratkilometern Ausdehnung eine Bereicherung für Land und Volk sein würde, war die weite Ebene westlich der alten Salzgrafenstadt Halle kaum mehr als sumpfiges Weideland. Eingerahmt vom dichten Wald der Dölnauer Heide im Norden, den Flußauen der Saale im Osten und den Angersdorfer Teichen im Süden, lag das Land da wie geschaffen für eines der ehrgeizigsten Bauvorhaben, das die Architekten und Planer im Osten Deutschlands je ausgeheckt hatten. Niemand sonst legte Wert auf das riesige Areal, und keiner erhob Einspruch, als die ersten Bagger den Boden zerfurchten und sich Stahlgerüste wie Saurierskelette aus den Wiesen erhoben.

Die Geburt der *Chemiearbeiterstadt Neustadt* vollzog sich hastig, im Eiltempo und ohne echtes Engagement der Beteiligten. Halle, die unmittelbare Nachbarstadt, hatte fünftausend Jahre gebraucht, um sich von einer frühzeitlichen Ansiedlung zu einer der größten Städte der Region zu entwickeln. Neustadt schaffte all das in weniger als zwei Jahrzehnten.

Systematisch wie Angehörige einer Militäroperation schwärmten die Bauarbeiter erstmals im Jahre 1963 über die Ebene und gossen das Fundament zu einem Wohnghetto aus düsteren Betonburgen, konzipiert, um Zehntausende Arbeitskräfte auf engstem Raum unterzubringen.

Das Erscheinungsbild war Nebensache; im Idealfall würden die meisten Bewohner morgens im Dunkeln ihre Wohnblocks verlassen und bei Dämmerung zurückkehren, nach beendeter Zwölf-Stunden-Schicht in den Labors und Maschinenhallen der nahen Chemiegiganten Buna und Leuna. Niemand würde Grund haben, sich über die grauen Fassaden, die klotzigen, scharfkantigen Formen und die gewaltigen Schatten zu beschweren.

Nachdem Neustadt auf dem Papier existierte, dauerte es nur wenige Jahre, bis die ersten Bauabschnitte vor ihrer Vollendung und die größten der finsteren Betontürme an ihren Plätzen standen. Häuser mit fünfzehn und mehr Etagen sprossen aus den einstigen Viehweiden. Eine vierspurige Schnellstraße, die Magistrale, teilte das Gebiet in zwei gleichgroße Hälften, verband Neustadt im Osten mit Halle und führte im Westen zur B 80, die sich hinauf in die Hügel und dahinter zur Grenze schlängelt. Und obwohl kaum ein Kilometer die beiden Stadtgrenzen voneinander trennte, bekam Neustadt eine eigenständige Verwaltung, ein Stadtzentrum, ein eigenes Polizeirevier.

Für die Menschen bestand die Verlockung vor allem im unüblichen Komfort. Anders als in ihren kohlebeheizten Altstadtwohnungen boten die Blocks Zentralheizung und isolierte Fenster. Trotzdem waren die wenigsten von ihnen in ihren neuen Heimen glücklich. Die Schatten der gewaltigen Wohnkolosse und der Vereinsamung in den genormten Schachtelapartments hinterließen ihre Spuren. Viele klagten über Anonymität, darüber, daß man die Nachbarn nur in den endlosen Treppenhäusern zu Gesicht bekam.

Die Straßenfeste, an die so viele von ihnen gewohnt waren, gab es in Neustadt nicht mehr. Und wenn doch einige den Versuch unternahmen, ein Treffen für die

Nachbarschaft oder ein Kinderfest auf die Beine zu stellen, so bemerkten sie schnell, daß es einen Unterschied gab zwischen Feiern im gemütlichen Hinterhof und solchen auf Asphaltplätzen mit achthundert Parkbuchten.

Die riesigen Fassaden, im Schnellverfahren aus fertigen Betonplatten zusammengesetzt, waren grau wie der Dampf, den die benachbarten Chemiewerke in den Himmel pumpten. Die Parkanlagen blieben unansehnlich, und nach einiger Zeit war offensichtlich, daß sich auch das Leben in den eigenen vier Wänden nicht so rosig gestaltete wie zu Anfang erhofft. Die Trennwände zwischen den Wohnungen waren so dünn, daß man an stillen Abenden jeden Laut des Nachbarn vernahm; in den oberen Etagen jaulte ein ewiger Wind um die Fassaden und ängstigte die Kinder; und die feuchten Müllschächte wurden zu Brutstätten für Heerscharen schwarzer Kakerlaken, denen mit keinem Vertilgungsmittel beizukommen war.

Die Zahl der Alkoholiker – offiziell kein ernsthaftes Problem – stieg in schwindelerregende Höhe, Scheidungen waren mit einemmal an der Tagesordnung, und Gewalttaten und Verbrechen schlichen sich erst langsam, dann immer deutlicher in die Statistiken ein. Die latente Unzufriedenheit kroch schneller ans Licht als die schwarzen Schaben aus den Abflüssen und Spülungen.

Im Januar 1981 stand Neustadt kurz vor der Vollendung. Nicht ehrfurchtgebietend, sondern erdrückend, nicht perfekt, statt dessen fahl und bedrohlich hingen die Betontürme als häßlicher Auswuchs an der Westflanke Halles. Nur das schmale Band der Saale trennte die beiden Städte voneinander, die alte und die neue, und die Brücken, die von einem Ufer zum anderen reichten, schienen fast so etwas wie die unheilvolle Prophezeiung, daß einer Verschmelzung der beiden auf lange Sicht nichts mehr entgegenstand.

Im Januar 1981 hatte Neustadt knapp hunderttausend Einwohner. Vieles sprach dafür, daß sich ihre Situation nicht bessern, sondern verschlimmern würde.

Und im Januar 1981 verschwand ein Kind im schneegepeitschten Ödland zwischen den Wohnblocks und wurde nicht mehr lebend gesehen.

TEIL EINS

Geist

1. Kapitel

Am Vortag war ein Schneesturm über den Harz hinweggetobt, wie ihn das Land seit Jahren nicht mehr erlebt hatte. Orkanböen hatten die schroffen Berge und dunklen Wälder unter Schneemassen begraben, und Ausläufer des Sturms streckten ihre eisigen Finger über die Ebene bis zu den Zwillingsstädten am Saaleufer.

Innerhalb weniger Stunden fielen fünfzehn Zentimeter Schnee und überzogen Neustadt mit trügerisch funkelndem Zuckerguß. Die Temperaturen kletterten unschlüssig zwischen Frost und Tauwetter einher und zerschmolzen die Flocken zu schlammiger Nässe. Scharfe Winde peitschten Schneeregen durch die Straßen. Kindergesichter klebten von innen an den Scheiben, träumten von Schneeballschlachten und Schlittenfahrten. Manche wagten sich hinaus, aber die feuchte Kälte biß durch Jacken und Pullover und sorgte dafür, daß kaum einer es für längere Zeit im Freien aushielt. Dort, wo Autos fuhren, verwandelte sich die Schneedecke in braunen Schlamm, der in hohen Fontänen über die Gehwege spritzte.

Auf den umliegenden Fernstraßen brach der Verkehr zusammen. Autos rumpelten in riesige Verwehungen, blieben hoffnungslos stecken. Und der Sturm trug mit rasender Wut weitere Eismassen heran, gab auch dann noch keine Ruhe, als die ersten Wagen bis zu den Scheiben in klirrendem Weiß begraben lagen.

Abends nahm das Jaulen und Stöhnen des Orkans kaum ab, aber die meisten Bewohner Neustadts legten sich mit der schwachen Hoffnung ins Bett, am Morgen möge alles besser sein.

Tatsächlich ebbte der Wind in der Nacht zu einer leichten Brise ab, und der Schnee durchmischte sich noch stärker mit fetten Regentropfen, die in kurzer Zeit die Schneedecke in farblosen Matsch verwandelten. Der Himmel blieb auch den Tag über düster, ein finster brodelndes Grau, das mit den Fassaden der klotzigen Häuser verschmolz. Am Nachmittag wurde es erneut kälter, der Regen erstarrte wieder zu Schnee, und das Drama begann von neuem.

Die beiden Menschen, die am frühen Abend des 15. Januar 1981 die spiegelglatte Straße vor Neustadts einzigem Polizeirevier überquerten, hatten die Kragen ihrer Mäntel steil nach oben geschlagen. Der Wind hatte sich gedreht, kam jetzt von Nordwest und brachte direkt das Eis von den Felsgipfeln des Harzes mit sich. Der hilflose Versuch des Pärchens, der schneidenden Kälte zu trotzen, hatte fast etwas Rührendes – wäre da nicht die Bestimmtheit in ihren Schritten gewesen, eine ungewöhnliche Kraft in der Art, wie sie ihre Oberkörper gegen das Schneetreiben stemmten.

Auf den ersten Blick war nichts Auffälliges an den beiden. Der Mann ging voran und schien seine Frau hinter sich herzuziehen, ohne sie wirklich zu berühren. Er trug einen Mantel und eine Fellmütze, deren Ohrenschützer irgendwann einmal über dem Kopf zusammengebunden waren. Jetzt hatte die Schleife sich gelöst, und die Fellappen flatterten im wilden Spiel des Windes.

Gesicht und Haar der Frau waren ungeschützt dem Wetter ausgesetzt. Allein ihren Wollschal hatte sie weit über Kinn und Lippen gezogen. Ihre Augen waren eng zusammengekniffen. Sie trug keine Handschuhe, so, als störe es sie nicht, daß Frost an ihren Fingern nagte. Tatsächlich hatte sie ganz andere Sorgen als die Gänsehaut auf ihren Händen.

Die Art, wie sich die beiden bei diesem Wetter gekleidet hatten, verriet, daß sie ihr Zuhause übereilt verlassen und keine unnötigen Gedanken an den Schutz vor der Kälte verschwendet hatten. Etwas war nicht in Ordnung.

Diesen Eindruck hatte auch der diensthabende Polizist, der hinter dem Tresen im Foyer des Reviers stand. Der Tag war eine einzige Katastrophe gewesen. In und um Neustadt hatte das Wetter für ein Chaos auf den Straßen gesorgt, Fahrer hatten auf dem glatten Asphalt die Kontrolle über ihre Wagen verloren und waren ineinander oder von der Straße geschlittert. Mehrere Rentner waren auf den schlammigen Gehwegen ausgerutscht und gestürzt. In einem Block war der Strom ausgefallen, und die Bewohner warteten seit Stunden auf die Elektriker aus Halle. Sie seien ebenfalls irgendwo im Schnee steckengeblieben, hieß es, doch der Polizist bezweifelte das; die Straße zwischen Halle und Neustadt war schneefrei. Vielmehr nahm er an, daß die Männer längst Feierabend hatten und keiner sich zuständig fühlte.

Als um kurz nach siebzehn Uhr die Tür des Reviers aufgestoßen wurde und das seltsame Paar in einer Wolke aus Frost und Nässe hereinstolperte, sah der Polizist mit milder Überraschung auf.

Der Mann, der um die Vierzig sein mochte, nahm sich nicht die Zeit, den Schnee von seinen Schuhen zu streifen. Statt dessen marschierte er geradewegs auf den Tresen zu und gab dem Polizisten nicht einmal die Gelegenheit zu einer höflichen Frage.

»Mein Kind ist weg«, war das erste, was er sagte.

Tatsache war, daß Siegmund Schaft sich niemals um seinen Posten als Leiter der Mordkommission gerissen hatte. Der Tag seiner Beförderung war ihm noch gut im Gedächtnis, eine trockene Prozedur, bestimmt von Protokoll und ernsten Gesichtern, ohne Schnörkel und schmückendes Beiwerk. Niemand hatte ihn je gefragt, ob er Wert auf Überstunden am Schreibtisch und Ärger mit Untergebenen legte. Keiner wollte wissen, ob er schlicht und einfach Lust hatte, von einem Tag zum anderen *der Chef* zu sein.

Angenommen hatte er natürlich trotzdem. Einerseits weil es ihn nach all den Jahren als einfacher Ermittler, nach den endlosen Kilometern auf den Landstraßen und Autobahnen reizte, ein wenig Abwechslung in seinen Alltag zu bringen; zumindest für den Übergang. Und zweitens, weil er wußte, was das System mit denen machte, die ein Angebot einmal oder gar mehrfach ausschlugen. Die wenigsten hielten sich auf ihrem gewohnten Platz, viele von ihnen wurden versetzt, manche stürzten. Meistens tief.

Schaft zog es vor, draußen zu arbeiten, irgendwo in den äußeren Kreisen des Bezirkes, möglichst weit entfernt von Halle und allen Verwaltungsbeauftragten und Parteisekretären, die es darauf anlegten, der Polizei ins Handwerk zu pfuschen. Draußen, auf sich allein gestellt, nur in Begleitung seines Fahrers, konnte er schalten und walten, wie es die Situation erforderte. In Halle, mitten in der Höhle des Löwen und in unmittelbarer Nachbarschaft der Parteizentrale, war das anders. Hier gaben sich die hohen Herren von der Bezirksregierung und vom Ministerium für Staatssicherheit die Klinken in die Hand; hier gab es kaum einen Tag ohne endlose Berichte, ohne Rechtfertigungen, ohne das Gespenst allmächtiger Kontrolle.

Schaft hatte gewußt, auf was er sich einließ, als er im September 1976 sein Büro in der Bezirkszentrale der Volkspolizei bezog. Und er hatte beschlossen, seinen Job so zu verrichten, wie er es für richtig hielt, ohne irgendwem in den Hintern zu kriechen. Oft genug hatte er diese Meinung offen kundgetan; was ihm wenig Verständnis und viele Gegner einbrachte. Und viel zu oft hatte er trotz allem Zugeständnisse machen müssen, hatte Ziele über Umwege ansteuern müssen, die ihm nicht schmeckten. In den viereinhalb Jahren, die er seitdem im Amt war, hatte er den Tag seiner Beförderung oft genug verflucht. Das Gehalt war kaum weniger lausig, die ständigen Kämpfe ohne Rückendeckung zehrten an seinen Nerven. Zudem wußte er, daß er in den eigenen Reihen nicht allzu beliebt war. Es gab solche, die ihn in seiner poltrigen, oft grobschlächtigen Art akzeptierten und mochten; und da waren viele, die ihn am liebsten gleich mit der nächsten Sojus zum Mond geschossen hätten, diejenigen, die seine mächtigen Zornesausbrüche als Schwäche abtaten und seine Launen fürchteten. Schaft hatte seinerseits einen fast kindlichen Spaß daran, jeden Tag neue Provokationen unter die Kollegen zu streuen und abzuwarten, ob sie von höherer Stelle als Rüge zurückgetragen oder aber totgeschwiegen wurden. Marschierte am nächsten Tag einer seiner Vorgesetzten mit finsterer Miene ins Büro, empfand Schaft eine heimliche Befriedigung, daß er erneut einen entlarvt hatte, der hinter seinem Rücken mit dem Führungsstab paktierte. Auf diese Weise lernte er zwischen Freund und Feind zu unterscheiden, eine Fähigkeit, auf die er noch stolz war, nachdem er sich längst zur Ruhe gesetzt hatte.

Viele Jahre später erinnerte er sich noch ganz genau an den Moment, in dem er das erste Mal mit dem Fall Sven

Behrendt konfrontiert wurde. »Ich saß mit Kollegen im Präsidium. Wir arbeiteten an einer Sache, die sich in Halle selbst zugetragen hatte. Das war Glück, denn genausogut hätten wir irgendwo draußen sein können, viele Kilometer entfernt.

Die Vermißtenanzeige, die die Eltern des kleinen Sven in Neustadt aufgegeben hatten, wurde telefonisch an uns weitergeleitet, wir kamen sehr schnell überein, daß dies ein Fall war, an dem die Mordkommission von Anfang an mitarbeiten sollte. Es kam oft genug vor, daß Kinder von zu Hause ausrissen, aber Sven war damals sieben, es war tiefster Winter, und es gab niemanden, bei dem er unbemerkt hätte unterschlüpfen können. Der Verdacht, daß ein Verbrechen vorlag, war deshalb von Anfang an sehr stark, und es war nicht weiter ungewöhnlich, daß der Fall gleich zu Beginn auf meinem Schreibtisch landete.«

Schaft setzte sich mit zwei Kollegen in seinen Dienstwagen und fuhr durch die verschneiten Straßen hinaus nach Neustadt. Seine eigene Wohnung, in der er mit seiner zweiten Frau Kristine und ihrem sechsjährigen Sohn Tim lebte, lag in einem der riesigen Betonblocks. Der Anblick, der sich bei der Auffahrt auf die Magistrale bot, war nichts Neues für ihn.

Die Schnellstraße thronte am Stadtrand von Halle auf mächtigen Pfeilern aus Stahlbeton, führte über die vereiste Saale hinweg und schnitt nach einem halben Kilometer durch die Flußauen geradewegs durch die Trabantenstadt. Die Hochhäuser ragten wie düstere Mahnmale in den Abendhimmel. Die niedrigen Wohnblocks dahinter ertranken im Schneetreiben und der frühen Dunkelheit. Brauner Schlamm aus Eis und Kohlestaub spritzte gegen die Windschutzscheibe, und die Wischanlage des Wartburgs kam mit dem Säubern kaum nach. Sie fuhren schneller als bei diesem Wetter ratsam und waren froh, als sie schließlich heil in die Parkbucht bogen.

Das Polizeirevier von Neustadt war damals – und ist es heute noch – ein Sinnbild für unauffällige Anpassung. Sechsgeschoßig und farblos wie seine Umgebung steht es da, an einer der wenigen Straßen, der die Stadtväter einen Namen gegeben haben. In allen übrigen Teilen der Stadt funktioniert eine Orientierung allein anhand der dreistelligen Blocknummern. Mit seiner grauen Fassade, den grauen Fenstern und den grauen Toren der Feuerwehrausfahrt hob sich der ganze Bau kaum von seiner Umgebung ab. Die nach gleichem Muster genormten Wohnklötze rechts und links verstärkten den Eindruck karger Monotonie.

Am frühen Abend des 15. Januar heulte der Wind um die Kanten des Reviers, Schnee bedeckte die Reihe schmaler Parkplätze, den Gehweg und die vorderen Stufen der Eingangstreppe. An der Tür kam ihnen ein Polizist entgegen, schüttelte jedem die Hand und führte sie in sein Büro.

Schaft nahm das Protokoll der Vermißtenanzeige entgegen.

Kurz darauf teilte er die Sorge der Eltern um ihr Kind.

Dieter Bausch saß noch in seinem Büro, als Schaft gegen halb acht an diesem Abend in die Bezirksbehörde stürmte.

»Du weißt es schon?«

Bausch nickte. Als stellvertretender Leiter des Dezernats Zwei, zuständig für Schwerverbrechen, war er Schafts direkter Vorgesetzter. Mit seinen einunddreißig Jahren war er der jüngste Führungsoffizier des Bezirks, hatte schwarzes Haar und eine überraschend sanfte Stimme. Schaft hatte sich längst daran gewöhnt, Befehle von einem Mann zu befolgen, der immerhin vierzehn Jahre jünger war als er selbst. Sie waren keine wirklichen Freunde, kamen aber miteinander aus.

Schaft nahm vor dem Schreibtisch Platz, blickte kurz aus dem Fenster, vor dem völlige Dunkelheit herrschte, und sah Bausch dann direkt an. »Was unternehmen wir?«

»Wie ernst ist es?« fragte Bausch statt einer Antwort.

Schaft legte ihm eine Abschrift des Protokolls vor und erzählte, was er wußte. »Die Eltern sterben fast vor Angst«, fügte er schließlich hinzu.

»Warst du schon bei ihnen?«

Schaft schüttelte den Kopf. »Morgen früh. Aber bis dahin sollten wir nicht warten.«

Der Bezirk Halle bestand 1981 aus einundzwanzig Kreisen. Die Mordkommission hatte neben ihrem Leiter Schaft nur sieben weitere Mitarbeiter. Daher gab es in jedem Kreis einen oder mehrere Polizisten, die im Ernstfall abgezogen und für die Aufklärung von Schwerverbrechen eingesetzt werden konnten. Sie waren dazu ausgebildet, mit Toten und Vermißten umzugehen, und nannten sich selbst *Leichenbearbeiter.* Es war üblich, daß zumindest ein Teil von ihnen gleich zu Beginn einer Ermittlung angefordert wurde. Deshalb wußte Bausch nur zu gut, was Schaft meinte, als er sagte, man solle nicht warten. Er war ganz seiner Meinung.

»Wie viele brauchst du?«

Schaft dachte kurz nach, zuckte dann mit den Schultern. »Fünfzehn.«

Bausch lächelte. »Ich gebe dir fünf.«

»Zwölf.«

»Acht.«

»Zehn.«

»Sollst du haben.«

Schaft grinste. »Morgen früh?« wollte er wissen.

Bausch nickte. Der gelbe Schein der Schreibtischlampe vertiefte die Schatten unter seinen dunklen Augen. Sein Blick, stets von einer sanften Melancholie erfüllt, erschien Schaft noch trauriger als sonst.

Schaft deutete zur Decke. »Kein Licht?«

»Seit dem Stromausfall von vor zwei Tagen ist die Birne hinüber. Ich bin bisher nicht dazu gekommen, sie zu wechseln.« Bausch sah mit düsterem Blick hinüber zum Fenster. »Scheißschnee.«

»Was ist mit dem Hausmeister?«

»Der fährt Ski, irgendwo im Harz.«

»Hat er keinen Stellvertreter?«

Bausch seufzte. Es klang fast echt. »Ach, Stellvertreter. Du weißt doch, wie die sind.« Beide lächelten.

Sein Fahrer wartete unten und brachte ihn zurück nach Neustadt. Die beiden Mitarbeiter, die mit ihm vom Präsidium zum Revier gefahren waren, hatten in der Zwischenzeit den Rest der Mannschaft informiert. Die fünf Kriminalisten trudelten nach und nach ein. Schaft ignorierte ihre langen Gesichter.

Das Polizeirevier von Neustadt war zum Sitz der *Sondereinsatzgruppe Sven Behrendt* ernannt worden. Mehrere Büros in der vierten Etage, eigentlich der Sitz der Verkehrspolizei, würde man bis zum Morgen leerräumen, um für die Männer Platz zu schaffen. Schaft war das recht; bei einem ihrer letzten Einsätze hatten sie Gefängniszellen zu Arbeitsräumen umrüsten müssen. Schon nach wenigen Tagen hatten seine Männer in den fensterlosen Räumen über Augenschmerzen geklagt. Schaft hatte eine Beschwerde über die Umstände ihrer Arbeit eingereicht, freilich ohne Ergebnis. Die Arbeit im Gefängnis ging weiter, bis die Männer sich im Tageslicht vorkamen wie Bären nach dem Winterschlaf.

Nachdem Schaft sie in knappen Sätzen über das Verschwinden des kleinen Sven aufgeklärt hatte, besah er sich noch einmal die Vermißtenanzeige. Sein Blick fiel auf die Adresse der Eltern.

»Sagen Sie«, fragte er einen der einheimischen Polizisten, »Block vierhundertdreiundachtzig. Wo ist das?«

Der Mann lächelte. »Ein seltsamer Zufall, nicht wahr?«

Schaft verstand nicht, was er meinte. Seine Augenbrauen rückten bedrohlich nahe zusammen. »Würde es Ihnen etwas ausmachen, sich ein wenig präziser auszudrücken?«

Seine Männer kannten den Unterton in seiner Stimme. Schafts goldener Schneidezahn kündete von seinen Jahren als Boxer, damals, während seiner Ausbildung, und eine gewisse Boxer-Mentalität hatte der stämmige Hauptmann immer noch. Wenn Schaft in Rage kam, brauchte es mehr als höfliche Worte, um ihn zurück auf den Teppich zu befördern.

»Ich meine«, begann der Polizist eilig, »Block vierhundertdreiundachtzig liegt gleich gegenüber. Genau auf der anderen Straßenseite.«

Schafts Augen weiteten sich überrascht. »Tatsächlich?«

Der Mann nickte. »Man müßte von hier aus ins Wohnzimmer der Behrendts sehen können.«

Schaft stand auf und trat ans Fenster. Es fiel immer noch Schnee vom Himmel, der vom Wind fast horizontal durch die Schneise zwischen den Häusern getrieben wurde. Im orangefarbenen Licht der Straßenlaternen schimmerten die Flocken wie glühende Funken. Asphalt und Bürgersteige waren nach der Schmelze vom Vormittag erneut mit knirschendem Eis überzogen. Wie schwarze Bandwürmer schlängelten sich Reifenspuren durch den Schnee.

Die gegenüberliegende Fassade gehörte zu einem Wohnblock, der sich durch nichts von den übrigen Betonburgen Neustadts unterschied. In den meisten Fenstern brannte Licht.

»Welches Stockwerk?« fragte er, ohne sich zu den anderen umzusehen.

»Parterre«, kam die Bestätigung. »Ganz links.«

Mit zusammengekniffenen Augen bemühte er sich, das Schneegestöber zu durchdringen. Im Wohnzimmer der Behrendts brannte kein Licht. Aber wo sollten die Eltern des Jungen sein, wenn nicht zu Hause? Würden sie nicht in ihrer Wohnung auf Nachricht warten? Darauf, daß es an der Tür klingeln, der kleine Sven davorstehen und sich das Ganze als schrecklicher Irrtum herausstellen würde?

Doch je länger Schaft zum Fenster im gegenüberliegenden Erdgeschoß hinüberblickte, desto sicherer war er, daß dort *doch* ein Licht brannte. Nicht die helle Zimmerbeleuchtung, wie in den meisten anderen Wohnungen, vielmehr ein schwaches Glimmen in der Dunkelheit. Wie von einer Kerze oder Zigarette. Schaft fragte sich, ob die Behrendts wohl im Dunkeln Händchen hielten.

Mit einem Ruck drehte er sich um. Die Männer saßen schweigend da und blickten ihn an.

»Können Sie mir einen Feldstecher besorgen?« fragte er.

Der Polizist nickte knapp und ging zur Tür.

»Bringen Sie ihn in mein Büro«, rief Schaft hinter ihm her. »Und ihr anderen«, wandte er sich an seine Mitarbeiter, »ihr könnt nach Hause gehen.«

Es gab noch einige Fragen, ein paar Kleinigkeiten, die geklärt werden mußten, dann war die Besprechung beendet. Die sieben Männer der Mordkommission zwängten sich in den Fahrstuhl und fuhren nach unten.

Schaft blieb noch. Einige Türen weiter hatte man ein winziges Büro für ihn bereitgestellt, ein enger Schlauch, mit einem Fenster zur Westseite und einem kleinen Schreibtisch. Zu seiner Überraschung stellte er fest, daß der Polizist keinen gewöhnlichen Feldstecher, sondern ein langes Präzisionsfernglas vor dem Fenster aufgebaut hatte.

Schaft blickte hindurch, verstellte die Schärfe, bis er klar sehen konnte, und suchte dann auf der anderen Straßenseite nach der Wohnung der Behrendts. Es dauerte eine Weile, bis er im ungeordneten Schachbrettmuster der hellen und dunklen Fenster das richtige ausgemacht hatte.

Die Gardinen waren vorgezogen, aber nur ein Stück, so daß er an ihnen vorbei in den vorderen Teil des Zimmers sehen konnte. Es gab tatsächlich einen schwachen Lichtschimmer im Raum. Auf dem Sofa saß ein Mann; Klaus Behrendt, nahm Schaft an. Der Vater des verschwundenen Jungen war durch den Schnee und die Dunkelheit kaum zu erkennen. Sonst war niemand zu sehen. Der Mann saß allein auf dem Sofa, starrte in die Dunkelheit und rauchte.

Mit einemmal, ohne Indiz und die leiseste Ahnung, was dem Jungen zugestoßen war, hatte Siegmund Schaft seinen ersten Verdächtigen.

2. Kapitel

Mit neunzehn war Klaus Behrendt zum ersten Mal auf einem U-Boot der Ostseeflotte gefahren, und danach wollte er niemals mehr etwas anderes tun. Es war ein eiskalter Tag. Der Himmel wölbte sich stahlblau über dem Meer, weiße Federwolken mit ausgefransten Rändern wurden vom Seewind landeinwärts getrieben. Im Hafenbecken schlug das Wasser gegen die Betonwände der Mole. Weiße Gischt tanzte schwerelos auf den Kämmen der Wellen, bog sich, wurde zerrissen und verschmolz erneut zu bizarren Formen aus weißem Schaum. Dazwischen funkelten Ölschlieren in den Farben des Regenbogens. Das metallische *pling-pling* von Stahltrossen, die im eisigen Nordwind gegen Maste und Fahnenstangen schlugen, hing zitternd in der Luft und vermischte sich mit den Schreien der Möwen, die mit gestreckten Flügeln über dem Becken ihre Kreise zogen.

Die Aufbauten des U-Boots ragten wie die schwarzen Höcker eines Seeungeheuers aus dem Wasser. Ein schmaler Steg führte hinüber zum Einstieg. Klaus war von Anfang an begeistert. In all den Jahren auf der Kadettenschule hatte er von seiner ersten Fahrt geträumt. Mit zwölf hatte man ihn erstmals in eine Uniform gezwängt und der Willkür der Militärerzieher ausgeliefert. Bereits jetzt war das einzige, an das er sich aus diesen ersten einsamen Jahren im Internat erinnerte, der Religionsunterricht, der zweimal in der Woche stattfand. Klaus war nie ein begeisterter Besucher der Sonntagsmesse gewesen, aber die Stunden, in denen ein uniformierter Priester ihnen Geschichten über Güte und Nächstenliebe predigte, während sie am gleichen Morgen gelernt hatten, wie man einen Schlachtkreuzer mit vierhundert Besatzungsmitgliedern versenkt, verdarben ihm den Geschmack an Kirche und Gott unwiderbringlich.

Sieben Jahre lang hatte er Prügel und Schikane ertragen, war oft nahe daran gewesen, einfach bei Nacht und Nebel aus dem Fenster des Wohntraktes zu klettern und auf Nimmerwiedersehen zu verschwinden. Aber die Hoffnung auf jenen fernen Tag, an dem er zum ersten Mal in einem U-Boot in See stechen würde, hatten die Härte der Ausbildung erträglich gemacht.

Sieben Jahre, bis es soweit war. Gemeinsam mit einem Dutzend weiterer Kadetten nahm er an einer Kontrollfahrt entlang der Ostseeküste teil. Nichts Spektakuläres, aber für Klaus Behrendt war es die Erfüllung eines Traumes. Als kleines Kind in einem Dorf bei Halle hatte er bereits gewußt, daß er eines Tages das Meer sehen und an seiner Küste leben würde. Seine Eltern waren Bauern, die sich weder Urlaub noch Ausflüge leisten konnten. Sie hatten den Krieg heil überstanden und waren froh, danach weiterhin auf dem Hof arbeiten zu dürfen. Klaus war schon sehr früh klargeworden, daß er niemals von dort fortkommen würde, wenn er nicht selbst die Initiative ergriff. Und als schließlich ein Eintritt in die Kadettenschule zur Debatte stand, stimmte er begeistert zu.

Freilich war die Euphorie bereits zu Anfang gewichen, als er feststellte, daß er in den ersten Jahren nicht einmal eine Prise Seeluft atmen, geschweige denn auf dem Meer umherkreuzen würde. Die Ausbildung war hart, aber der Bauernsohn war an strenge Disziplin und eiserne Regeln gewohnt. Zudem machte er nebenbei eine Ausbildung als

Schlosser, was die Schrecken nautischer Theorie für ihn minderte.

Seiner ersten Fahrt durch die eisigen Tiefen der Ostsee folgten schließlich weitere, allmählich in immer weiterem Umkreis vom Heimathafen entfernt, an Skandinavien vorüber und dann, endlich, hinaus in die offene Nordsee und weiter hinauf gen Sowjetunion, den mächtigen Verbündeten, von dessen endlosen Landschaften und hochgerüsteter Technik man ihm soviel in der Militärschule berichtet hatte.

An manchen Wochenenden, wenn er sich nicht irgendwo in den Hafenstädten der östlichen Hemisphäre herumtrieb und mit seinen Kameraden um Geld und Würde trank, besuchte er seine Eltern im fernen Halle. Um nicht bei ihnen auf dem Bauernhof wohnen zu müssen, umgeben vom Gestank der Ställe, ließ er sich eine Wohnung im eben gegründeten Neustadt zuweisen; tatsächlich war er einer der ersten, die dort Quartier bezogen. Die Umgebung der riesigen Baustelle, die Neustadt in den sechziger Jahren war, störte ihn nicht. Denn meist zog es ihn bereits nach wenigen Tagen zurück nach Norden, an die See, von der er ein Leben lang geträumt hatte und die ihm nun in allen Richtungen offenzustehen schien.

Klaus Behrendt trank gerne, vor allem Schnaps und Bier, und wie so viele nahm er an Exzessen in den Häfen der Welt teil, von denen man in Halle am Fuße des Harzes nur flüsterte. Sein Alkoholkonsum war hoch, hielt sich aber nach außen hin soweit in Maßen, daß er selbst nie darauf gekommen wäre, längst davon abhängig zu sein. Sein Auftreten war in nüchternem Zustand korrekt und ordentlich, tatsächlich besaß er sogar einen spröden Charme, der manche Frauen durch seine Direktheit und alle Zeichen großen Selbstbewußtseins beeindruckte.

Während einer seiner Heimatbesuche, im Jahre 1968, als er bereits sieben Jahre zum festen Mitglied der U-Boot-Flotte gehörte und so viele Einsätze und Patrouillen gefahren war, daß er sie längst nicht mehr zählen konnte, traf er Maria. Er war an jenem Frühlingsabend allein unterwegs, seine Freunde wohnten an der Küste, und es machte ihm nicht viel aus, sich ohne Begleitung durch Halles Kneipen und Gaststätten zu schlagen. Gleich in einem der ersten Lokale saß sie an einem Tisch und unterhielt sich leise mit einer Freundin.

Maria Pohlmann war damals zwanzig und hatte erst ein Jahr zuvor ihre Lehre als Laborantin in den Buna-Werken beendet. Sie war ein schlankes Mädchen mit zerbrechlichen Gliedern, dunklem Haar und einem Gesicht, daß nicht wirklich hübsch, auf seine Weise aber anziehend wirkte. Sie hatte sich an diesem Abend hübsch angezogen und war mit einer ihrer Freundinnen losgezogen. Und da saßen sie nun, tuschelten über Bekannte und Kollegen und fragten sich irgendwann, woher wohl der blonde Seemann in seiner blauen Uniform kam, der an der Theke stand und gelegentlich herüberlächelte.

Nach einigen Blickwechseln löste Klaus sich vom Tresen und trat an den Tisch der Mädchen. Marias Freundin kicherte nervös. Sie selbst blieb betont ruhig, obwohl das gar nicht ihrem Wesen entsprach. Später fragte die Freundin sie einmal: »Wie hast du das eigentlich fertiggebracht?« Maria konnte darauf nur lächeln und mit den Schultern zucken. Sie wußte es selbst nicht.

Klaus erkundigte sich höflich, ob er sich dazusetzen dürfe. Er durfte. Und ob sie etwas mit ihm trinken würden. Natürlich. Schnell ergab sich ein Gespräch, und als sich die Gaststätte mehr und mehr mit Menschen füllte, sah die Freundin jemanden, den sie kannte, und verabschiedete sich rücksichtsvoll. Das Funkeln in Marias Augen und die Reaktion im Blick des Seemanns waren ihr nicht entgangen.

Später am Abend brachte Klaus Maria nach Hause. Sie wohnte mit ihren Eltern in einem Haus am Alten Markt, mit Blick auf den Eselsbrunnen. Beide hatten keinen Wagen und fuhren mit der Straßenbahn. Ihr Abschied war kurz, doch man versprach einander, sich wiederzusehen. Klaus war klug genug, einen festen Termin auszumachen, bevor das Mädchen auf Nimmerwiedersehen aus seinem Leben verschwinden konnte.

Und so ging es weiter. Klaus kam jetzt öfters an den Wochenenden, er traf Maria regelmäßig, sie schliefen miteinander und beschlossen schließlich zu heiraten. Ganz klassisch. Maria wurde schwanger und gebar 1969 ihre Tochter Sabine.

Klaus fuhr weiter zur See. Nach wie vor liebte er die Tage in der dunklen Enge des U-Boots über alles, und immer noch betrank er sich mit seinen Kameraden in jedem Hafen, den sie anliefen. Seine Abenteuer mit Frauen, bezahlten und unbezahlten, gingen am Anfang der Ehe zurück, doch nach einer Weile spielte sich der Matrosenalltag wieder ein und mit ihm die Bedürfnisse fern der Heimat.

Maria arbeitete weiterhin in den Chemielabors von Buna. Die kleine Sabine wurde tagsüber in einer Kinderkrippe versorgt, und nach Feierabend erleichterte die Anwesenheit des Mädchens ihr die einsamen Tage. Klaus war nur selten zu Hause in Neustadt, und nach und nach wurde für Maria die Ehe ohne Ehemann zur Normalität. Manchmal, an einem der Wochenenden, wenn Klaus bei ihr war, ertappte sie sich dabei, wie sie sich wünschte, er möge bald wieder verschwinden. Meist stieg er bereits mit einer Fahne aus dem Zug, und nach den ersten Jahren machte er keinen Hehl mehr daraus, daß er seine tägliche Alkoholration bitter benötigte.

Sven wurde 1975 geboren, und seine Geburt wurde für alle Beteiligten zur Strapaze. Der Kleine kam fast acht Wochen zu früh zur Welt, und das erste, was er davon erblickte, war das Innere eines Brutkastens. Dort blieb er ungewöhnlich lange, bis die Ärzte seinen Zustand als stabil und den Jungen als lebensfähig einstuften. Sven blieb ein schwächliches Baby, und obwohl er als Kind eine ungeheure Energie an den Tag legte, war sein Körper klein und ungewöhnlich zart, worin er seiner Mutter ähnelte. Er war besonders anfällig für Erkältungen und Infektionen, und wenn Maria an manchen Tagen zu Hause bleiben mußte, um den Kleinen zu pflegen, entschuldigte sie sich damit, Sven sei eben ein ›Frühchen‹.

Während der Schwangerschaft hatte sie eine Weile gehofft, die Geburt ihres zweiten Kindes könnte ihrer Ehe neuen Auftrieb geben, doch obwohl Klaus am Tag der Entbindung völlig nüchtern war und seine Besorgnis um Mutter und Kind durch ein paar Tränen zum Ausdruck brachte, änderte sich nichts an seinem Verhalten. Er ließ sie weiterhin mit den beiden Kindern allein, fuhr zur See und frönte seiner Leidenschaft für Alkohol und Matrosendasein. Ihre Auseinandersetzungen an den Wochenenden nahmen an Heftigkeit zu, und wahrscheinlich kam es nur deshalb nicht zum großen Knall, weil Klaus jeweils nach zwei, drei Tagen aus Marias Leben verschwand und sie erneut für einige Wochen Ruhe hatte. Schlimm wurde es erst 1978, als Klaus der Marine den Rücken kehrte und endgültig nach Neustadt zurückkam. Er hatte es immerhin bis zum Oberleutnant gebracht, und Maria hatte nie erfahren, warum er seine Leidenschaft für die See so plötzlich aufgab. Sicher, er erzählte ihr, die Ärzte hätten ihm starke Kreislaufbeschwerden und Probleme mit den Bronchien attestiert. Beides machte ihn für den Dienst am Grund des Meeres untauglich. Doch Maria hatte die heimliche Vermutung, daß die Wahrheit anderswo zu suchen war. Am Grund einer Flasche, zum Beispiel.

Sie sprachen nicht darüber, denn Klaus fand schnell Arbeit als Schlosser auf einer der riesigen Baustellen der Trabantenstadt und sorgte weiterhin für seine Familie. Gleichzeitig begann er mehr und mehr zu trinken. Sie stritten sich immer öfter, obwohl er sich Mühe gab, ihre Meinungsverschiedenheiten nicht vor den Kindern auszutragen. Er war nie ein geduldiger Mann gewesen, aber jetzt sank seine Reizschwelle gen Null, und manchmal genügte ein einziges Wort, um ihn in einen Tobsuchtsanfall zu stürzen.

Die Arbeit als Schlosser mißfiel ihm nach einer Weile ebensosehr wie alles andere, wobei die Sehnsucht nach der Weite des Ozeans eine Rolle gespielt haben mochte. Nicht, daß sein nächster Job eher seinem Ideal entsprach. Doch als Kraftfahrer für einen Baustoffbetrieb boten sich ihm wenigstens zahlreiche Ausreden, um die eine oder andere Nacht auswärts zu verbringen. Nach allem fand Maria sich auch damit ab, und ihre Ehe funktionierte weiterhin auf einer für beide erträglichen Basis. Nach außen hin wirkte ihre Beziehung intakt.

Am 15. Januar 1981, dem Tag, der sein Leben endgültig auf den Kopf stellte, verließ Klaus Behrendt wie üblich am Morgen die Wohnung. Sven war im vergangenen Sommer eingeschult worden. Klaus selbst hatte ein Foto von ihm gemacht, auf dem der Junge hinter seiner riesigen Schultüte hervorschaute und aussah, als verstecke er sich hinter einem Baumstamm, während der böse Wolf, der Kinderfresser, langsam näher schlich.

3. Kapitel

»Es ist in meiner Familie Tradition, daß die Söhne nach den Vätern benannt werden«, erzählte Adolf Glaser gerne jedem, der es hören wollte, »und mein Vater hieß bereits Adolf, als noch keiner einen Herrn Hitler kannte.« Glaser redete gern und viel, aber die meisten seiner Kollegen schätzten ihn nicht allein deshalb. Sein Blick unter den buschigen braunen Augenbrauen flößte Vertrauen ein.

Als Hauptmann der Volkspolizei begann für ihn der Morgen des 16. Januar wie jeder andere Arbeitstag. Die S-Bahn brachte ihn über die verschneiten Gleise hinaus nach Neustadt, wo er als Angehöriger einer Sonderkommission eine Reihe schwerer Diebstähle in Halle und Umgebung untersuchte. Die Waggons waren unbeheizt. Obwohl er dick vermummt zwischen den anderen Passagieren kauerte, hatte er bereits jetzt das Gefühl, seine Zehen habe er irgendwo zwischen Haustür und Haltestelle verloren. Die Kälte fraß sich durch seine Schuhe und betäubte jedes Gefühl in den Füßen.

Glaser, sechsundvierzig Jahre alt, war in seiner Jugend leidenschaftlicher Sportler gewesen, und obgleich von dieser Begeisterung für körperliche Ertüchtigung kaum mehr als eine Erinnerung geblieben war, war er immer noch schlank und wirkte jünger als die meisten Gleichaltrigen. Ihr Beruf ließ viele Polizisten frühzeitig altern, aber an Adolf Glaser waren seine siebenundzwanzig Dienstjahre beinahe spurlos vorübergezogen. Und wenn er es auch nicht zugab, so war er doch insgeheim mächtig stolz darauf.

Als er das Revier betrat, kam ihm die Hektik am Eingang ungewöhnlich vor. Die fremden Gesichter zwischen denen der Kollegen verrieten ihm, daß irgend etwas vorgefallen war. Einige erkannte er von früheren Einsätzen. Die Leichenbearbeiter wurden nicht für Kleinigkeiten nach Neustadt zitiert.

»Was ist denn los?«, fragte er einen Freund, den er im Aufzug traf.

»Schaft ist mit seinen Leuten eingefallen.«

»Mordkommission?«

Der Mann zuckte mit den Schultern. »Die haben fast den ganzen vierten Stock ausgeräumt. Scheint etwas Wichtiges zu sein.«

Glaser fragte sich, ob die Invasion im Zusammenhang mit seinem Fall stand, verwarf den Gedanken aber rasch. Bis der Lift in seiner Etage anhielt, starrte er nachdenklich auf den ›Rauchen verboten‹ -Schriftzug, den jemand lieblos mit einer Schablone an die Kabinenwand gesprüht hatte. Er ahnte bereits, was kommen würde.

In seinem Büro erwartete ihn die Nachricht, daß sein Fall auf Eis gelegt und seine eigene Einsatzgruppe aufgelöst sei. Zwecks weiterer Order solle er sich im Besprechungszimmer im vierten Stock melden, hieß es. Glaser warf mit einem Seufzer Mantel und Handschuhe in die Ecke und folgte pflichtschuldig dem Befehl von oben. Es mußte etwas Bedeutendes im Gang sein, wenn seine Vorgesetzten sich zu einer solchen Entscheidung durchrangen. Die Diebstahlserie, die er verfolgt hatte, war keine Kleinigkeit gewesen; die Parteiführung nahm jede Aneignung von staatlichem Eigentum sehr persönlich. ›Diebstahl zum Schaden des Volkes der Deutschen Demokratischen Republik‹ hieß das im offiziellen Jargon. Wenn die Herren der Polizeiführung ein solches Delikt vernachlässigten, mußte es schwerwiegende Gründe geben. Er spürte eine Mischung aus Ärger und Neugier, als er das Besprechungszimmer betrat.

Siegmund Schaft und Dieter Bausch saßen vorne an einem der Tische, daneben Schafts Stellvertreter Matthias Köster. Glaser erkannte die sieben Mitarbeiter der Mordkommission, außerdem einige der Kollegen von außerhalb, die er am Eingang getroffen hatte. Dazu kam eine Reihe von Neustädter Polizisten. Alles in allem mochten sich knapp zwanzig Personen in dem Raum aufhalten. Etwa die Hälfte kam noch dazu, ehe Schaft aufstand und die Tür schloß. Bausch erhob sich, grüßte knapp und erläuterte ihnen den Grund der Versammlung. Schaft wurde ihnen für die Dauer der Aktion als direkter Vorgesetzter zugeteilt.

Eine Stunde später war Glaser grob über den Ablauf der Dinge informiert und wußte, was ihm in den nächsten Tagen bevorstand.

Noch am Vormittag, gleich nach der ersten Besprechung, kam Schaft endlich dazu, Klaus und Maria Behrendt einen Besuch abzustatten. Bisher kannte er den Ablauf der Geschehnisse nur aus der Vermißtenanzeige und dem Bericht des Diensthabenden. Der erste Schritt, sich selbst noch einmal sämtliche Informationen auf eigene Faust zu bestätigen, gehörte zur Routine.

Es war nicht ungewöhnlich, daß eine Aktion bereits mit enormem Aufwand gestartet wurde, ehe überhaupt feststand, ob es sich tatsächlich um ein Verbrechen handelte. Die Partei bestand auf harter Bestrafung aller Gesetzesübertretungen. Daher war es notwendig, so früh wie möglich mit den Ermittlungen zu beginnen. Personalaufwand war eines der wenigen Dinge, mit denen nicht gegeizt wurde.

Zudem entsprach es Schafts persönlicher Überzeugung, daß *kein* siebenjähriges Kind auf eigene Faust davonlief, nicht im Winter, während das Umland in Schneestürmen versank. Sicher, Eltern oder Verwandte mochten für das Verschwinden des Kindes verantwortlich sein. Auch um diese Möglichkeit von vorne herein auszuschließen, wollte Schaft mit ihnen sprechen. Außerdem war ihm das eigenartige Gefühl, das ihn abends beim Anblick des Vaters beschlichen hatte, noch gut im Gedächtnis. Allein der Umstand, daß Klaus und Maria Behrendt die *Eltern* des Jungen waren, setzte sie in den Augen jedes Polizisten ganz vorne auf die Liste der Verdächtigen. Die Vergangenheit hatte solche Verdachtsmomente bestätigt.

Der Himmel war aschgrau; es fiel immer noch Schnee, als Schaft allein die Straße vor dem Revier überquerte und vom Schatten eines Hochhauses in den des anderen wechselte. Es waren kaum Autos unterwegs.

Schaft mußte den gegenüberliegenden Block komplett umrunden, um zum richtigen Eingang zu gelangen. Jeder Wohnblock war in mehrere Häuser mit eigenem Zugang unterteilt, und der, zu dem die Wohnung der Behrendts gehörte, lag am äußeren Ende der Anlage. Einmal wäre Schaft fast auf dem ungestreuten Gehweg ausgerutscht und konnte sich nur im letzten Moment an einem Laternenpfahl festhalten. Kein allzu ruhmreicher Anblick, dachte er, während er seinem Ziel schwankend entgegenschlitterte.

Nachdem er geklingelt hatte und in den dunklen Hausflur getreten war, hörte er im Treppenhaus das Johlen spielender Kinder. Für einen winzigen Augenblick hatte er die vage Hoffnung, Sven sei zurückgekehrt und er könnte sich das unangenehme Gespräch mit den Eltern ersparen. Als er jedoch vor die Tür der Erdgeschoßwohnung trat und Maria Behrendt ihm öffnete, wußte er, daß sich nichts an der Situation vom Vorabend geändert hatte. Ihre Augen waren rot und verheult, und er wußte nur zu gut, wie es klang, wenn jemand versuchte, seiner Stimme falschen Halt zu verleihen. Svens Mutter sah aus, als stände sie kurz vor einem Zusammenbruch.

Um so überraschter war Schaft, als sie sich, gleich nachdem er ihr die Hand gereicht hatte, einen Ruck gab und augenblicklich ruhiger wurde. »Kommen Sie herein«, bat sie leise.

Sie führte ihn durch den schmalen Flur ins Wohnzimmer. Schaft kannte den Grundriß der Wohnung auswendig. Auf Wunsch hätte er Länge und Breite der einzelnen Zimmer herunterbeten können. Seine eigene Wohnung, mehrere Kilometer entfernt, war mit dieser identisch. In Neustadt unterschied sich kein Quartier vom anderen.

Klaus Behrendt saß auf dem Sofa, genau am selben Platz, an dem Schaft ihn am Abend durch sein Fernglas beobachtet hatte. Der ehemalige U-Boot-Fahrer hatte dunkle Ringe unter den Augen und sah älter aus als die achtunddreißig Jahre, die Schaft in den Unterlagen gelesen hatte. Sein blondes Haar hing ihm wirr in die Stirn. Auf dem Tisch stand ein leeres Schnapsglas.

Schaft reichte ihm die Hand. Hinter sich hörte er vorsichtige Schritte. Als er sich umdrehte, stand Sabine hinter ihm. Svens ältere Schwester war schlank und hatte langes dunkles Haar. Sie blickte ihn aus großen Augen an. Mit ihren zwölf Jahren hatte sie noch nie etwas mit der Polizei zu tun gehabt, und der bullige Mann mit dem funkelnden Schneidezahn machte sie neugierig.

»Geh ins Kinderzimmer«, sagte Maria.

Der Gesichtsausdruck des Mädchens entspannte sich ein wenig, dann drehte es sich um und verschwand am anderen Ende des Flurs. Schaft wartete einen Augenblick, aber die Tür blieb geöffnet. Maria bot ihm einen Sessel an, er setzte sich.

»Schöne Wohnung«, sagte er knapp und tat so, als schaue er sich um. Es war ein lahmer Versuch und wurde als solcher akzeptiert. Maria lächelte höflich.

Klaus Behrendt sah ihn an. »Haben Sie meinen Sohn gefunden?«

Schaft schüttelte den Kopf. »Nein.«

»Wieso nicht?«

»Die Suche hat gerade erst begonnen. Ich bin sicher, daß wir bald einen Hinweis bekommen.«

Behrendts Gesicht verfinsterte sich. »Ich will meinen Sohn, keinen Hinweis.«

Schaft warf einen fragenden Blick auf Maria, aber wenn sie dieselbe Verbitterung empfand wie ihr Mann, ließ sie es sich nicht anmerken.

»Sehen Sie«, begann er mit sanfter Stimme, »wir tun, was wir können. Aber vorher ...«

Klaus Behrendt fiel ihm ins Wort. »Offenbar nicht genug.«

»Aber vorher«, wiederholte Schaft geduldig, »muß ich Sie bitten, mir noch einmal genau zu erzählen, wann und wie Sie Svens Verschwinden bemerkt haben.«

»Da war nicht viel zu bemerken. Der Junge war eben weg«, rief Klaus Behrendt verärgert.

Schaft ignorierte ihn und wandte sich an die Frau. Sie nickte verständnisvoll. »Sven kam gestern wie jeden Tag von der Schule nach Hause«, begann sie. »Er ist meistens früher da als die Nachbarskinder. Er ist ein ziemlich aufgeweckter Kerl und läuft meistens den ganzen Weg bis hierher. Seine Freunde und er machen Wettrennen, wissen Sie?«

Er nickte.

»Sven kam von der Schule und fragte, ob er um halb vier zum Treff gehen dürfe. Sie würden dort einen Märchenfilm zeigen, sagte er.«

Der Treff war eine Gaststätte mit einem kleinen Filmvorführraum. Kein richtiges Kino, aber für ein paar Kinder- und abendvorstellungen im Monat reichte es. Wenn seine Orientierung Schaft nicht täuschte, lag das Lokal nur ein paar Blocks weiter westlich.

»Welchen Film?«

»Däumelinchen«, brummte Klaus mürrisch.

»Ich sagte, er solle seine Hausaufgaben machen, und danach würden wir weitersehen. Aber sie wissen ja, wie das ist. Im ersten Schuljahr geben die Lehrer noch nicht viele Aufgaben auf. Sven stellte sich nicht dumm an. Ich glaube, gegen halb eins war er fertig. Auf jeden Fall vor dem Essen.«

»Und danach ging er los?«

Maria schüttelte den Kopf. »Noch nicht. Es war noch viel zu früh. Er hatte sich irgendwie beschäftigt, und ich habe mich nach dem Essen ein wenig hingelegt. Nachtschicht, wissen Sie? Ich glaube, Sven hat in der Zwischenzeit auf seiner Gitarre gespielt.«

Sie deutete auf eine kleine Gitarre, die an der Schrankwand lehnte. Es war kein echtes Instrument, nur ein Spielzeug aus Holz und Plastik.

»Die habe ich ihm in Merseburg gekauft«, schaltete Klaus sich ein. »Sven spielt gerne darauf. Musik ist seine

Welt.« Leiser, fast geflüstert, wiederholte er den letzten Satz: »Musik ist seine Welt.«

»Sven sitzt oft stundenlang vor dem Fernseher, wenn irgendwelche Musiksendungen laufen, und versucht mitzuspielen«, erklärte Maria. »Vielleicht sollten wir ihn wirklich zur Musikschule schicken.«

Schaft lächelte. Maria schüttelte den Kopf, als wollte sie einen bösen Gedanken vertreiben. »Auf jeden Fall hat er mich geweckt, bevor er losging. Das war gegen drei. Ich zog ihm seine Sachen an, Mantel und Mütze, und schickte ihn los. Bis zum Treff ist es nicht weit, und er ist schon oft alleine hingegangen.«

»Du hättest ihn hinbringen müssen«, sagte Klaus.

Schaft sah, daß die Bemerkung mitten ins Ziel traf. Maria zuckte zusammen wie unter einem Peitschenhieb. »Vielleicht hätte ich das tun sollen.«

»Nicht vielleicht. Du hättest . . .«

»Wollte er allein dorthingehen?« mischte sich Schaft eilig ein. Er kannte solche Dialoge. Die Behrendts begannen früh damit.

»Sabine wollte mitgehen«, sagte Maria. »Sie ging vorher noch zu einer Freundin und wollte sich mit Sven am Kino treffen. Um halb vier, hat sie gesagt.«

»Und?«

»Als sie hinkam, war er nicht da. Sie hat eine Weile auf ihn gewartet, und als er nicht kam, ging sie hinein. Sie dachte, er sei drinnen, aber der Film lief schon, und es war dunkel. Deshalb suchte sie ihn nicht. Sie wollte nach der Vorstellung am Eingang warten.«

Schaft blickte durch den Flur zum Kinderzimmer hinüber. Sabine saß oben auf dem Etagenbett, ließ die Beine über die Kante baumeln und beschäftigte sich mit einem Stofftier. Er war nicht sicher, ob sie zuhörte, nahm es aber an. Mit ihr würde er später noch sprechen müssen.

»Aber er kam nicht raus?«

Maria nickte. »Er kam nicht. Sie ging nach Hause, und ich fragte sie, wo er steckt. Da hat sie mir alles erzählt.«

»Danach sind sie zu uns gekommen?« fragte Schaft.

»Nicht direkt. Sabine und ich waren noch bei den Nachbarn. Wir dachten, daß er vielleicht bei einem Freund steckt. Als mein Mann nach Hause kam, lief er zum Treff und sah sich dort um.« Sie holte kurz Luft und schluckte. »Niemand hatte ihn gesehen.«

Nachdem seine Frau geendet hatte, stand Klaus auf und verschwand mit dem leeren Schnapsglas in der Küche. Schaft hörte durch die offene Durchreiche, daß er etwas aus dem Kühlschrank nahm und einen Verschluß aufschraubte.

»Glauben Sie, daß Sie ihn finden werden?« fragte Maria. Ihre Stimme zitterte. Sie war kaum noch in der Lage, ihre Angst und Anspannung zu unterdrücken.

»Sicher«, sagte Schaft. »Sven ist nicht das erste vermißte Kind, mit dem wir es zu tun haben. Wir haben Erfahrung mit solchen Dingen. Morgen erscheint in der Zeitung eine Vermißtenanzeige. Spätestens danach werden wir Hinweise bekommen, glauben Sie mir.«

Maria schüttelte langsam den Kopf. »Ich kann mir gar nicht vorstellen, was überhaupt passiert sein kann«, sagte sie, und beide wußten es besser.

»Sehen Sie«, sagte Schaft sanft, »früher oder später erhalten wir in jedem Fall Gewißheit.« Er hörte, wie in der Küche der Kühlschrank geschlossen wurde. »Wir werden herausfinden, was mit Sven los ist. Vertrauen Sie uns einfach ein wenig.«

Sie begann nun wirklich zu weinen. Schaft sagte sich

mit Verbitterung, daß ihr Mann jetzt neben ihr sitzen und sie trösten sollte, statt sich in der Küche vollaufen zu lassen. Er öffnete den Mund, um etwas zu sagen, ließ es dann aber sein. Er hatte das Gefühl, daß er sich mit Klaus Behrendt noch eingehender beschäftigen würde. Alle Fragen, die ihn betrafen, hatten Zeit. Kleine Kinder laufen nicht fort, dachte er zum wiederholten Mal, nicht bei diesem gottverdammten Mistwetter.

Er fragte sich, ob sie Sven wohl finden würden, bevor der Schnee geschmolzen war.

Noch vor Mittag schoben sich die ersten Lautsprecherwagen über die verschlammten Straßen und baten knisternd um die Hilfe der Bevölkerung. Zerfasert durch Störungen und brachiales Knacken dröhnte die Personenbeschreibung aus den Dachlautsprechern. *Sven Behrendt, sieben Jahre alt, 1,18 Meter groß. Zierliche Figur, nackenlanges, blondes Haar. Trug einen blaugrünen Mantel mit Pelzeinsatz, eine schwarze Silastik-Steghose, einen weißen Pullover und braune Stiefel.*

Schaft ließ mehrere Polizisten am Treff aufmarschieren. Sie sprachen jeden an, der ihnen über den Weg lief, zeigten jedem ein Foto, das er von Behrendt bekommen hatte. Darauf lächelte Sven in die Kamera. Damals war sein Haar noch kürzer. Die Männer versuchten, diejenigen abzupassen, die jeden Nachmittag auf dem Nach-Hause-Weg am Treff vorbeikamen. Vielleicht war einem von ihnen der kleine blonde Junge aufgefallen, der vor der Tür des Kinos auf seine Schwester gewartet hatte. Tatsächlich gab es Leute, die glaubten, ein Kind gesehen zu haben, auf das die Beschreibung paßte. Keiner legte sich fest, trotzdem nahm man die Hinweise unter Vorbehalt in die Protokolle auf. *Wurde zuletzt gegen 15 Uhr 30 am Treff gesehen,* fügten die Besatzungen der Lautsprecherwagen ihren Ansagen hinzu.

Bergungstrupps zogen hinaus zum Kirchteich am Südrand Neustadts, einer langgestreckten Wasserfläche, auf der die Kinder im Winter Schlittschuh liefen. Arbeiter rissen mit Spitzhacken ein Loch in die Eisfläche, und Taucher stiegen an Sicherheitsleinen in die Kälte. Mit starken Scheinwerfern leuchteten sie über den schwarzen Grund des Sees. Außer Bergen von Müll fanden sie nichts. Keine Kinderleiche.

Eine andere Gruppe begann damit, Keller und Dachgeschosse der umliegenden Wohnblocks zu kontrollieren. Einige hatten die vage Vermutung geäußert, daß der Junge vor seinem betrunkenen Vater davongelaufen war und sich irgendwo versteckte.

Die Lautsprecherwagen zogen weiter ihre Runden.

Etwas wie der Schatten des kleinen Sven streifte durch die Häuserschluchten, als seine Beschreibung zwischen den Fassaden hallte. Diejenigen, die ihn kannten, sahen ihn vor sich; andere versuchten, sich ein Bild von ihm zu machen. Und obwohl er selbst verschwunden blieb, war Svens Geist plötzlich allgegenwärtig.

Die junge Kellnerin hörte zum ersten Mal am 17. Januar von dem verschwundenen Kind. Sie las keine Zeitung, sonst hätte sie vielleicht an diesem Morgen in der *Freiheit* das Foto und die Beschreibung des Kleinen gesehen. Sie interessierte sich wenig für Dinge, die außerhalb Neustadts passierten, und Zeitungen waren ihrer Ansicht nach voll von Kram, der sie nicht betraf und nie betreffen würde. Jana Saarbach war mit ihren neunzehn Jahren kein dummes Mädchen, aber es gab Dinge, die sie nicht mochte. Graue Bleiwüsten mit grauen Bildern gehörten ganz sicherlich dazu. *Grau* gab es in Neustadt ohnehin genug.

Die beiden Polizisten, die gegen Mittag am Treff auftauchten, kamen schnurstacks zur Tür hinüber. Jana stand mit einer Kollegin an der Kasse und erzählte von ihrem bevorstehenden Umzug in den Thüringer Wald. Es saßen kaum Gäste an den Tischen, und der Schichtwechsel stand kurz bevor. In ein paar Minuten würde Michael vorbeikommen, um sie abzuholen.

»Entschuldigen Sie«, sagte einer der beiden Männer. Ein paar Gäste schauten mit mäßigem Interesse herüber.

Jana setzte ihr strahlendstes Was-kann-ich-für-Sie-tun?-Lächeln auf. Sie hatte angenehme, offene Züge, und was ihrem Gesicht an wirklicher Schönheit fehlte, machte sie mit ihrem blonden Haar und der guten Figur wett. Eine *phänomenal* gute Figur, hatte einer ihrer früheren Freunde einmal gesagt, und *phänomenal* gute Brüste. Sie hatte gekichert, damals. Kurz darauf lernte sie Michael kennen, und er hatte einiges mehr zu bieten als nette Komplimente. Tatsächlich war jetzt sie es, die *ihm* die Komplimente machte.

»Wir waren gestern schon einmal hier«, fuhr der Polizist fort. »Ihre Kolleginnen sagten uns, daß wir sie heute treffen könnten.«

Jana und das andere Mädchen wechselten einen überraschten Blick. »Ist irgendwas passiert?« fragte sie und dachte an ihre Mutter, die oben im Norden arbeitete, und an ihre Schwester in Potsdam.

Der Polizist lächelte. »Nein, nein«, sagte er schnell. »Machen Sie sich keine Sorgen. Es geht nicht um Sie selbst. Wir suchen einen kleinen Jungen. Sven Behrendt. Sie haben sicher schon von ihm gehört.«

Jana wollte den Kopf schütteln, aber ihre Kollegin sagte: »Klar, die Lautsprecherwagen.« Daraufhin hielt Jana ihren Mund. Sie hatte weder etwas von einem Jungen noch von irgendwelchen Lautsprechern mitbekommen. Falls sie tatsächlich etwas verpaßt hatte, wollte sie es niemandem auf die Nase binden.

»Der Junge ist sieben Jahre alt, blond. Wir suchen ihn seit vorgestern nachmittag.«

Jana nickte verständnisvoll, obwohl sie nicht die geringste Ahnung hatte, was das alles mit ihr zu tun hatte.

»Zum letzten Mal wurde er hier am Treff gesehen, draußen vor der Tür. Wir befragen jeden, der ihn gesehen haben könnte.«

Vorgestern? Jana atmete innerlich auf. »Da hatte ich frei«, sagte sie.

Der Polizist nickte und wandte sich an das andere Mädchen. »Und Sie?«

Die Kellnerin zuckte mit den Schultern. »Vorgestern haben sie hier einen Film gezeigt. Alles war voller Kinder.«

»Sven Behrend ist sehr klein und trug einen blaugrauen Mantel«, sagte der Polizist und wiederholte den Rest der Personenbeschreibung.

Das Mädchen verneinte. »Tut mir leid, so genau sehe ich mir die Kinder nicht an. Kann sein, daß der Junge hier war. Ich weiß es wirklich nicht«,

Die Polizisten bedankten sich, nickten zum Abschied und gingen zu einem der nächsten Tische. Dem Gast, der dort saß, stellten sie dieselben Fragen. Die beiden Mädchen hörten eine Weile zu, dann blickte Jana auf ihre Uhr.

»Schluß für heute«, stellte sie fest. Sie verschwand im Hinterzimmer und kam nach einer Minute umgezogen wieder heraus. Mit einem Lächeln stellte sie fest, daß Michael bereits an der Kasse auf sie wartete. Sie spürte einen leichten Stich von Eifersucht, als sie sah, daß er sich mit ihrer Kollegin unterhielt. Er sah großartig aus. Dunkles Haar, schlank, ein Freund zum Angeben.

Sie drückte ihm zur Begrüßung einen Kuß auf die Wange, dann traten sie hinaus und rissen Scherenschnitte in die dichten Vorhänge aus wirbelndem Schnee. Es sollte eine Weile dauern, bis der Geist des Jungen sie erneut einholte.

4. Kapitel

Bevor die Arbeiter einige hunderttausend Betonplatten aufeinander steckten und das Endergebnis Neustadt nannten, wurde die Ebene westlich von Halle einer besonderen Behandlung unterzogen. Bagger gruben ein weitverzweigtes Netz aus Gräben in den Boden, verkleideten es mit Stahlbeton und zogen Decken aus Zement und meterhohem Erdreich. Darüber trieben sie Wohnblocks in die Höhe, gossen Fahrbahnen aus Teer und Asphalt und pflanzten Bäume. So entstand ein unterirdisches Labyrinth von mehr als fünfunddreißig Kilometern Länge, vernetzte Katakomben aus Zement und Stahl. Durch sie verliefen sämtliche Rohre und Kabel der städtischen Energieversorgung, und irgend jemand taufte sie deshalb Kollektoren. Der größte Kollektor war breit genug, daß ein Wagen bequem hindurchfahren konnte, die kleinsten hingegen so schmal, daß nur ein zierlicher Mann hätte hineinkriechen können. Oder aber ein Kind.

Adolf Glaser hatte nicht geflucht, als Schaft ihm die Aufgabe übertragen hatte, die Kollektoren abzusuchen. Nun, da er buchstäblich bis über beide Ohren im Schlamassel steckte, tat er es um so ausgiebiger. Oberstleutnant Ruhland, der neben ihm ging, fiel mit ein, und gemeinsam schimpften sie über die Dunkelheit und die Nässe, den Modergeruch und das Rauchverbot. Die beiden Arbeiter der Gebäudewirtschaft, die man zu ihrer Begleitung abgestellt hatte, wechselten hin und wieder sorgenvolle Blicke oder lachten schadenfroh. Sie arbeiteten seit Jahren hier unten, meist in Zwölf-Stunden-Schichten, und waren an die beklemmende Finsternis der Tunnel gewöhnt. Für die beiden Polizisten hingegen hätte Schaft sie ebensogut in den Dickdarm eines Harzriesen schicken können; selbst der hätte nicht dunkler, nicht feuchter und nicht unangenehmer sein können.

»Seien Sie froh, daß die Abwasserkanäle nicht begehbar sind«, sagte einer der Arbeiter, als ihm das Jammern der Polizisten zu bunt wurde. »Dann hätte es Sie noch schlimmer treffen können.«

Horst Ruhland grummelte etwas, und Glaser schluckte im letzten Moment eine böse Erwiderung hinunter. Der Mann hatte natürlich recht. Immerhin lagen in den Kollektoren nur die Rohre der Strom- und Wasserversorgung, der Gestank des Abwassers blieb ihnen erspart. Aber auch die brackige Nässe an den Wänden fraß an ihren Geruchsnerven, und er war nach wie vor der Ansicht, daß sie allen Grund zum Fluchen hatten.

Mit ihren Taschenlampen leuchteten die vier Männer in jede Ecke und jeden Winkel. Glaser und Ruhland gingen voran, wobei einer von ihnen die hohen Staubablagerungen zu ihren Füßen im Auge behielt. Spuren würden ihnen verraten, falls der Junge vor ihnen herlief. Doch der Staub lag grau und pelzig da wie Teppich, es gab weder Fußabdrücke noch Schleifspuren. Die Arbeiter hatten sie darauf hingewiesen, daß die riesigen Ventilatoren am Anfang und Ende eines jeden Kollektors für eine gleichmäßige Luftzirkulation sorgten, die auch den Staub ständig umschichtete und verteilte. Spuren würden ohnehin nur einige Stunden sichtbar bleiben.

Glaser war bereits früher hier gewesen. Gelegentlich war es vorgekommen, daß gesuchte Verbrecher hier unten Zuflucht suchten. Trotzdem fühlte er sich hier unten alles andere als heimisch, und die Aussicht auf eine wochenlange Suche in den Kollektoren bereitete ihm wenig Freude. Schon jetzt, nach den ersten Stunden, machte ihm das strikte Rauchverbot zu schaffen. In der Vergangenheit war die Entwicklung brennbarer Gase beobachtet worden, und keiner von ihnen wollte das Risiko eingehen, mit dem ganzen Tunnellabyrinth in die Luft zu fliegen.

Alle paar hundert Meter gelangten sie an Abzweigungen und Kreuzungen, wo ein Kollektor auf einen anderen traf oder schmalere Schächte bis in die Keller der Blocks führten. Diese Schächte endeten vor schweren Stahltüren, die sich nur im Notfall öffnen ließen. Trotzdem war es schon vorgekommen, daß Schlösser aufgebrochen worden und Unbefugte in das Labyrinth eingedrungen waren. Der kleine Sven hätte durch einen unentdeckt gebliebenen Einstieg hindurchkriechen und sich im Netz der Korridore verirren können. Sollte er sich jedoch absichtlich irgendwo verstecken oder hätte jemand seine Leiche hier verschwinden lassen, war ihre Suche nahezu hoffnungslos. Es gab unzählige Winkel, Öffnungen und Nebenschächte, in die man einen Körper hätte hineinschieben können, ohne daß irgend jemand es je bemerkt hätte. In die meisten der ganz engen Tunnel konnten sie nur hineinleuchten, und oft genug reichte der Strahl ihrer Lampen nicht bis zum hinteren Ende. Außerdem gab es hinter den gewaltigen Rohren, einige fast einen Schritt im Durchmesser, riesige Freiräume. Glaser rief sich immer wieder ins Gedächtnis, daß der Junge kaum größer als ein Meter war und im Grunde *überall* stecken konnte. Der Gedanke frustrierte ihn.

Von Zeit zu Zeit falteten sie ihren Plan des Tunnelsystems auseinander und suchten im trüben Licht der

Taschenlampen ihren Standort. Es gab eine spärliche Deckenbeleuchtung, aber die reichte gerade aus, um zu verhindern, daß sie blind gegen Wände und Biegungen stolperten. Zum Studieren von Lageplänen war sie denkbar ungeeignet.

Glaser und Ruhland hatten die gesamte Anlage in einzelne Sektoren unterteilt, die sie systematisch abgehen und ausleuchten wollten. Im Grunde rechnete keiner von beiden damit, daß das Kind freiwillig durch die Kollektoren streifte. Ansonsten hätte es sich bereits nach ihrem ersten Tag hier unten in jenem Teil verstecken können, den sie zuletzt durchsucht hatten, und sie hätten noch wochenlang vergeblich in anderen Bereichen des Systems suchen können. Die beiden machten sich keine Illusionen darüber, daß sie nur Erfolg haben würden, wenn der Junge tot war. *Erfolg* war in diesem Fall relativ.

Ruhland stieß mit dem Ellbogen gegen ein Rohr und fluchte wieder. Glaser seufzte, die beiden Arbeiter grinsten.

Als Glaser sich als junger Mann in den Kopf gesetzt hatte, Polizist zu werden, hatte er von aufregenden Einsätzen an ungewöhnlichen Orten geträumt. Er hatte gleich zur Kriminalpolizei gewollt, aber eben zu dieser Zeit entschloß sich eine seiner Schwestern zu einem der schlimmsten Verbrechen, das die Partei in ihren Gesetzen fixiert hatte: Republikflucht. Bei Nacht und Nebel ging sie über die Grenze. Und um Glasers Situation als Polizist noch verdrießlicher zu machen, folgte seine zweite Schwester ihr nur ein Jahr später. Damit war seine Karriere fürs erste beendet; jemandem, der aus *staatsfeindlichen Verhältnissen* stammte, konnte man unmöglich Verantwortung übertragen.

Eine Weile hatte Glaser daraufhin dem sogenannten

Schnellkommando angehört, einer besonderen Truppe, die vor allem zum Einsatz bei gewalttätigen Ausschreitungen gebildet worden war. Die Männer, die dort arbeiteten, waren alle sportlich, durchtrainiert und konnten sich mit ihren Fäusten zur Wehr setzen. Einige Zeit hatte Glaser sich in dieser schlagkräftigen Gesellschaft wohl gefühlt. Dann gönnte man ihm schließlich doch eine Beförderung, und er wurde zum ersten Polizisten im eben gegründeten Neustadt. Damals hatte es noch kein Revier gegeben, nicht einmal fertige Häuser. Seine Aufgabe bestand in den ersten Jahren darin, Streitigkeiten zwischen Bauarbeitern zu schlichten und die am Arbeitsplatz übliche Kleinkriminalität zu verfolgen. Später, als die ersten Familien ihre Wohnungen bezogen und Neustadt den Status einer eigenen Stadt erhielt, bekam Glaser Verstärkung aus Halle, und schließlich war er einer unter vielen. Aber die Erfahrung, die er seit der Grundsteinlegung in der Trabantenstadt gesammelt hatte, machte ihn zum beliebten Mitglied von Sondereinsatzgruppen. Und so kam er, trotz seines belasteten Stammbaums, doch noch dorthin, wo er von Anfang an hingewollt hatte. Er arbeitete an fast allen größeren Fällen der Kriminalpolizei, obwohl er offiziell nicht dazugehörte.

Ruhland leuchtete mit seiner Lampe in einen nach oben führenden Einstiegsschacht. Er endete unter einem Kanaldeckel aus Stahl. Obwohl sie nur wenige Meter unter der Fahrbahn entlangliefen, hörten sie hier unten weder Motorlärm noch das donnernde Gerumpel der Straßenbahnen. Es herrschte nahezu völlige Stille, nur hin und wieder raschelte eine Ratte im Schatten der Leitungen. Gelegentlich hörten sie ein gespenstisches Klopfen, wenn sich Luftblasen in den Rohren stauten.

»Zigarettenpause?« fragte Ruhland.

Glaser nickte, und die vier stiegen über Metallsprossen in der Wand nach oben. Der Kanaldeckel spuckte sie hinaus auf einen Gehweg, irgendwo im Niemandsland zwischen zwei trostlosen Wohnblocks. Schneegestöber peitschte ihnen entgegen. Ein paar vermummte Kinder schauten aus der Ferne zu, wie sich plötzlich der Boden öffnete, und vier dunkle Gestalten mit weißen Schutzhelmen aus der Finsternis krochen.

Glaser zündete sich eine Zigarette an. Nachdem sich die vier als Menschen entpuppten, verloren die Kinder schnell das Interesse. Er beobachtete, wie sie mit offenem Mund nach Schneeflocken schnappten, und dachte an das Foto des kleinen Sven Behrendt.

Die Zigarettenpause fiel ungewöhnlich kurz aus.

Die Ermittlungen wurden auf das Umfeld der Behrendts ausgedehnt. Nachbarn, Freunde, Verwandte wurden verhört. Schaft hatte innerhalb seiner Einsatzgruppe mehrere Untergruppen gebildet, von denen die stärkste für Vernehmungen, eine andere für die Prüfung Vorbestrafter, die nächste für die Fahndung nach Verzogenen zuständig war. Einem anderen Team wurde die Kontrolle ›sexuell Auffälliger‹ übertragen: Homosexueller, Exhibitionisten, Voyeure, bekannter Päderasten. Die Männer verzichteten – meist freiwillig – auf freie Tage und machten endlose Überstunden. Trotzdem blieb Sven spurlos verschwunden.

Neben den Lautsprecherwagen, die nur noch sporadisch die Runde machten, wurden Plakate in Neustadt und Halle aufgehängt, was dazu führte, daß während der ersten Tage zahlreiche Hinweise auf das verschwundene Kind in der vierten Etage des Polizeireviers eingingen.

Schaft bestimmte einen jungen Polizisten namens Reinhard Sander zum Leiter der Auswertung und quartierte ihn im Schulungsraum ein, dem größten Zimmer des Stockwerks, in dem auch die täglichen Besprechungen stattfanden.

Sander galt als sein persönlicher Ziehsohn, auch wenn beide das Wort nicht allzu gerne hörten. Als er mit Anfang Zwanzig von der Polizeischule gekommen war, ohne erwähnenswerte Erfahrung auf der Straße, hatte sein Vorgesetzter ihn Schaft unterstellt. Beide wußten, daß Sander mit Nachdruck gebeten hatte, *nicht* zur Mordkommission abkommandiert zu werden, aber ihr Chef hatte Schaft mit teuflischem Grinsen erklärt, er solle dem ansonsten so hoffnungsvollen Jungen gefälligst den Umgang mit Leichen beibringen, selbst wenn er sich bei den ersten Fällen die Seele aus dem Leib kotzen würde.

Das hatte Schaft getan, mit Erfolg. Und bald bemerkte er, daß Sander sich zu einem seiner fähigsten Polizisten entwickelte. Vor allem scheute sich der junge Mann nicht, auch den leidigen Papierkram zuverlässig zu bearbeiten, eine Fähigkeit, die ihn zum idealen Auswerter der Hinweise aus der Bevölkerung und der abendlichen Ermittlungsberichte machte.

Bereits nach kurzer Zeit stapelten sich auf Sanders Schreibtisch Berge von Papier und Aktenordnern, die er alle mit einer Akribie studierte, die selbst Schaft überraschte. Und so war es auch Sander, der als erster eine spektakuläre Übereinstimmung bemerkte. Aufgrund der Vermißtenanzeige in der Zeitung hatten sich zahlreiche Eltern gemeldet, deren Kinder am 15. Januar die *Däumelinchen*-Vorstellung im Treff besucht hatten. Die Angaben der Kleinen deckten sich dabei in einem erstaunlichen

Punkt: Ganz offensichtlich hatte Sven Behrendt *doch* mit ihnen im Kino gesessen.

»Wie konnte das passieren?« brüllte Schaft am anderen Morgen in der Besprechung der leitenden Ermittler. Sein Kopf glühte rot vor Zorn, und sein goldener Schneidezahn blitzte streitlustig.

Dabei wußte er selbst nicht recht, wer für das Versäumnis verantwortlich zu machen war. Hatten die Polizisten am Treff nicht mit ausreichendem Nachdruck gefragt? War ihnen irgend jemand durch die Lappen gegangen, der vielleicht auch weitere Teile des Rätsels um Sven Behrendt aufklären konnte? Wenn das so war, dann mußten sich die entsprechenden Polizisten darauf gefaßt machen, von ihrem jähzornigen Chef in Stücke gerissen zu werden.

Den ganzen Tag über rotierten die Rädchen in den Köpfen der Ermittler um die Frage, wie sich die neu gewonnenen Erkenntnisse auf ihr weiteres Vorgehen auswirken konnte. Viele fragten sich, ob es beim derzeitigen Stand der Ermittlungen überhaupt einen Unterschied machte, ob Sven nun vor oder nach der Vorstellung verschwunden war. Sicher, irgendwann würde es bei der Überführung eines Tatverdächtigen in der Indizienkette eine Rolle spielen, aber zu diesem Zeitpunkt schien die neue Information alles andere als weltbewegend.

Außer für Schaft. Er legte Wert darauf, das Rätsel um die Aussagen der Kinder aufzuklären, wenn auch nur, um den verantwortlichen Polizisten einen Tritt zu verpassen. Er schickte Männer zu den betreffenden Familien, um noch einmal mit ihnen zu sprechen.

Dabei machten sie eine verblüffende Entdeckung.

Nicht eines, sondern gleich ein halbes Dutzend der Kinder behaupteten steif und fest, Sven habe direkt neben ihnen gesessen.

»Du meinst, in deiner Reihe«, verbesserten die Polizisten mit Gönnermiene.

»Nein, nein«, kam die Antwort, »wirklich direkt *neben* mir«.

Sander verzweifelte fast, als er am Abend die Berichte auf den Tisch bekam. Die Aussagen der Kinder widersprachen sich völlig. Jedes einzelne wollte während des Films neben Sven gesessen haben.

»Entweder der Kleine konnte sich mehrteilen, oder irgend etwas läuft hier verdammt schief«, klagte er Schaft sein Leid. »Wem sollen wir denn nun glauben?«

Ein eilig konsultierter Kinderpsychologe gab ihnen schließlich die simple Antwort: keinem. Er vertrat mehr oder minder überzeugend die Ansicht, daß die Kleinen einer Art kindlicher Massenpsychose zum Opfer gefallen waren und sich lediglich wichtig machen wollten. Tatsache war mit großer Wahrscheinlichkeit, daß keines der Kinder Sven an diesem Nachmittag im Treff gesehen hatte. Falls doch, so mußte eine Verwechslung vorliegen. Schaft gab sich mit dieser Erklärung nicht völlig zufrieden, war sich aber darüber im klaren, daß es sinnvoller war, die Hinweise einiger Kinder unberücksichtigt zu lassen, als möglicherweise die weiteren Ermittlungen auf ein falsches Fundament zu stellen.

Er war ein wenig besorgt, daß Svens Geist nun bereits in den Köpfen kleiner Kinder für Verwirrung sorgte und ließ die Aussagen aus den Akten streichen. Anschließend gab er Order, dort weiterzumachen, wo man vor all dem Trubel aufgehört hatte.

Glaser hatte oft in Büchern gelesen, daß Menschen, die ihre Zeit in völliger Abgeschiedenheit oder gar Finsternis verbrachten, irgendwann aufhörten, die Tage zu zählen. Er hatte keine Ahnung, was einen dazu bewegen sollte; er selbst jedenfalls addierte die Tage in den Kollektoren mit äußerster Sorgfalt, und es verging kaum eine Stunde, in der er sich nicht sagte: Schon der soundsovielte Tag und noch immer keine Spur von dem Jungen.

Zum neunten Mal war er an diesem Morgen um sechs Uhr aufgestanden, um sich eine halbe Stunde später mit Ruhland und den beiden Arbeitern der Gebäudewirtschaft an einem der Zugänge zum Kollektorsystem zu treffen. Bisher hatten sie nicht einmal die Hälfte der Anlage abgesucht, obwohl sie täglich bis zu zwölf, dreizehn Stunden unter Tage verbrachten. Edith, seine Frau, erklärte ihn insgeheim für verrückt, blieb ihm gegenüber jedoch verständnisvoll. Sie waren seit fünfundzwanzig Jahren verheiratet, und sie hatte sich längst mit den Unannehmlichkeiten seines Berufes abgefunden. Als sie beide noch jünger waren, hatte es den einen oder anderen Streit um unbezahlte Überstunden und verplante Wochenenden gegeben, doch mittlerweile waren sie darüber längst hinaus. Edith wußte, was sie sich eingehandelt hatte, und akzeptierte es.

An diesem neunten Tag in den Kollektoren fanden die beiden Polizisten etwas.

In einem schmalen Seitenarm stießen sie auf mehrere Säcke und Kartons, die sich nach einer eiligen Durchsuchung als Sammelsurium aus Haushaltsgegenständen herausstellten; vom Mantel bis zum Radio war von allem etwas dabei. Offenbar waren die vier mitten in eine Räuberhöhle geraten.

Es gab keine Funkverbindung zur Oberwelt, weil die Wellen den Beton und das Erdreich nicht durchdringen konnten, deshalb schickten sie einen der Arbeiter zurück zum Haupteinstieg; dort gab es eine Telefonleitung zur Zentrale. Es vergingen Stunden, bis das Diebesgut abtransportiert war und sie ihre Suche nach dem Jungen fortsetzen konnten. Alles in allem verloren sie fast einen halben Tag, doch der Fund lieferte ihnen Gesprächsstoff für die restlichen Stunden, und allein das war den Aufwand wert gewesen.

Der Fund war typisch für den Verlauf der Ermittlungen, auch wenn es keine Verbindung zum Verschwinden des Jungen gab und die Diebe nie gefunden wurden. Immer wieder stießen die Männer der Einsatzgruppe in den folgenden Monaten auf Spuren anderer Verbrechen, und für einen von ihnen sollte eine solche Entdeckung noch böse Konsequenzen haben.

Schaft war zehn Jahre alt, als der Krieg den Wettlauf um seine Kindheit gewann. Während sein Vater bereits früh und voller Überzeugung in die Schlacht gezogen war, hatte sich seine Mutter bemüht, ihren drei Söhnen eine behütete Jugend ohne Panzer und Parolen zu ermöglichen. Doch im letzten Kriegsjahr rückte die Ostfront immer weiter nach Westen, und als sich das erste Flimmern ferner Explosionen am Horizont zeigte und das Donnern der Geschütze auch über die weiten Ebenen Schlesiens rollte, wurden Schaft und seine Familie von der Realität eingeholt.

Mitten in der Nacht verließen sie samt kranker Großmutter das Gut, auf dem seine Eltern als Landarbeiter geschuftet hatten, und flohen im Pferdewagen Richtung Westen. Aber die Front bewegte sich in ihren letzten Tagen schnell wie ein verschrecktes Kaninchen, und es dauerte nur wenige Stunden, bis die Reste der versprengten Wehrmachtstruppen sie auf ihrem Rückzug überholten. In ihrem Schlepptau donnerten die russischen Panzer über die Felder, und hinter ihnen folgten die Soldaten der Roten Armee. Die Flucht der Familie Schaft hatte nicht einmal bis zum Morgengrauen gedauert.

Doch statt sie zu foltern und zu töten, wie die Schwarzmaler daheim im Dorf es so oft prophezeit hatten, durchsuchten die Soldaten den Wagen nur nach erwachsenen Männern, fanden keine und ließen die beiden Frauen und ihre Kinder anschließend ziehen. Sie kamen bei Verwandten unter, und ein paar Tage später machte die Nachricht von der Kapitulation die Runde.

Später verschlug es sie nach Sachsen, wo man ihnen in der Nähe von Chemnitz eine Bleibe zuteilte. Hier fand sie schließlich auch sein Vater wieder, nachdem die Engländer ihn nach monatelanger Gefangenschaft entlassen hatten. Doch er, der einst so hoffnungsvoll in den Krieg gezogen war, war nun ein gebrochener Mann. Zu sechst lebten sie in einer winzigen Mansardenwohnung mit zwei Zimmern und zwei Betten. Sein Vater stand den ganzen Tag am Fenster, blickte hinaus auf die Ruinen seiner Ideale und sprach mit niemandem ein Wort. Nur langsam fand er wieder zu sich und seiner Familie zurück, ohne sich jemals völlig von seiner persönlichen Niederlage und der seines Führers zu erholen.

Schaft hatte in den folgenden Jahren oft an den Ausdruck auf seinem Gesicht denken müssen, die Miene eines Mannes, dem außer seiner Familie nichts geblieben war.

Im Januar 1981 fand er zu seiner Überraschung etwas Ähnliches in den Zügen Klaus Behrendts wieder. Und vielleicht war es vor allem dieses Wiedererkennen, dieser Ausdruck eines vertrauten, überwältigenden Schmerzes, der ihn von der Unschuld des Mannes überzeugte.

In den Tagen nach Svens Verschwinden war Klaus Behrendt mehrfach verhört worden, meist von Schaft persönlich, und hatte sich dabei in eine Vielzahl von Widersprüchen verstrickt. Immer wieder hatte er unterschiedliche Versionen vom Nachmittag und Abend des 15. Januar zum besten gegeben, nicht zuletzt unterstützt durch große Mengen Alkohol, die er vor den Vernehmungen hinunterkippte. Es fiel dem früheren Oberstleutnant auffällig schwer, sich auf ein Thema zu konzentrieren oder einen bestimmten Zeitpunkt in Worten zu fixieren. So konnte sein Aufenthaltsort zur Tatzeit – die Polizisten sprachen nun offen von einer *Tat*, obwohl es noch keine Leiche gab – erst völlig geklärt werden, nachdem mehrere Verwandte unabhängig voneinander ausgesagt hatten, Klaus Behrendt habe sich nach der Arbeit für eine oder zwei Stunden draußen im Dorf seiner Eltern aufgehalten, wo er seinen Wagen den Winter über in einer Garage unterstellte. Nachdem sie im Revier gewesen waren, hatte er Maria und Sabine zu seiner Schwägerin gebracht; deshalb saß er später, als Schaft ihn durch das Fernglas beobachtete, allein im Wohnzimmer.

Nicht zuletzt aber war es wohl die ehrliche Sorge und Angst um sein Kind, die Schaft überzeugte: Klaus Behrendt war für das Verschwinden des kleinen Sven nicht verantwortlich.

An einem jener ersten Tage kam Schaft spätabends nach Hause. Es verging kaum ein Tag, an dem nicht jeder von ihnen drei, vier und mehr Überstunden machte. Seine Frau Kristine schlief schon. Die Zeiger der Wohnzimmeruhr standen fast auf Mitternacht, als er das Fernsehgerät einschaltete und sich müde Richtung Kühlschrank schleppte. Er fand einen Rest vom Abendessen, überlegte, ob er ihn aufwärmen sollte, und entschied dann, daß er keinen Hunger hatte. Im Wohnzimmer trat er ans Fenster und blickte auf das Lichtermeer Neustadts. Er erinnerte sich noch gut an die ersten Baustellen. Während der sechziger Jahre hatte er beobachtet, wie Neustadt zusammengepfuscht wurde. Damals dachte er, wer jemals dort einziehen würde, mußte verrückt sein, völlig übergeschnappt.

Ein paar Jahre später hatte man ihm selbst eine Wohnung in Neustadt zugewiesen, und zu seiner Überraschung entpuppten sich die Plattenbauten zu Anfang als stabiler als befürchtet. Noch waren sie nicht samt Etage und Haus zusammengebrochen, wenn er auch aus Nachbarwohnungen wußte, daß sich dort Spalten an den Nahtstellen zwischen Wand und Decke auftaten. Eines Tages würden sie aufwachen und einen wunderbaren Panoramablick auf die umliegenden Häuser genießen, weil über Nacht die Fassade weggesackt war. Eine Weile lang hatten ihn oft solche Visionen heimgesucht.

Trotz allem hatten sie versucht, es sich so gemütlich wie möglich zu machen, und für Schaft bedeutete das vor allem eines: Seine Jagdtrophäen mußten an die Wand, am besten gleich im Dutzend. In seinem Wochenendhaus auf dem Land, knapp zwanzig Kilometer nördlich von Halle, gab es noch mehr davon, alle von eigens erlegten Tieren, die er selbst präparierte. Sie verbrachten fast jeden freien Tag dort draußen, vor allem, seit die Ärzte festgestellt hatten, daß Tim, sein jüngster Sohn, schwer nierenkrank war. Sie hatten mit Nachdruck empfohlen, den Jungen so oft wie möglich aus Neustadt fortzuschaffen, denn die Giftschwaden der Chemielabors, die sich regelmäßig auf Häuser und Straßen senkten, schienen seinen Zustand zu verschlechtern.

Schaft war seit Jahren ein begeisterter Jäger, darum

nutzte er die Tage auf dem Land, um seiner Leidenschaft zu frönen. Neben diversen Auszeichnungen hatte er es bis zum Vorsitzenden der örtlichen Jägergemeinschaft gebracht. Kristine beobachtete das alles mit amüsierter Nachsicht. Wenn es ihm Spaß machte, mit Flinte und Jägerhut durch die Felder zu kriechen, sollte er es doch tun. Und wenn er am Abend nach Hause kam und wie ein kleines Kind von einem Ohr zum anderen strahlte, weil er irgendein Rebhuhn in Stücke geschossen hatte, sollte ihr auch das recht sein.

Die Ehe mit Kristine war seine zweite; von seiner ersten Frau hatte er sich neun Jahre zuvor getrennt. Ihr Name war ebenfalls Kristine gewesen, und unter Kollegen machte der müde, aber naheliegende Witz die Runde, daß er sich nur deshalb auf eine zweite Hochzeit eingelassen hatte, weil die Gravur im Familiensilber die alte blieb.

Kristine, die zweite, war Staatsanwältin, und *das* hatte tatsächlich für einigen Wirbel gesorgt. In den Augen vieler Polizisten war die Staatsanwaltschaft keine Institution, für die man freundliche Gefühle hegte. Ihrer Ansicht nach zehrten die Staatsanwälte allein von der harten Arbeit der Polizei und heimsten vor Gericht jene Lorbeeren ein, die eigentlich den Polizisten zustanden — schließlich waren sie es, die Tag für Tag auf den Straßen ihren Kopf hinhielten. Für einige seiner Kollegen war Schaft durch die Heirat zum Feind übergelaufen. Früher hatte auf Verrat die Todesstrafe gestanden; Schaft zahlte für seine Ehe, indem er die bösen Gerüchte ignorierte, die hinter seinem Rücken die Runde machten.

Während er an jenem Januarabend am Fenster stand, hörte er plötzlich ein leises Wimmern aus dem Kinderzimmer. Er sprang auf und eilte zur Tür. Seit sie von Tims

Krankheit wußten, reagierten er und Kristine überempfindlich auf jeden Schluchzer, den der Junge von sich gab.

Leise öffnete er die Tür zum Kinderzimmer und trat ein. Tim lag im Bett und weinte. Schaft setzte sich auf die Bettkante und registrierte erleichtert, daß er normal atmete.

»Was ist denn los?« fragte er und streichelte sanft über seine feuchten Wangen.

»Papa«, stieß der Kleine unter Tränen hervor. Er krabbelte unter seiner Decke hervor und erklomm den Schoß seines Vaters.

Schaft lächelte und drückte ihn an sich. »Was ist passiert, hm?«

Tim schluchzte. »Ich will nicht sterben, Papa.«

Im selben Moment erschien Kristine im Türrahmen.

Der Kleine weinte noch immer. »Ich will nicht sterben«, sagte er wieder, als sie sich neben die beiden hockte und ihrem Mann einen besorgten Blick zuwarf.

Seit seinem ersten Aufenthalt im Krankenhaus wachte Tim oft weinend auf und sprach vom Sterben und vom Tod. Sie hatten sich bereits den Kopf darüber zerbrochen, wo er diesen Unsinn aufgeschnappt hatte. Als Polizist und Staatsanwältin hatten sie oft genug mit Leichen und Mördern zu tun, und obwohl sie fast nie zu Hause über ihre Arbeit sprachen, mochte es sein, daß Tim etwas mitangehört hatte, das ihm angst machte. Sie hatten sich oft Vorwürfe deshalb gemacht.

Sie redeten noch eine Weile beruhigend auf ihn ein, und Kristine nahm ihn schließlich mit ins Bett. Schaft stellte den Fernseher ab, dann folgte er ihnen. Als er aus dem Bad kam, schlief Tim bereits tief und fest.

Er selbst fand in dieser Nacht keine Ruhe und ertappte

sich dabei, wie er im Dunkeln nach der winzigen Hand des Jungen tastete.

Tim war blond, wie Sven Behrendt, und nur ein Jahr jünger.

5. Kapitel

Steigt man am Hauptbahnhof Halle in einen der alten Reichsbahnzüge – manche haben zwei Etagen wie englische Doppeldeckerbusse – und fährt in ihm Richtung Leipzig, passiert man nach etwa zwanzig Minuten den Bahnkilometer 107. Es gibt dort nichts Aufregendes, nichts, das einen dazu bringen könnte, aus dem Fenster zu schauen. Kilometer 107 liegt auf Höhe von Schkeuditz, einem Städtchen auf halber Strecke zwischen Halle und Leipzig. Außer einem vielbefahrenen Autobahnkreuz hat der Ort wenig zu bieten; allein der nahe Flughafen macht ihn für die beiden Großstädte interessant, doch liegen Rollfelder und Terminal soweit außerhalb der Stadtgrenzen, daß wenig von ihrem Wert auf die kleine Ortschaft abfärbt.

Schkeuditz und mit ihm der Bahnkilometer 107 liegen verlassen auf einer riesigen Ebene, gelegentlich unterbrochen von sanften Hügeln. Im Sommer wächst hier Getreide, im Winter aber verwandelt sich der Boden in eine karge Ackerwüste. Außer dem stetigen Rauschen der beiden Autobahnen, dem Gerumpel der Güter- und Personenzüge und den fernen Turbinen der startenden und landenden Flugzeuge gibt es nichts, daß die trostlose Landschaft aus ihrem Winterschlaf reißen könnte. Die Bewohner dieser Gegend wissen und mögen das.

Udo Thielmann hatte die ersten zwanzig Jahre seines Lebens hier verbracht, und er war ziemlich sicher, daß sich auch in Zukunft daran nichts ändern würde. Er mochte die flache Landschaft, die Felder und die endlosen Bahngleise. Wahrscheinlich hatte das den Ausschlag gegeben, als er sich entschieden hatte, Streckenläufer bei der Reichsbahn zu werden. Mit vierzehn hatte er die Schule beendet und eine Lehre als Gleisarbeiter begonnen. Vier Jahre später, gleich nach seinem achtzehnten Geburtstag, hatte man ihn auf die Schienen geschickt, und so marschierte er nun Tag für Tag die Strecke zwischen Schkeuditz und einem Leipziger Vorstadtbahnhof ab. Seine Aufgabe war es, nach Schienenbrüchen Ausschau zu halten und gelegentlich mit dem großen Laschenschlüssel, den er über der Schulter trug, lockere Schrauben anzuziehen.

Drei Schienenpaare zogen sich hoch oben über den Bahndamm, eines für die Strecke Halle-Leipzig, eines für Leipzig-Halle, und das mittlere für den Güterverkehr. Der Damm mochte an die fünfzehn Meter breit sein, und rechts und links erstreckten sich die verschneiten Felder, eine weiße Schneewüste, durch die hier und da ein paar dunkle Erdbuckel ragten. Obwohl es noch eisig kalt war, lag Tauwetter in der Luft. Es war diesig, der Himmel grau, und der Wind, der über das weite Flachland wehte, drang bitterkalt durch seine Kleidung. Über seinen dünnen Jeansblouson hatte er eine wattierte Winterjacke gezogen und darüber die orangefarbene Signalweste, die jeder Streckenläufer laut Sicherheitsvorschrift tragen muß. Trotz allem fror er erbärmlich, als er am Vormittag des 28. Januar den Kilometerstein 107 passierte. Ein paar hundert Meter weiter lagen auf der linken Seite die ersten Häuser eines Schkeuditzer Vorortes, graue Schachteln vor dem weißen Horizont. Vor ein paar Wochen hatten Arbeiter die alten Betonschwellen unter den Schienen gegen neue aus Holz ausgewechselt. Seitdem lagen die Betonstreben abholbereit im Graben zwischen den mittleren und äußeren Schienensträngen, präzise aufgereiht wie die Sprossen einer Leiter. Seit Wochen fragte Udo Thielmann sich Tag für Tag, wann man sie endlich abtransportieren würde.

Sein Blick glitt an der endlosen Kette aus grauen, zerfallenen Schwellen entlang. Den dunklen Gegenstand, der sich zwischen zwei Streben verkantet hatte, sah er schon von weitem. Überrascht beschleunigte er seine Schritte. Das Gehen auf den Schwellen war eine Kunst für sich. Kein Schritt durfte weiter als sechzig Zentimeter sein, und die Füße durften nur auf den Schwellen aufsetzen, sonst lief man Gefahr, auf den lockeren Schottersteinen den Halt zu verlieren. Zu Anfang brauchte jeder Streckenläufer einige Wochen, bis er sich an diesen Gänsemarsch gewöhnte.

Als Udo Thielmann sich seinem Fund näherte, beschlich ihn leichte Aufregung. »Als ich schließlich davorstand, sah ich, daß es ein Koffer war«, erinnerte er sich später. »Einer von diesen braunen Oma-Koffern, schon ziemlich alt, aus Kunstleder und mit Schnappverschlüssen aus Metall. Beim Sturz vom Zug mußte er sich überschlagen haben, denn zwei Ecken waren ziemlich abgeschürft. Das Ding lag schräg zwischen den losen Betonschwellen im Schnee, und es sah nicht aus, als sei es von selbst vom Zug gefallen. Ich hatte ein komisches Gefühl dabei, trotzdem wollte ich nachsehen, was drinnen war. Ich wollte nicht mit den Fingern rangehen, deshalb nahm ich meinen Laschenschlüssel, drückte damit die Verschlüsse auf und klappte den Deckel hoch.«

Das erste, was er sah, war Papier, sonst nichts. Es schien, als wäre der Koffer bis zum Rand mit alten Illustrierten gefüllt, farbigen Seiten mit Fotos und Anzeigen, mit Artikeln und Kreuzworträtseln. Nur in der vorderen linken Ecke ragte etwas aus dem Papierberg hervor, das er zuerst für ein Wollknäuel hielt. Vorsichtig stieß er mit dem langen Metallschlüssel ein paar Zeitschriften zur Seite und sah, daß es keineswegs ein Knäuel war, sondern eine Mütze, und nicht aus Wolle, sondern aus braunem Pelz. Unter ihrem Rand ragte etwas hervor. Dunkle Socken, rot abgesetzt. Und darin dürre Beine, mit Haut wie aus hellblauem Gummi.

»Ich weiß nicht mehr, was genau ich in diesem Moment gefühlt habe«, erzählte er. »Ich könnte es wahrscheinlich auch nicht besonders gut beschreiben. Das einzige, woran ich mich erinnere, ist, daß ich immer wieder dachte: Wer macht so etwas? Wer, zum Teufel, macht so etwas nur?«

Mit dem Laschenschlüssel schob er schließlich auch die übrigen Zeitungen zur Seite. Der kleine Körper, der darunter zum Vorschein kam, war in halbdurchsichtige Plastikfolie eingeschlagen und lag zusammengekrümmt wie ein Embryo in dem Koffer. Die Freiräume waren mit weiteren, zusammengeknüllten Zeitungen ausgestopft. Fast beiläufig nahm er wahr, daß das leblose Kind nackt war bis auf die Socken und die Mütze, die man um seine Füße gezogen hatte. Weitere Kleidungsstücke lagen lose im Koffer. Unter der Folie bemerkte er etwas Dunkles auf dem Oberkörper. Blut, dachte er ganz sachlich.

Ganz langsam drückte Udo Thielmann das obere Ende des Metallschlüssels gegen die Haut des freigelegten Oberschenkels. Er hinterließ eine winzige Delle, die sich auch nach einigen Augenblicken nicht glättete. Der Schlüssel fiel aus seiner Hand und prallte mit grellem Scheppern auf eine Betonschwelle. Udo Thielmann sprang zurück und bemerkte im gleichen Moment den Güterzug, der sich in einiger Entfernung auf dem Mittelgleis näherte. So schnell er konnte rannte er ihm entgegen, zog im Laufen umständlich die Signalweste aus und schwenkte sie wild über dem Kopf.

Ein Kohlentransporter, dachte er. Hoher Energieverbrauch beim Anfahren. Zu schwer. Der Fahrer reißt dir den Kopf ab.

Funken sprühten, als der Lokführer an der Bremse riß und der Zug unter infernalischem Kreischen der Räder ausrollte. Thielmann kam atemlos neben der Lok zum Stehen.

»Ein totes Kind«, schrie er keuchend. »Da drüben liegt ein totes Kind. Sag am Bahnhof Bescheid.«

Ohne seine Reaktion abzuwarten, ließ er den verstörten Lokführer zurück und rannte an den Kohlewaggons vorbei Richtung Schkeuditz. Er nahm nicht einmal wahr, wie sich der Zug langsam wieder in Bewegung setzte. In den alten Reichsbahn-Lokomotiven gab es keine Funkgeräte. Bis der Fahrer jemanden informieren konnte, mochte noch einige Zeit vergehen.

Er rannte weiter bis zum nächsten Streckentelefon am Bahndamm. Von dort aus sprach er mit dem Schkeuditzer Bahnhofsvorsteher. »Bleib da und warte«, sagte der Mann und hängte auf.

Udo Thielmann schnappte noch eine Weile nach Luft, dann ging er mit zitternden Knien zurück zur Fundstelle. In sicherer Entfernung zum Koffer setzte er sich auf die Schienen, so, daß sich der hochgeklappte Deckel zwischen ihm und der Leiche befand. Eine Dreiviertelstunde verging, ehe die Polizei aus Leipzig anrückte. Er rauchte eine Zigarette nach der anderen und dachte an den Abdruck, den der Schlüssel im Fleisch des Kindes hinterlassen hatte. Eine steife Mulde, die sich nicht mehr schloß. Wie hellblaues Knetgummi.

TEIL ZWEI

Rätsel

1. Kapitel

Viele Jahre zuvor hatte ein anderer Junge ein eigenartiges Erlebnis. Auch er wohnte mit seinen Eltern in Neustadt, und wie Sven Behrendt war er ein kleines, mageres Kind. Sein Vater hielt ihn für schwächlich, aber die Mutter und die beiden älteren Stiefschwestern, die der Vater mit in seine zweite Ehe gebracht hatte, verhätschelten ihn und nannten ihn *niedlich*. Fremde sagten oft: »Sie haben aber ein hübsches Töchterchen.« Seine Eltern lachten dann nervös und räumten ein, er sei zwar hübsch, aber nach wie vor ein *er*. Sie glaubten, daß er noch zu klein sei, um etwas davon mitzubekommen.

Die Wochenenden und Schulferien verbrachte der Junge oft bei seinen Großeltern auf dem Dorf. Manchmal fuhr er die ganze Familie zu ihnen hinaus, manchmal setzte ihn auch sein Vater ab und fuhr wieder heim. Der Großvater züchtete Schweine, hinten im Stall, und schlachtete selbst, so wie es damals auf dem Land viele Leute taten. Aus dem Schuppen hinterm Haus drang den ganzen Tag über das Schnaufen und Quietschen der Tiere, ihr Stampfen und Wälzen im eigenen Kot. Ihr stechender Geruch hing über dem ganzen Haus, aber das bemerkte kaum jemand, denn fast jeder im Dorf hatte eigene Schweine, manch einer auch ein paar Kühe. Und Hühner natürlich, Unmengen von Hühnern, die gackernd über die Dorfstraße stolzierten und immer erst merkten, daß die größeren Jungs sie mit Steinschleudern jagten, wenn ein Geschoß sie in einer Federwolke von den Füßen riß.

Die Großmutter war stets besorgt um ihren Kleinen und versuchte, ihn durch kräftiges Essen aufzupäppeln. Sie saßen dann in der Küche, am Tisch mit dem karierten Wachstuch, sie stellte einen Teller mit fetter Suppe vor ihn hin und sagte: »Nun iß mal schön, damit du groß und stark wirst.« Danach waren Fleisch und Gemüse an der Reihe, später Pudding und Kuchen.

Der Junge *aß schön*, doch groß und stark wurde er trotz allem nicht.

Sein Großvater war einer jener rauhen Männer vom Land, die ihr ganzes Leben hart arbeiten und im Alter nicht damit aufhören können. Er liebte den Jungen abgöttisch, aber es mißfiel ihm, daß er so klein und zierlich war, ganz anders als er selbst. Er beschloß deshalb, ihm etwas über harte Arbeit beizubringen, damit das Kind früh genug mit anpacken konnte und irgendwann einmal zu dem wurde, was er selbst einen *echten Kerl* nannte.

Er begann, mit ihm hinaus auf die Felder zu gehen, stundenlang über die holprigen Wege zu spazieren und ihm die Unterschiede zwischen den einzelnen Getreidearten zu erklären. Nach Roggen, Hafer und Weizen lernte der Junge etwas über Rüben, Mais und Sonnenblumen. Als goldgelber Raps auf den Feldern stand, zeigte sein Großvater mit einer ausholenden Handbewegung über die weite Landschaft und sagte: »Das ist alles dazu da, damit das Vieh es frißt, und das Vieh ist nur dazu da, damit wir es fressen.« Ganz einfach. Selbst der alte Mann kam auf den Gedanken, daß der Kleine *niedlich* aussah, wenn er mit großen Augen zuhörte und bedächtig nickte.

Als der Junge sieben Jahre alt war, hielt sein Großvater die Zeit für gekommen, ihm etwas über die Schweine zu erzählen.

»Sie sind dreckig und stinken«, begann er, nachdem er

ihn über den Hof zum Stall geführt hatte, »aber sie sind nicht dumm. Nicht wirklich. Sie spüren, wenn es ihnen an den Kragen geht, dann schreien sie und drängen sich zusammen, bevor sie ein einziges Messer zu sehen bekommen.«

Der Junge beobachtete die großen, fetten Leiber der Tiere, alle über und über mit Schlamm bespritzt. Er glaubte nicht, daß irgend jemand sie jemals essen könnte. So schmutzig wie sie waren, so ekelhaft. Aber er war nicht dumm, und ihm war klar, daß das Fleisch, das seine Großmutter ihm mittags vorsetzte, von genau diesen Tieren stammte. Und plötzlich fand er den Gedanken daran nicht mehr ganz so furchtbar.

Einmal fragte er seinen Großvater, ob die Schweine noch Kinder oder schon erwachsen seien.

Der alte Mann lachte. »Das kann man von außen nicht sehen. Dazu müßte man sich ihre Zähne anschauen.«

»Ihre Zähne?«

Sein Großvater nickte und erklärte ihm etwas über Eckschneidezähne, Milchzangen und Mittelzähne. Der Junge verstand kein Wort, tat aber trotzdem so, als habe er alles begriffen.

So ging es weiter. Der Großvater erklärte ihm den Unterschied zwischen Eber und Sau und hockte sich dabei vor das Gatter des Geheges. Die Schweine grunzten gleichgültig.

»Schau her, das da unten ist das, was auch wir Männer haben.« Er sagte das ganz sachlich, ohne Grinsen oder Lächeln. »Wenn man es rausschneidet, haben sie darunter eine große Lücke im Fleisch. Sauen haben das nicht.«

»Rausschneiden?«

»Beim Schlachten.«

»Aber warum tut man das?«

»Das zeige ich dir später.«

»Tut das nicht weh?«

Sein Großvater seufzte. »Nein, sie sind dann schon tot.«

»Darf ich dabei zugucken?«

»Beim Schlachten? Klar. Du mußt mir sogar helfen.«

Als sein Vater ihn das nächstemal zum Hof der Großeltern brachte, hatte der Junge die Sache mit dem Schlachten längst vergessen. Sein Großvater nahm ihn nicht wie sonst an der Tür in Empfang, statt dessen stand seine Großmutter alleine da und wirkte furchtbar aufgeregt. »Es ist soviel zu tun«, sagte sie über seinen Kopf hinweg zu seinem Vater. Der nickte verständnisvoll, setzte sich wieder in den Wagen und fuhr die Dorfstraße hinunter, zurück nach Neustadt.

Seine Großmutter setzte ihn in der Küche an den Tisch, aber es gab kein warmes Essen wie sonst, sondern nur ein paar Butterbrote. Während er mit vollen Backen kaute, lief sie hektisch durch die Küche, tat etwas in dieser Ecke, dann in jener, stapelte Töpfe und Pfannen, setzte Wasser auf und stapelte Bierflaschen im Kühlschrank. Das letzte Mal hatte er sie so an Weihnachten erlebt, als sie am Heiligen Abend für die ganze Familie kochte.

Irgendwann kam sein Großvater herein. Er trug Arbeitskleidung und roch stärker nach Schweinestall als sonst. Er lächelte knapp, als er den Jungen am Küchentisch sitzen sah.

»Heute ist es soweit«, sagte er.

Der Junge erschrak, weil er nicht die mindeste Ahnung hatte, was sein Großvater mit ihm vorhatte. Der alte Mann nahm ihn bei der Hand und führte ihn hinaus auf den Hof. Er hatte das Gefühl, als wären die Geräusche der Schweine heute lauter als gewöhnlich, ihr Schnaufen schneller und das Kreischen heller und langanhaltender. Manchmal hörte es sich an, als schreie ein kleines Kind, laut und verzweifelt.

Er erinnerte sich. »Heute willst du Schweine schlachten«, stellte er stolz fest.

Sein Großvater sah überrascht zu ihm herunter, als wäre nie irgend etwas anderes in Frage gekommen. »Natürlich, was denn sonst?«

Sie gingen nicht in den Stall, sondern in einen kleineren Anbau. Die Wände waren glatt verputzt und mit weißer, wasserabweisender Farbe gestrichen. Der Betonboden war mit schmalen, parallel verlaufenden Spalten überzogen, in denen sich Wasser sammelte. Es gab einen Tisch, auf dem seltsame Dinge lagen. Durch eine breite Tür konnte der Junge hinüber in den Stall blicken. Am Gatter stand einer von den großen Jungs aus der Nachbarschaft und bespritzte die Schweine mit Wasser aus einem Schlauch.

»Warum tut er das?« wollte er wissen.

»Warmes Wasser beruhigt die Tiere und reinigt sie. Wenn sie zu aufgeregt sind, verkrampfen sie sich und bluten nicht schnell genug aus. Das gibt schlechtes Fleisch.«

Er sah jetzt, daß noch ein zweiter Mann im Stall war, wahrscheinlich der Vater des großen Jungen. Der Mann öffnete das Gatter und trieb ein einzelnes Schwein heraus. Das Tier ahnte, was ihm bevorstand, und wollte seitlich ausbrechen, aber bis zur Tür des Schlachtraums zog sich ein schmaler Gang aus Gitterwänden. Der einzige Weg führte geradeaus. Sein Großvater nahm das Schwein am Durchgang entgegen, dann trieben sie es gemeinsam in den Raum.

Der Junge stand mit großen Augen an der einen Wand und konnte sich vor Aufregung kaum rühren. Von einem

Fuß auf den anderen tretend beobachtete er, was weiter geschah.

In seiner Panik war das Schwein wie versteinert. Während der Nachbar das Tier ruhig hielt, nahm sein Großvater etwas vom Tisch, das die Form eines schmalen Trichters hatte. Mit der anderen Hand ergriff er einen schweren Hammer.

Er gab das Trichterding an den Nachbarn weiter, der es mit der breiten Seite auf die Stirn des völlig verängstigten Schweins setzte und festhielt.

Der Junge wagte kaum zu atmen, als sein Großvater direkt vor das Tier trat, weit mit dem Hammer ausholte und ihn mit aller Kraft auf die obere Seite des Trichters herabkrachen ließ. Irgend etwas zerbrach mit einem furchtbaren Knacken, das Schwein kreischte ein letztes Mal wie ein Kind, dann schlitterte es unkontrolliert mit den Füßen über den Boden und sackte zur Seite. Der Junge beobachtete mit zitternden Knien, wie das Tier noch ein paar Sekunden lang zuckte, dann lag es still. In seiner Stirn klaffte ein fingerdickes Loch, aus dem Blut lief und sich in den Bodenspalten verteilte.

Sein Großvater ließ eine Kettenschlinge von der Decke herab, die der Nachbar um das rechte Hinterbein des Schweines legte. Gemeinsam zogen sie am anderen Ende, bis das tote Tier mit dem Kopf nach unten von der Decke baumelte. Mit wachsender Aufregung fragte sich der Junge, was als nächstes passieren mochte. Der Tod des Schweins hatte ihn erschreckt, obwohl er alt genug war, um zu wissen, was die beiden Männer tun würden. Trotzdem machte ihm der Gedanke ein wenig angst: Sein Großvater hatte getötet, und der Junge fragte sich, ob das richtig war. Er sah nicht aus, als hätte ihm der Hammerschlag allzu großen Spaß gemacht, trotzdem hatte er es getan. Vielleicht gefiel es ihm ja doch ein wenig. Zuschlagen und – bumm. Ein Schwein weniger.

Die beiden Männer schoben gemeinsam einen großen, tonnenartigen Behälter vor den Kadaver. Sein Großvater griff nach einem schmalen Messer, mit scharfer, spitzer Klinge. Auf Höhe der Brust fügte er dem Tier einige gezielte, tiefe Schnitte zu, und nur eine Sekunde später löste sich ein heftiger Schwall dunklen Blutes aus der Wunde. Fasziniert beobachtete der Junge, wie der rote Strom in schnellen, pulsierenden Stößen und in weitem Bogen in den Behälter spritzte. Nach einer halben Minute nahm der Druck ab, und die Tonne, obwohl noch lange nicht gefüllt, wurde gegen ein zweites Faß ausgetauscht.

»Jetzt kommt nur noch schlechtes Blut«, erklärte sein Großvater, ohne ihn anzusehen. Der Junge nickte stumm. Er hatte so etwas noch nie erlebt. Direkt vor seinen Augen war ein Lebewesen getötet worden. Er konnte kaum abwarten, was als nächstes geschah, und die drei oder vier Minuten, die sie warten mußten, bis der Körper endlich ausgeblutet war, zogen sich scheinbar ins Endlose. Schließlich trat das Blut nur noch als schmaler roter Faden aus der Brustöffnung, und die Männer schoben den Behälter beiseite. Das Tier wurde wieder mit einem Schlauch abgespritzt, anschließend zogen sie eine große Wanne mit dampfendem Wasser darunter und seilten den Kadaver ab; ganz langsam, damit beim Eintauchen das Wasser nicht überschwappte. Mit einem Stock wurde das Tier mehrere Minuten unter die Wasseroberfläche gedrückt.

Der Junge fragte, weshalb sie das taten, und sein Großvater erklärte ihm etwas über das Brühen und Aufbereiten der Schweine. Wieder hörte der Junge nur mit einem Ohr zu, seine Anspannung war viel zu groß. Zum ersten

Mal trat er nun näher an das tote Schwein heran und beobachtete die helle Haut unter der Wasseroberfläche, auf der sich rosa Blutschlieren kräuselten.

Schließlich wurde das Schwein wieder in seine hängende Position gezogen und die Wanne beiseite geschafft. Mit ausgestrecktem Zeigefinger tippte der Junge vorsichtig gegen das tote Fleisch des Tieres. Es fühlte sich an wie warmes Marzipan. Schaudernd zuckte er zurück. Die Männer lachten.

Sein Großvater begann nun, die Haut des Kadavers mit einem stumpfen, langen Messer zu entborsten. Weitere Minuten vergingen, in denen der Junge nervös von einem Bein aufs andere trat und zusah, wie die nassen, dunklen Haare auf den Boden rieselten. Er hatte einmal Geschichten gehört von Eingeborenen im Dschungel, die ihre Feinde auffraßen, und nun fragte er sich, ob sie mit ihrer menschlichen Beute das gleiche taten wie die Männer mit dem Schwein. Einem Impuls folgend stellte er sich vor, daß statt des Tieres er selbst dort von der Decke baumelte. Die Vorstellung des Schälmessers auf seiner Haut jagte ihm Angst ein. Er variierte das Bild ein wenig, machte aus sich selbst einen Jungen aus seiner Klasse, und die Szene verlor an Bedrohlichkeit.

Nach einem weiteren Abspritzen mit dem Wasserschlauch wurde das Schwein ein zweites Mal von der Decke gelassen, und der Nachbar befestigte auch am linken Hinterbein eine Kettenschlaufe. Nach einem erneuten Aufziehen in die Senkrechte hing das Tier nun mit weit gespreizten Hinterbeinen von der Decke. Sein Großvater ging mit einem großen Schlachtmesser daran, Fleisch und Muskelgewebe zwischen den Beinen zu durchtrennen und schaffte eine Öffnung. Mit Hilfe einer Säge zerteilte er den Beckenknochen, schnitt Penis und Hoden des Tieres heraus und entfernte die Blase aus der Beckenhöhle.

Der Junge spürte einen festen Kloß im Hals. Sein Großvater steckte die Hand mit dem Messer von oben ins Innere des Kadavers und begann von dort aus einen langen Schnitt bis hinunter zum Brustbein. Danach setzte er die Klinge zu einem zweiten Schnitt über Brust und Hals an, öffnete die Unterseite des Unterkiefers und legte Zunge und Kehlkopf frei. Mit der Säge machte er sich am Brustbein zu schaffen. Ein stechender Geruch wogte warm durch den Raum. Instinktiv atmete der Junge durch den Mund, absorbierte gierig die Fülle der fremden Eindrücke, die auf ihn einströmten. Seine Sinne taumelten erregt zwischen Ekel und Faszination.

Sein Großvater führte mit dem Messer weitere Schnitte, steckte dann die rechte Hand in den geöffneten Körper und zerrte einen Haufen glitzernder Schlingen und Blasen ans Licht, die er mit dem linken Unterarm auffing und aus der Bauchhöhle heraushob. Der Junge fragte sich, ob Menschen auch *so etwas* mit sich herumtrugen und beschloß, später danach zu fragen.

Es vergingen mehrere Minuten, in denen der alte Mann mit geschickten Schnitten weitere Teile aus dem Kadaver entfernte: Herz, Leber, Lunge, dann Luft- und Speiseröhre.

Zuletzt machte er sich daran, den geplünderten Körper in zwei Hälften zu teilen. Mit einem gewaltigen Instrument, halb Messer, halb Beil, sägte er von oben nach unten durch die Wirbelsäule, teilte den geöffneten Hals und spaltete den Schädel vom Nacken bis zum Rüssel. Mit einem feuchten Knacken lösten sich die beiden Hälften voneinander und baumelten kreiselnd an den Ketten.

An diesem Nachmittag wurden noch zwei weitere

Schweine geschlachtet. Dämmerung senkte sich über das Dorf, als die Großmutter sie schließlich zum Abendessen rief und sie über den kühlen Hof zum Haupthaus gingen.

Von jenem Tag an bat der Junge seinen Großvater regelmäßig, beim Schlachten dabei sein zu dürfen. Der alte Mann freute sich, daß das Kind Geschmack an der Arbeit auf dem Land gefunden hatte, und stimmte begeistert zu.

Im Jahr darauf erlaubte er ihm erstmals, mit eigenen Händen zu helfen. Der Junge war jetzt acht Jahre alt und immer noch klein und zierlich. Das einzige, was er tun konnte, war, den Wasserschlauch beim Abspritzen der Tiere zu halten, aber sein Großvater hielt es für wichtig, dem Kind das Gefühl zu geben, selbst für einen Teil der Arbeit verantwortlich zu sein. Zudem durfte er ihm die einzelnen Messer und Sägen anreichen, die während des Schlachtens benötigt wurden.

Der Junge war sehr stolz auf das, was er beitragen konnte, und er hatte Spaß an der Arbeit im Schlachtraum. Nach wie vor ekelte er sich vor den Innereien, die sein Großvater aus den Kadavern zog, aber mit den Monaten gab sich auch das.

Bereits beim zweiten Schlachttag, den er im Hause seiner Großeltern erlebte, hatte er sich wieder an jenes Bild erinnert, daß sich ihm bereits beim ersten Mal aufgedrängt hatte: ein nacktes Kind, das statt des Schweins in den Ketten hing. Diese Idee wurde etwas wie ein Spiel für ihn, das von Mal zu Mal interessanter wurde. Er variierte die Gesichter der Kinder, mal in Jungs, mal in Mädchen, wobei er schnell feststellte, daß ihm der Gedanke an männliche Schlachtopfer mehr Freude bereitete. Er stellte sich vor, selbst Messer und Säge zu führen, und ein wildes Kribbeln packte ihn am ganzen Körper. Er hatte in solchen Momenten für nichts anderes Augen als für die Schlachtinstrumente, die durch das helle Schweinefleisch schnitten und aus einem lebendigen Wesen zwei leere Hälften machten, die tropfend hin und her pendelten.

Der Junge sprach mit niemandem über diese Gedanken; weil er sich dafür schämte, weil er sie nicht ernst nahm. Es war ein Spiel, eines, das nur er kannte. Ein Geheimnis.

Seine Begeisterung erfüllte den Großvater mit Stolz. Der alte Mann zeigte ihm auch die anderen Dinge, die auf einem kleinen Hof wie dem seinen anfielen, und obwohl er bemerkte, daß der Enthusiasmus des Jungen sich dabei in Grenzen hielt, freute er sich auf das Zusammensein mit dem Kind.

Zu Hause in Neustadt, in der Schachtelwohnung, in der die Familie des Jungen lebte, war die Situation eine andere. Seine Mutter umsorgte und verwöhnte ihren *niedlichen* Kleinen wie eh und je, aber sein Vater war der Meinung, daß mit dem Kind etwas geschehen müsse. Diese dünnen Ärmchen, die schmalen Beine – tatsächlich wie bei einem Mädchen. Deshalb brachte er dem Jungen eines Tages ein paar Boxhandschuhe und eine Turnstange mit. Die Stange wurde in einen Türrahmen geklemmt, und er konnte daran heraufklettern, Saltos üben und Klimmzüge trainieren. Wie die Handschuhe sollte die Stange dafür sorgen, daß aus dem Kleinen irgendwann noch ein richtiger Mann wurde. Seine Mutter fand das albern, sagte aber nichts, weil dem Jungen das Hantieren mit dem neuen Spielzeug in den ersten Tagen tatsächlich Spaß zu machen schien. Doch sein Interesse ließ schnell nach. Sie sagte ihrem Mann, daß er den Kleinen so akzeptieren müsse, wie er sei, und er nickte mürrisch. Trotzdem änderte sich nichts an seinem Mißfallen über die schwächliche Statur seines Sohnes.

Er liebte den Jungen, so wie Väter Söhne eben lieben. Er war kein dummer oder verbohrter Mann, der Äußerlichkeiten überbewertete, sicher nicht beim eigenen Kind; doch zweifellos war es seine latente Unzufriedenheit, die dafür sorgte, daß er einem wesentlichen Ereignis nicht die nötige Beachtung schenkte.

»Das da!«

Sein Freund zeigte auf ein rotes Spielzeugauto und warf ihm einen auffordernden Blick zu. Der Junge seufzte, achtete darauf, daß die beiden anderen Kinder es nicht bemerkten, und kramte sein kleines Portemonnaie aus der Jackentasche. Er drehte sich ein wenig zur Seite, damit niemand hineinsehen konnte, und zählte das Geld ab. Es reichte gerade für das Auto, vielleicht noch für ein paar Bonbons. Ebbe für den Rest der Woche. Der Junge kalkulierte blitzschnell: Freitag, Samstag, Sonntag – drei Tage. Das ließ sich verkraften. Er drehte sich wieder zu seinen beiden Freunden um und nickte. Der eine grinste und nahm das Auto vom Regal. Gemeinsam gingen sie zur Kasse, der Junge bezahlte und verlangte für den Rest einige Süßigkeiten.

Er hatte den beiden versprochen, daß etwas dabei heraussprånge, wenn sie nach der Schule noch mit ihm durch die Ladenpassage schlendern würden. Die vielen Geschäfte mit ihren großen Schaufenstern und bunten Auslagen reizten ihn. Nur allein mochte er nicht hierher gehen. Anschließend würden sie auf dem Spielplatz hinter der Ecke mit dem Auto spielen und die Süßigkeiten essen. Der Junge war kleiner als die anderen und schwächer. Er war es gewohnt, für Freundschaften zu bezahlen.

Sie liefen hinaus ins Freie und wandten sich nach rechts. Auf beiden Seiten ragten die grauen Wohnblocks in die Höhe und warfen lange, dunkle Schatten über die Passage. Es waren kaum Leute unterwegs, fast alle arbeiteten um diese Zeit. Die drei Kinder wanderten mit ihren Schulranzen auf dem Rücken an den Fenstern vorüber, blickten hinein und blieben manchmal stehen, um sich einen Buchdeckel anzusehen oder über Damenunterwäsche zu kichern. Die meisten Geschäfte interessierten sie nicht, Lebensmittel und Kleidung gab es auch zu Hause.

Auch für den kleinen Schuhmacherladen hätte der Junge kaum einen Blick übrig gehabt, wäre da nicht der alte Mann gewesen, der im Fenster stand und ihm zulächelte. Der Junge sah schnell zur Seite und wagte nach zwei, drei Schritten einen weiteren Blick. Der Mann lächelte immer noch. Es war ein freundliches Lächeln, und jetzt hob er die Hand und winkte ihm zu. Winkte ihn zu sich heran.

»Wartet mal«, sagte der Junge zu den anderen.

Die beiden blieben überrascht stehen. »Was is'n los?« fragte der eine.

»Seht mal.« Er deutete zu dem Schuhmacherladen hinüber, wo sich der Mann jetzt in Bewegung setzte und die Tür öffnete.

»Ihr da, kommt mal her«, rief er.

Die Jungs wechselten einen kurzen Blick, dann zuckte einer mit den Schultern, und sie gingen zu dem Mann hinüber.

Der Schuhmacher lächelte immer noch. »Kommt doch mal rein, ich hab' was für euch«, sagte er und trat zur Seite.

Die Kinder schauten sich ein letztes Mal in der Passage um. Es waren kaum Menschen da. Dann traten sie ein, und der Schuhmacher schloß die Tür. Drinnen roch es nach Leder und Klebstoff, ein warmer, schwerer Geruch, der ihnen fast den Atem raubte. Der Raum war klein und dunkel, es gab eine schmale Theke und Regale aus braunem Holz, die den Eindruck erzeugten, als beugten sich die Wände unter ihrem Gewicht vornüber. Die drei Kinder sahen sich um und fragten sich, was der alte Mann in seiner dunklen Höhle wohl von ihnen wollte. Obwohl er der kleinste und schwächste war, faßte der Junge als erster den Mut, offen zu fragen.

»Eine Überraschung«, erwiderte der Schuhmacher. »Wartet einen Moment.«

Er drehte sich um und verschwand durch eine schmale Tür zwischen den Schränken. Sie hörten ihn im Hinterzimmer nach etwas suchen, dann kam er zurück und hielt drei Tafeln Schokolade in den Händen.

»Meine Enkelkinder wollten zu Besuch kommen, und die hier waren eigentlich für sie«, erklärte er. »Aber sie sind nicht gekommen. Und ich dachte mir, bevor die Schokolade schlecht wird, schenke ich sie lieber jemand anderem.«

Er hielt jedem eine Tafel hin. Sie griffen zu und bedankten sich.

»Kommt ihr gerade aus der Schule?« fragte der Mann und sah dabei besonders den Jungen an.

»Nun ja«, erwiderte der Junge und spielte ungeduldig mit der Schokolade in seinen Händen.

Der Schuhmacher lächelte verständnisvoll. »Ihr könnt sie ruhig aufmachen, sonst schmilzt sie noch.«

Den Kindern war immer noch ein wenig mulmig zumute. Trotzdem begann erst einer, dann auch die beiden anderen, das Papier aufzureißen und einen Riegel abzubrechen.

»Also«, stellte der Mann fest, »ihr kommt aus der Schule. Und was habt ihr jetzt vor? Spielen?«

Sie nickten wieder. Keiner der drei wußte recht, was er sagen sollte. Am liebsten wären sie sofort gegangen, nachdem sie die Schokolade gesichert hatten.

»Und was spielt ihr so?«

»Och«, meinte einer der beiden größeren Jungs, »das kommt drauf an. Hier« – er zog das rote Auto aus der Tasche – »das ist neu. Wir wollen damit zum Spielplatz.«

Er erntete einen vorwurfsvollen Blick seines Kameraden und ließ das Spielzeug wieder verschwinden.

»Aha«, sagte der Schuhmacher und lachte. »Am liebsten würde ich meinen Laden abschließen und mitkommen. Es ist lange her, daß ich zum letzten Mal mit so etwas gespielt habe.« Nach einer kurzen Pause fügte er hinzu: »Aber das geht ja leider nicht.«

»Und Ihre Enkel?« fragte der Junge. »Spielen die nicht mit Autos?«

Das Lächeln des Schuhmachers hing an seinem Gesicht wie festgeklebt. »Meine Enkel ... Sicher spielen die mit Autos.« Für einen Augenblick standen sie alle etwas unentschlossen da, keiner sagte etwas. Der Schuhmacher blickte einen nach dem anderen an, dann zuckte er mit den Schultern. »Ich nehme an, ihr müßt jetzt gehen, was? Eure Mütter werden schon mit dem Essen warten.«

Sie nickten und murmelten Bestätigungen. Der Schuhmacher öffnete die Tür, und die beiden größeren Kinder gingen als erste hinaus. Den Jungen hielt er an seiner schmalen Schulter zurück. Er ging in die Knie, bis er auf einer Höhe mit ihm war.

»Magst du mich noch mal besuchen kommen?« fragte er.

Der Junge blickte in das faltige Gesicht des Schuhmachers und fühlte sich ein ganz klein wenig an seinen Großvater erinnert. Wahrscheinlich war der Mann wirklich nur traurig, daß seine Enkel nicht zu Besuch gekommen waren. Seinem Großvater wäre es genauso gegangen.

»Vielleicht«, sagte er deshalb und hob die Schultern.

Der Schuhmacher lächelte, und jetzt sprach aus seinem Gesicht echte Freude. »Ich schenke dir dann etwas ganz Besonderes«, flüsterte er, damit die beiden anderen ihn nicht hörten. Sie warteten einige Meter entfernt auf dem Gehweg und traten ungeduldig von einem Fuß auf den anderen.

»Was denn?« wollte der Junge wissen.

Der Schuhmacher hob die rechte Hand und deutete mit ausgestrecktem Zeigefinger auf ein Regal hinter der Theke. »Siehst du das?«

Der Blick des Jungen folgte der Geste. Er erkannte verschiedene Dinge auf den Regalbrettern, wußte aber nicht, was der alte Mann meinte.

»Schau genau hin«, wies ihn der Schuhmacher an. »Oben, im dritten Fach.«

Jetzt sah er es. Es war ein Magnet, der größte, den er jemals gesehen hatte, ein schwarzes Stück Metall in Form eines Hufeisens, doch mindestens doppelt so groß. Dutzende Schusternägel, Klammern und Nadeln hingen daran, und der Junge hatte das Gefühl, als könne man damit noch ganz andere Sachen festhalten. Spielzeugautos, zum Beispiel. Ein tolles Ding, ohne Zweifel.

»Der Magnet?« fragte er sicherheitshalber und konnte seine Aufregung kaum unterdrücken.

Der Schuhmacher nickte. »Ich brauche ihn heute noch, deshalb kannst du ihn noch nicht gleich mitnehmen. Aber beim nächsten Mal darfst du ihn haben.«

»Ganz bestimmt?«

»Klar.«

Der Junge und der Schuhmacher grinsten sich an.

»Du mußt mir nur eines versprechen«, flüsterte der Mann.

»Was?« fragte der Junge ebenso leise.

»Es gibt nicht viele von diesen Magneten, weißt du. Deshalb muß er unser Geheimnis bleiben. Erzähl also niemandem etwas davon, wenn du wieder herkommst.«

Der Junge nickte.

»Versprochen?«

»Versprochen.«

Der Schuhmacher erhob sich zufrieden und sah mit seinem freundlichen Großvaterlächeln zu, wie der Junge den anderen hinterherlief. Als die Kinder sich noch einmal zu ihm umdrehten, war der seltsame alte Mann bereits in seinem geheimnisvollen Laden verschwunden und hatte die Tür hinter sich geschlossen.

Natürlich erzählte der Junge niemandem davon, denn mit Geheimnissen kannte er sich aus. Zwei Tage lang widerstand er dem Drang, den dunklen Laden ein zweites Mal aufzusuchen, dann kroch die Erinnerung an den Monstermagneten in sein Gehirn und zog ihn wie einen der winzigen Schusternägel zurück in die Einkaufspassage.

Der Schuhmacher bediente gerade eine Kundin, als der Junge zur Tür hereinkam. Ein freudiges Lächeln huschte über sein Gesicht, als er ihn erkannte. Nachdem die Frau gegangen war, trat er hinter der Theke hervor und reichte ihm die Hand. Sie war groß und schwielig. Wieder erinnerte er den Jungen an seinen Großvater.

»Schön, daß du gekommen bist.«

Der Junge erwiderte das Lächeln. »Sie haben mir den Magneten versprochen.«

»Klar hab' ich das«, lachte der Mann. »Ich will ihn gleich vom Regal holen.«

Das tat er und führte den Jungen dann ins Hinterzimmer. Dort stapelten sich Dutzende von alten und neuen Schuhen, und der Geruch, der ihm hier entgegenschlug, war überwältigend. Die Ausdünstungen des alten Leders und der Schweiß ihrer Besitzer hingen fast greifbar in der Luft, durchmischt mit dem scharfen chemischen Gestank des Klebstoffs, den der Schuhmacher verwendete. Es gab kein Fenster, durch das Frischluft hätte eindringen können, und das Lüftungsgitter hoch unter der Decke war viel zu schmal, als daß es irgend etwas hätte bewirken können.

Auch hier waren die Wände hinter hohen Regalen und Schränken verborgen. An einer Wand befand sich eine breite Werkbank, auf der weitere Schuhe und Werkzeuge lagen. Davor stand ein Stuhl.

»Setz dich doch für einen Moment«, sagte der Schuhmacher freundlich. Der Junge fragte sich, was er noch von ihm wollte, aber sein Blick fiel wieder auf den Magneten, den der Mann nun gut sichtbar auf der Werkbank deponierte. Dafür lohnte es sich, ein paar Minuten hier zu bleiben und von der Schule oder von zu Hause zu erzählen.

Der Schuhmacher verschwand noch einmal kurz vorne im Laden, der Junge hörte etwas klicken, dachte sich aber nichts dabei. Dann kam der Mann zurück und lehnte sich gegen einen Schrank.

»Du hast doch dein Versprechen gehalten, oder?« fragte er.

Der Junge hob die Augenbrauen und nickte.

»Fein«, sagte der Mann. Er begann jetzt, ihn über einige Dinge auszufragen: über seine Klasse, die Lehrerin, seine Freunde. Dann, nach ein paar Minuten, öffnete er wie selbstverständlich seine Hose, holte sein Glied hervor und begann zu masturbieren. Er hörte dabei nicht auf zu lächeln.

Der Junge mochte erst seinen Augen nicht trauen, als er sah, was der Mann tat. Er fand das große Ding des Schuhmachers eklig und fragte sich gleichzeitig, warum der Mann so daran herumrieb. Er verfiel nicht in Panik, blieb einfach sitzen, sagte nichts und dachte sich: Hoffentlich hört er bald auf, und ich kann nach Hause gehen.

Auch der Schuhmacher sprach kein Wort. Irgendwann zog er aus einer Schublade einen Gummiring und stülpte ihn über sein Glied. Der Junge beobachtete, wie der Mann den Ring zurückrollte und eine dünne Gummihaut über seinem Glied erschien. Schon nach wenigen Sekunden wurden seine Handbewegungen schneller, die Vorderseite des Kondoms beulte sich ein wenig aus, und der Mann atmete tief durch. Dann zog er das Gummiding herunter und warf es in einen Müllbehälter.

Nachdem er seine Hose geschlossen hatte, kam er langsam auf den Jungen zu. Es lag nichts Bedrohliches in der Art, wie er sich ihm näherte, fast zeigte sich in seinen Bewegungen ein kameradschaftliches Vertrauen. Der Junge fühlte sich wie versteinert vor Überraschung und Abscheu, doch gleichzeitig fragte er sich, *was* der Schuhmacher da überhaupt getan hatte.

»Wie alt bist du?« fragte der Schuhmacher, als er seine

große Hand auf den dürren Oberschenkel des Jungen legte.

»Acht«, sagte er, aber er brauchte zwei Anläufe, bis das Wort heraus war.

Der Mann lächelte wieder. »Schön, daß du in diesem Alter schon Geheimnisse für dich behalten kannst. Nicht jedes Kind ist dazu in der Lage. Ganz bestimmt nicht deine beiden Freunde. Was meinst du?«

Der Junge schüttelte den Kopf. Er spürte, wie die große Hand an seinem Bein heraufkroch wie ein ledernes Insekt. »Nein«, sagte er und sprang auf. »Ich möchte jetzt nach Hause.«

Der Schuhmacher nickte. »Sicher.« Er führte ihn nach vorne zur Ladentür. »Vielleicht kommst du mich ja wieder besuchen. Ich habe dann auch wieder irgend etwas für dich. Du kommst doch wieder, oder?«

»Ja«, meinte der Junge. Er hatte keine wirkliche Angst vor dem Mann. Trotzdem scheute er sich davor, irgend etwas anderes zu sagen.

Erst jetzt bemerkte er, daß der Schuhmacher den Laden abgeschlossen hatte. Der Schlüssel steckte. Der Mann drehte ihn herum und öffnete die Tür. Kühle Frischluft strömte ihnen entgegen. Der Junge sprang ins Freie und lief davon.

»He, du hast deinen Magneten vergessen«, rief der Schuhmacher ihm hinterher, aber der Junge rannte so schnell er konnte die Passage hinunter und bog um die nächste Ecke.

Der Junge kehrte nicht am ersten, zweiten oder dritten Tag zurück, doch am vierten gewann seine Neugier schließlich die Oberhand und trieb ihn zurück in die Passage. Der Schuhmacher war nicht überrascht, als er in den Laden trat. Er lächelte wieder, als hätte er ihn längst erwartet.

»Hallo, mein Sohn«, begrüßte er ihn, trat an ihm vorbei und verschloß die Ladentür. Der Junge ging vor ins Hinterzimmer. Wie beim letzten Mal setzte er sich auf den Stuhl vor der Werkbank. Der Geruch der alten Schuhe war nun fast vertraut.

Der Mann ging vor ihm in die Hocke, sprach ein paar Sätze mit ihm und stand dann wieder auf. Er verschwand vorne im Laden und kehrte kurz darauf mit einer Schale hellroter Himbeeren zurück.

»Möchtest du welche?« fragte er.

Der Junge nickte. Der Schuhmacher stellte die Früchte neben dem Kind auf die Werkbank, trat dann zurück und onanierte wie beim ersten Mal, während der Junge sich eine Handvoll Himbeeren in den Mund schob. Die Prozedur – Erektion, Kondom überstreifen, Ejakulation – dauerte kaum länger als zwei, drei Minuten. Der Junge hatte nicht einmal ein Drittel der Himbeeren aufgegessen, als das gefüllte Präservativ in den Müll flog und der Mann seine Hose schloß.

Sosehr es ihn beim ersten Mal abgestoßen hatte, so sehr war der Junge nun vom Tun des Schuhmachers fasziniert. Als der Mann auf ihn zutrat, raffte er seinen Mut zusammen und stellte endlich die Frage, die ihn erneut hierher getrieben hatte.

»Warum tust du das eigentlich?«

Für einen Augenblick verschwand das Lächeln des Schuhmachers und machte etwas Platz, das ein Erwachsener als echtes, ehrlich empfundenes Erstaunen gedeutet hätte. Der Junge hielt es für Wut und bekam es mit der Angst zu tun, aber dann kehrte das Lächeln zurück, und alles war wieder gut. »Weil...«, begann er, schüttelte aber gleich den Kopf und begann von neuem. »Sieh mal, ich mag es, wenn kleine Jungs wie du mich besuchen.«

»Aber warum tust du das mit deinem Ding?« wollte der Junge wissen und steckte eine weitere Himbeere in den Mund. »Macht das Spaß?«

»Das kannst du mir glauben«, sagte der Schuhmacher. Der Junge spürte, wie er wieder die Hand auf sein Bein legte. Diesmal sprang er nicht auf. Er empfand nichts dabei als völliges Befremden, als der Mann den Reißverschluß seiner Hose öffnete, den Finger hineinsteckte und ihn zwischen den Beinen berührte.

»Gefällt dir das?« fragte der alte Schuhmacher.

Der Junge zuckte mit den Schultern. »Weiß nicht. Ich glaube nicht.«

»Aber es stört dich auch nicht?«

»Weiß ich auch nicht.«

»Schmecken dir die Himbeeren?«

»Ja.«

»Dann komm doch morgen wieder. Ich kauf dir noch viel mehr davon und vielleicht noch ein paar andere schöne Sachen. Würde dir das gefallen?«

Der Junge nickte halbherzig. »Ich glaube, schon.«

Der Schuhmacher zog seine Finger zurück und küßte ihn auf die Wange. *Das* gefiel dem Jungen eindeutig *nicht*, und er sagte es. Der alte Mann nickte bedrückt und versprach, es nicht wieder zu tun. Schließlich stand er auf und zog aus seiner Schublade den großen Magnet hervor.

»Vergiß ihn nicht wieder«, sagte er mit väterlichem Lächeln und führte den Jungen hinaus.

Als er die Tür aufschloß und der Junge hinaussprang, wartete bereits eine Kundin. Sie sah dem Jungen hinterher, der den Magnet mit beiden Händen umklammerte und davonlief.

»Mein Enkel«, sagte der Schuhmacher und ließ die Frau herein.

Der Junge ging danach noch fünfmal zu dem alten Mann, ehe sein Vater mißtrauisch wurde und er ihm alles erzählte.

Es begann damit, daß er ihn fragte, was er denn an den Nachmittagen täte, und sich mit der knappen Antwort »Spielen« nicht zufrieden gab. Ein paar gezielte Fragen und eine Androhung von Strafe später brachten er den Jungen soweit, daß er ihm alles gestand. Die Erlebnisse im Laden des Schuhmachers waren nicht spurlos an ihm vorübergezogen. Seiner Mutter war schon vorher aufgefallen, daß der Junge ungewöhnlich ernst und nachdenklich geworden war. Sie hatte bereits vor ein paar Tagen die Vermutung geäußert, daß er möglicherweise etwas ausgefressen habe. Sein Vater hatte die Vorstellung als nebensächlich abgetan. Im Gegenteil; insgeheim gefiel ihm der Gedanke, daß der Kleine irgendeinen Streich gespielt hatte. Richtige Jungs tun so etwas, dachte er.

Als der Junge schließlich alles erzählt hatte, was im Laden des Schuhmachers vorgefallen war, nahm sein Vater ihn bei der Hand und ging zur Polizei. Dort gab sich das Kind verschlossener als zu Hause, und schließlich war es der Vater, der den Polizisten berichtete, was geschehen war. Sie erklärten ihm, man werde den Mann überprüfen und gegebenenfalls zur Rechenschaft ziehen, aber es komme häufig vor, daß Kinder solche Geschichten erfänden. Ihnen selbst lägen noch keine derartigen Berichte über den Schuhmacher vor. Er solle seinen Sohn nach Hause bringen, sich um ihn kümmern und alles weitere der Polizei überlassen.

Der Vater tat, was man ihm gesagt hatte, und als sich der Zustand des Jungen bereits nach ein, zwei Tagen besserte, befürchtete er, daß die Polizisten mit ihrer Vermutung vielleicht doch nicht so falsch gelegen hatten. Aber aus Angst, den Jungen mit bösen Erinnerungen zu belasten, vermied er das Thema und versuchte, den Vorfall zu vergessen.

Sie hörten weder jemals von der Polizei noch von dem Schuhmacher, und schließlich wurde das Ganze als unschöne Episode zu den Akten gelegt. Seine Mutter ließ ihre Schuhe fortan anderswo reparieren.

Auch der Junge selbst dachte nur noch selten über den Schuhmacher und sein Verhalten nach. Er war um einiges Spielzeug und eine bizarre Erfahrung reicher. Statt dessen freute er sich auf den nächsten Besuch bei seinen Großeltern.

Erst viel später gewannen die Ereignisse an Bedeutung.

Jahre vergingen.

2. Kapitel

Die drei Insassen des Wartburgs, der über die verschneiten Straßen Leipzigs rumpelte, sprachen nicht viel miteinander. Sie froren. Die Heizung hatte erst vor ein paar Minuten erste Anzeichen einer Erwärmung gezeigt. Schaft und sein Kriminaltechniker Hartmut Jensen hatten während der halbstündigen Fahrt kaum zehn Sätze gewechselt, und der Fahrer zog es vor, seine Arbeit wortlos zu verrichten. Gegen Mittag setzte er die beiden Polizisten vor dem Gerichtsmedizinischen Institut ab und nahm die Anweisung entgegen, bis zu ihrer Rückkehr vor der Tür zu warten.

Der Bahnkilometer 107 lag näher bei Leipzig, deshalb hatte man die Leiche hierher gebracht und zur Obduktion freigegeben. Schaft fühlte sich nicht wohl; er wußte, was ihn erwartete. Sie hatten noch keine Bestätigung bekommen, daß es sich tatsächlich um Sven Behrendt handelte, doch niemand zweifelte ernsthaft an der Identität des Jungen. Es gab Beschreibungen: Größe, Haarfarbe, ungefähres Alter – alles paßte auf Sven. Als Bausch ihn am Telefon über den Fund informierte, hatte er den Jungen gleich beim Namen genannt.

Auf ihr Klingeln ließ die Pförtnerin sie herein. Ein junger Assistent erwartete sie und führte sie durch lange, gekachelte Korridore zum Sektionssaal. Das letzte Mal, als Schaft hier gewesen war, lag keine eineinhalb Jahre zurück. Damals, im September 1979, war eine Interflug-Maschine mit sechsunddreißig Passagieren beim Landeanflug auf den Schkeuditzer Flughafen abgestürzt und in Flammen aufgegangen. Die Insassen, Geschäftsleute aus dem Westen, unterwegs zur Leipziger Messe, waren zum größten Teil bei lebendigem Leibe verbrannt. Zehn hatte man retten können, die restlichen sechsundzwanzig starben in den Trümmern. Polizisten aus allen umliegenden Bezirken waren abgezogen und nach Leipzig beordert worden. Schaft trug damals die Verantwortung für die Identifizierung der Leichen, die man hier, in der Leipziger Gerichtsmedizin, aufgebahrt hatte. Sechsundzwanzig verkohlte Körper.

Formalingeruch wogte ihnen entgegen, als sie den Saal betraten. Die Obduktion war bereits abgeschlossen. Zwei Pathologen in grünen Kitteln standen neben dem Metalltisch, auf dem die nackte Leiche des Jungen lag. Deutlich war zu erkennen, wo sie den Oberkörper geöffnet und das Brustbein entfernt hatten. In matt glänzenden Blechschalen lagen die winzigen Organe des Kindes: Herz, Lunge, Leber, Nieren. Einer der beiden Männer war gerade dabei, fingernagelgroße Proben zu nehmen, um die Reste anschließend zurück in den Körper zu geben. Ob der Junge blond war, konnte Schwarz nicht erkennen; seine Haare waren abrasiert, die Kopfhaut wie eine Gummikappe nach vorne gezogen, die Schädeldecke geöffnet. Die Pathologen hatten das Gehirn entnommen. Schaft spürte, wie Jensen neben ihm tief durchatmete. Es *war* Sven Behrendt, natürlich, und das Lächeln, das er auf Vermißtenanzeigen und Fahndungsfotos zeigte, war längst von seinen Zügen verschwunden. Das kalte Neonlicht, das sich auf Kacheln und Metall spiegelte, machte ihn zum Albino. Der Junge hatte viel Blut verloren.

»Er war völlig steifgefroren«, sagte einer der Pathologen. »Wir mußten ihn erst auftauen, bevor wir irgend etwas unternehmen konnten.«

»Woran genau ist er gestorben?«

Der Mann nahm eine Karteikarte von einem der umliegenden Tische und überflog sie. Sein Kollege fuhr währenddessen mit der Entnahme der Proben fort. Er löste einige hauchdünne Scheiben aus der Gehirnmasse und verpackte sie in sterilen Behältern.

Der Mediziner verlaß die Litanei der Verletzungen wie eine Einkaufsliste. Jemand hatte Sven Behrendt von hinten den Schädel zertrümmert und dabei dem Hirn schwere Schäden zugefügt. Ob das Kind daran gestorben war, blieb vorerst unklar, denn der Mörder hatte sich nicht mit diesem Schlag begnügt. Die Leiche wies vier Stichverletzungen am Hinterkopf auf, zwei weitere im Gesicht und eine in der linken Brusthälfte. Offenbar hatte der Täter siebenmal mit einem Messer auf den Jungen eingestochen. Ziellose und mit enormer Kraft geführte Stiche, wie der Pathologe betonte. Möglicherweise mit einem Küchenmesser.

»Wo ist der Koffer?« fragte Schaft.

»Draußen, auf dem Flur.«

»Sie haben ihn einfach auf dem Flur stehengelassen?«

Der Gerichtsmediziner zuckte mit den Schultern. »Wir waren nicht sicher, was wir damit tun sollten.«

Schaft und Jensen stürmten hinaus auf den Korridor, und richtig, da stand er, groß, braun, alt. Ein häßliches Ding. Schaft beobachtete, wie Jensen daneben auf die Knie ging, aus seinem eigenen Arbeitskoffer ein paar Gummihandschuhe hervorholte und sie überzog. Er faßte den Lederkoffer am Griff und trug ihn in den Saal. Schaft hielt ihm die Tür auf.

Jensen zog einige Gläser mit Schraubverschluß aus seinem Utensilienkoffer, öffnete eines, zog ein kleines, quadratisches Tuch hervor und preßte es auf den Griff des

Koffers. Das Tuch absorbierte winzige Geruchspartikel, die später beim Einsatz von Spürhunden von Nutzen waren. Er tat dasselbe mit einigen weiteren Tüchern, die er auf andere Stellen des Koffers legte und dann blitzschnell in den Gläsern verstaute. Peinlich genau beachtete er, nicht selbst mit den Tüchern in Berührung zu kommen.

Anschließend öffnete er den Koffer, und sie beugten sich hinüber. Bausch hatte ihnen schon am Telefon von den Zeitungen berichtet, deshalb überraschte sie der Anblick der zahlreichen bunten Blätter nicht. Einige waren zerknüllt, offenbar, um sie als Polster in die Hohlräume zwischen Leiche und Kofferwand zu stecken. Vom langen Aufenthalt im Freien waren sie feucht geworden und hatten sich verfärbt. Schwarz erkannte Seiten aus Berliner Illustrierten, manche mit Texten, einige mit Fotos. Und er sah noch mehr.

Da waren Kreuzworträtsel, ausgefüllte Kreuzworträtsel.

Mit großen, handgeschriebenen Blockbuchstaben.

Klaus Behrendt fühlte sich grauenhaft, und da war keiner, der ihm das nicht ansah. Er hatte eine Weile gebraucht, bis er Svens Verschwinden soweit verkraftet hatte, daß er wieder zur Arbeit gehen konnte. Er gab sich laut und aggressiv, aber jeder wußte, wie es wirklich um ihn stand; die Alkoholrationen, die er tagtäglich hinunterkippte, überzeugten auch den letzten seiner Kollegen, daß hier ein Mann vor die Hunde ging.

Er nahm ihre lahmen Aufmunterungen dankbar entgegen und nutzte ihre Aufmerksamkeit, ihnen sein Leid zu klagen. Jeder verstand das, aber keiner legte allzu großen

Wert darauf. Der einstige Oberstleutnant der U-Boot-Flotte war nur noch ein Schatten seiner selbst. Sein Haar war strähnig, das Gesicht grau und eingefallen, die Stimme rauh und unverständlich. Er schien nicht einmal mehr die Auswirkungen seines morgendlichen Katers abzuwarten, ehe er die erste Flasche aufmachte und einen tiefen Schluck nahm.

So ging es den ganzen Vormittag, über die Mittagspause hinweg bis hinein in die Nachmittagsstunden, und die meisten vermuteten, daß ein paar unschöne Worte fallen würden, als der rote Lada ihres Chefs am 28. Januar auf den Hof des Betriebs rollte und wenige Meter neben Klaus Behrendt zum Stehen kam.

Er war gerade dabei, einige Zementsäcke auf die Ladefläche eines Lastwagens zu hieven, als der Chef von hinten an ihn herantrat.

»Herr Behrendt?«

Klaus drehte sich um. Er hatte getrunken, aber nicht soviel, als daß ihm entgangen wäre, wer da vor ihm stand. Er setzte den Zementsack ab und ließ sich von seinem Vorgesetzten aus der Hörweite seiner Kollegen führen.

Obwohl die Männer nicht verstanden, was gesprochen wurde, konnten sie beobachten, wie er nach den ersten Sätzen kraftlos gegen den Kotflügel des Ladas sackte. Er sah aus, als könne er sich nur mit letzter Kraft auf den Beinen halten.

Der Chef legte den Arm um seine Schultern, führte ihn um den Wagen herum und bugsierte ihn auf den Beifahrersitz. Ohne weiter auf seine Leute zu achten, die wie versteinert zusahen, setzte er sich selbst hinters Steuer und lenkte den Wagen vom Hof.

Als Klaus nach Hause kam, waren Schaft und Marias Mutter in seinem Wohnzimmer. Maria selbst saß leichenblaß im Sessel und sah aus wie ein Eisblock. Sie sagte kein Wort, als er mit dem Chef zur Tür hereinkam. Ohne irgendeinen der anderen zu beachten, ging er neben ihr in die Hocke und umarmte sie. Nach einer Weile erwiderte sie die Geste. Aneinandergeklammert saßen sie da und weinten. Noch viele Jahre später sollte Schaft sich genau an das Versprechen erinnern, das er den Behrendts in diesem Moment gab: »Ich weiß nicht, ob Sie das trösten wird, aber wir werden diesen Fall aufklären. Glauben Sie mir, wir finden den Kerl.«

Eine Weile lang schien niemand seine Worte zu beachten. Marias Mutter war zu ihrer weinenden Tochter gerückt und hatte die Hand auf ihren Unterarm gelegt. Sie sagte keinen Ton.

Plötzlich sah Klaus auf und versuchte, ihn mit verheulten Augen zu fixieren. »Ich will meinen Jungen sehen«, verlangte er.

Schaft nickte. »Sicher. Wir brauchen ohnehin eine offizielle Identifizierung.«

»Wo ist er?« wollte Klaus mit lauter Stimme wissen.

»Noch in Leipzig.«

»Dann fahren Sie mich hin!«

Schaft schüttelte den Kopf. »Heute nicht. Kommen Sie erst einmal zur Ruhe. Wir werden später . . .«

»Ich will ihn *jetzt* sehen!« unterbrach Klaus.

Schaft erinnerte sich an den geöffneten Brustkorb und das entnommene Gehirn. Er war nicht sicher, ob die Pathologen den Körper bereits soweit hergerichtet hatten, daß er den Eltern den Anblick zumuten konnte. Zudem gab es keinen Zweifel, daß es sich bei dem toten Jungen um Sven Behrendt handelte. Die Identifizierung war reine Formsache. »Morgen«, beharrte er deshalb.

Bevor Klaus, der wieder zu weinen begann, widersprechen konnte, stand er auf. Er trat an dem nervösen Betriebsleiter vorbei, der immer noch unschlüssig im Flur stand, und verabschiedete sich.

»Ich schicke Ihnen gleich morgen früh einen Streifenwagen.« Dann ging er und ließ die Behrendts zurück. Er wußte, daß es so das beste war.

Aber Klaus Behrendt blieb dabei: Er wollte Sven sehen, und wenn er zu Fuß nach Leipzig gehen mußte. Sein Chef, vielleicht doch kein so übler Kerl, wie er oft gedacht hatte, trat neben ihn, räusperte sich und sagte: »Hören Sie, wenn Sie es versuchen wollen, können Sie einen unserer Wagen nehmen.«

Klaus sah auf und nickte.

Eine halbe Stunde später war er mit Maria und ihrer Mutter auf dem Weg zur Staatsanwaltschaft in Halle. Er glaubte, daß er nur hier die entsprechende Erlaubnis bekommen konnte, um die Leiche zu sehen. Am Eingang verlangten sie den »Genossen Bezirksstaatsanwalt«. Die Wachmänner hielten sie zurück und ließen sie nicht einmal bis zur Tür. Einer verschwand für einen Moment im Inneren und kam dann zurück. »Er ist nicht zu sprechen«, sagte er und ignorierte jeden weiteren Versuch.

Als Maria sah, daß ihr Mann nah daran war, sich mit bloßen Fäusten auf den bewaffneten Wächter zu werfen, schob sie ihn unter viel gutem Zureden zurück zum Auto. Klaus war außer sich. Er weinte und schimpfte zugleich.

Er verlangte von dem Fahrer, den sein Betrieb für sie abgestellt hatte, die beiden Frauen zurück zur Wohnung und ihn selbst nach Leipzig zu bringen. Trotz aller Proteste von seiten Marias und ihrer Mutter setzte er sich durch. Nach einer Stunde Fahrt durch Schneeverwehungen und tückischen Seitenwind kamen er und der Fahrer in Leipzig an.

Die Pförtnerin des Instituts wollte wissen, wer er sei und was er wolle. Klaus schimpfte und schrie so lange vor der Tür, bis eine Ärztin und ihr Assistent ihn empfingen. Sie erklärten ihm, er könne die Leiche unmöglich ohne offizielle Erlaubnis sehen.

Klaus tobte.

Sie sagten nein.

Klaus fluchte.

Nein.

Er drohte, das Institut zu Kleinholz zu verarbeiten.

Sie blieben dabei. Dann gaben sie ihm eine Beruhigungsspritze und ließen ihn zurück nach Halle bringen.

Am nächsten Morgen fuhr Schaft nicht zum Neustädter Revier, sondern gleich zur Bezirkszentrale der Volkspolizei in der Dessauer Straße. Im Labor war Jensen bereits dabei, den Koffer und seinen Inhalt auf mögliche Spuren zu untersuchen. Manfred Kühn, ein Kollege, half ihm dabei.

Der Koffer lag aufgeklappt auf einem Tisch. Eine stechende Geruchsmixtur aus Jod und verschiedenen Chemikalien wogte durch den Raum und verschlug Schaft den Atem. Kühn beugte sich über den Koffer und versuchte, Fingerabdrücke und andere unsichtbare Spuren abzunehmen. Jensen stand an einem Tisch vor dem Fenster und schwenkte mit einer Pinzette einzelne Zeitungsseiten über einer mit Joddämpfen gefüllten Glaskugel. Auch sie sollten Abdrücke an den Ecken und Kanten des Papiers sichtbar machen.

»Glaubst du, daß wir so irgendeine Chance haben?« fragte Schaft zweifelnd.

Jensen zuckte mit den Achseln. »Kann sein, kann auch nicht sein. Bisher ist das Ergebnis gleich Null.«

Neben ihm lag ein hoher Papierstapel. Schaft beneidete ihn nicht um seine Aufgabe. Der Mann von der Spurensicherung bemerkte seinen Blick. Er seufzte. »Wir mußten den ganzen Mist über Nacht auf der Heizung trocknen. Es würde mich wundern, wenn wir daran noch irgendwas finden.«

»Und der Koffer?«

Kühn sah zu ihm auf. »Bisher Fehlanzeige. Das Ding hat tagelang im Schnee gelegen.«

»Ihr macht das schon«, meinte Schaft mit müdem Lächeln.

Jensen gab keine Antwort und seufzte statt dessen ein zweites Mal.

Schaft erinnerte sich an einen Gedanken, der ihm in der Nacht gekommen war. »Seid ihr eigentlich sicher, daß das Ding die ganzen zwei Wochen da draußen gelegen hat?«

Kühn nickte. »Sieht so aus. Das Material ist ziemlich feucht, aber noch nicht angefault.«

»Es ist Winter.«

»Eben. Bei Frost bleibt der Koffer genauso frisch wie die Leiche.«

»Aber es taut.«

Kühn schüttelte den Kopf. »Erst seit ein paar Tagen. Und immer nur für einige Stunden, dann friert es wieder.« Er streckte seinen Rücken, atmete tief durch und beugte sich wieder über den Koffer. »Ich bin ziemlich sicher, daß die Kiste die ganzen Tage neben den Schienen gelegen hat.«

»Und wenn nicht?« Darauf brauchte niemand zu antworten. Wenn nicht, dann hatte man den Jungen höchstwahrscheinlich noch eine Weile am Leben gelassen; und wer weiß was mit ihm angestellt.

Jensen hatte denselben Gedanken. »Es gibt keine Spuren einer Vergewaltigung«, sagte er.

»Keinen Samen«, verbesserte Schwarz. »Das heißt nicht, daß der Junge nicht mißbraucht wurde.«

Jensen nickte. Kinder im Alter des kleinen Sven Behrendt wurden fast immer aus sexueller Motivation getötet. Die Statistik wies ihn als typisches Opfer aus: klein, blond, zierlich.

Es waren immer die kleinen Blonden.

Schaft verabschiedete sich und ging.

Einsatzgruppen und Sonderkommandos sind in keinem Polizeirevier gerngesehene Gäste. Die Kollegen, die Tag für Tag hier ihren Dienst schieben, machen oft einen Bogen um ihre Mitglieder und begegnen ihnen mit Mißtrauen. Viele ärgert die Selbstverständlichkeit, mit der sie ihre Büros für die meist bei Nacht einfallenden Horden räumen müssen. Zudem weiß oft keiner genau, was die Kerle überhaupt wollen und wonach sie suchen.

Im Fall Sven Behrendt dagegen war jedem klar, worum es ging. Viele der in Neustadt stationierten Streifenpolizisten meldeten sich freiwillig für Befragungen auf Straßen und an Haustüren. Bereits bei der zweiwöchigen Suche hatten Dutzende von ihnen unbezahlte Überstunden gemacht, und nachdem bekannt wurde, was dem Jungen zugestoßen war, stellten sich noch viele mehr für die Arbeit nach Feierabend zur Verfügung. Die meisten von ihnen hatten eigene Kinder. Trotz der enormen Bereitschaft zur Mitarbeit bemühte sich Schaft, den Informationsstand so niedrig wie möglich zu halten. Keiner, außer seinen engsten Mitarbeitern und einigen Vorgesetzten, erfuhr, auf welche Weise der kleine Sven getötet worden war. Das war Täterwissen, das nicht in die Öffentlichkeit gehörte und erst später in Verhören angewendet werden sollte.

Auch die ausgefüllten Kreuzworträtsel, die sie im Koffer gefunden hatten, blieben zu Anfang streng geheim.

Dieter Bausch, der stellvertretende Dezernatsleiter, war der erste, dem Schaft davon erzählte. Beiden war klar, welche Bedeutung die zerknüllten und aufgeweichten Papierfetzen hatten: Wenn es eine Chance gab, den Täter ohne weitere Spuren zu überführen, dann anhand der handgeschriebenen Blockbuchstaben.

Schriftproben lautete der Schlüssel für ihre weitere Arbeit. Schriftproben von allen, die als Täter in Frage kamen. Was sie gleich zum ersten Problem führte: Nach dem bisherigen Stand der Ermittlungen war jeder Bewohner Neustadts ein Verdächtiger. Allein das waren nach Abzug von Kindern und Invaliden noch weit über 50 000 Menschen. Hinzu kamen die Einwohner Halles. An Durchreisende und die Bewohner der näheren Umgebung mochten sie gar nicht denken.

Trotzdem übergab Bausch die Kreuzworträtsel gleich am ersten Tag nach dem Leichenfund einem seiner Schriftgutachter. Der begann sofort mit seiner Analyse, unter dem Hinweis, daß diese wohl zwei Tage in Anspruch nehmen werde.

Während sie noch über die Möglichkeit einer großangelegten Schriftensammlung sprachen, erzählte Bausch Schaft hinter vorgehaltener Hand etwas, das den Leiter der Mordkommission vor Wut fast außer sich brachte: Die örtlichen Parteisekretäre hatten sich persönlich eingeschaltet und Fotos von der Leiche des Jungen angefordert. Das Labor hatte die Nacht durcharbeiten müssen, damit die Abzüge den Parteibonzen zum Frühstück vorlagen.

Schaft fluchte. »Das ist pure Onanie, nichts anderes.«

Bausch versuchte vergeblich, ihn zu beruhigen.

»Diese Dummköpfe haben nichts Besseres zu tun, als sich die Dinger über ihre Schreibtische zu hängen.«

Gleich zwischen ihr Honecker-Portrait und die kubanischen Ansichtskarten. Aber das sagte er nicht. Statt dessen fuhr er fort: »Du weißt doch, was die mit diesen verdammten Fotos machen. Das weißt du doch, oder?«

»Sicher«, sagte Bausch, »aber *du* weißt auch, daß . . .«

Schaft war nicht mehr zu bremsen. »Auf dem nächsten Parteiempfang werden die Bilder die Runde machen wie die Fotos vom letzten Schwarzmeer-Urlaub. Sven ohne Brustbein, Sven ohne Kopfhaut, Sven ohne Gehirn.«

Schaft wütete den ganzen Tag und war nahe daran, ein Telefongespräch mit den verantwortlichen Stellen zu führen. Mit Mühe bremste er sich selbst. Trotz allem war er kein Idiot; ein Wort zur falschen Person würde ihn in Minuten zum Pförtner degradieren.

Manchmal, und vor allem, wenn er es mit Mord an einem Kind zu tun hatte, erinnerte Schaft sich an die Badewanne voller toter Säuglinge. Er war damals selbst noch ein Kind gewesen, in jenen Tagen, als er und seine Familie aus Schlesien Richtung Westen flohen. Sie waren auf der Suche nach einer Bleibe für die Nacht, als man sie in einem Krankenhaus aufnahm, wo in Wartezimmern und auf Korridoren Hunderte von Menschen schliefen. Später konnte er sich nicht mehr erinnern, warum er in das Zimmer mit der Wanne gegangen war, nur noch, daß er plötzlich davor stand und auf einen Berg hellhäutiger, ineinander verschlungener Babyleichen starrte. Er erfuhr nie, wo die Kinder herkamen und woran sie gestorben waren. Alles, was hängenblieb, war die Erinnerung. Das Bild der toten Kinder in der Wanne.

Er dachte wieder daran, als man ihm mitteilte, die Leiche Sven Behrendts sei von Leipzig nach Halle überführt worden. Wie geplant hatte ein Fahrer sie am Morgen abgeholt und nach Leipzig gebracht. Der Junge war nun eindeutig identifiziert.

Er versuchte, sich an die Gefühle zu erinnern, die er beim Anblick der toten Säuglinge empfunden hatte. Dann tauschte er ihr Bild gegen das von Tim aus und glaubte zu wissen, wie die Behrendts sich jetzt fühlen mußten.

Das Telefon auf seinem Schreibtisch klingelte. Jensen war dran. »Wir haben doch noch was gefunden.«

»Und das wäre?«

»Kleinkram«, sagte Jensen. »An der Leiche des Jungen hingen Wollfasern, ganz offensichtlich von einer Decke, Marke *Molly*. Außerdem waren da noch ein paar Bindfäden und ein Stück Wäscheleine, mit denen er den Körper verpackt hatte. Mit etwas Glück kann ich dir heute noch den Hersteller nennen.«

»Sonst nichts?« fragte Schaft.

»Reicht das nicht?«

»Nein.«

»Weder am Papier noch am Koffer haben wir erhaltene Fingerabdrücke gefunden. Zwei Wochen Feuchtigkeit machen auch die besten Spuren zunichte. Tut mir leid.«

Schaft bat ihm um seinen Bericht, bedankte sich und legte auf. Dann trat er ans Fenster und blickte hinunter auf die Straße.

Trotz des Tauwetters lag der Schnee noch einige Zentimeter hoch. Der Himmel hing grau und drückend über dem Betonlabyrinth. An der dünnen Einfachverglasung des Fensters sammelte sich Kondenswasser. So nah an der

Scheibe war von der Wärme im Inneren des Raums nicht viel zu spüren. Die Kälte fraß sich durch das Glas und prickelte auf seiner Haut.

Schaft beugte sich nach vorne und warf einen Blick durch das Teleskop, das immer noch da stand, wo man es am ersten Tag hingestellt hatte. Die Gardinen im Wohnzimmer der Behrendts waren vorgezogen, und bei Tageslicht war es unmöglich, einen Blick hindurch zu erhaschen. Mit einem plötzlichen Gefühl der Scham zuckte er zurück und setzte sich wieder an den Tisch. Dort brütete er über finsteren Gedanken, bis die Sekretärin ihn am frühen Abend zur Besprechung mit allen Mitgliedern der Einsatzgruppe und ihren Vorgesetzten rief.

Die Versammlung fand im Schulungsraum der Feuerwehr statt, unten im Parterre. Ihr eigenes Besprechungszimmer im vierten Stock war zu klein für die fast fünfzig Männer, aus denen die Gruppe seit heute bestand. Bausch hatte die letzten noch fehlenden Leichenbearbeiter aus den umliegenden Bezirken abgezogen und zur Verstärkung nach Neustadt geschickt. Nicht einmal im Stehen hätten so viele Personen in dem Zimmer Platz gefunden. Zudem hatten sich Reinhard Sander und seine Ermittler dort breitgemacht.

Seit heute gehörten mehrere Männer vom Ministerium für Staatssicherheit zur Einsatzgruppe. Sie waren Schaft nicht persönlich unterstellt, sondern hatten ihren eigenen Führungsoffizier dabei. Schaft störte sich nicht daran. Die MfS-Leute brachten neben der Bereitschaft, ihn und seine Kollegen zu beobachten, auch einiges an technischem Know-how mit. In der Regel liefen Ermittlungen, an denen die Stasi beteiligt war, reibungsloser und schneller ab. Mit etwas Glück würden sie die Aufklärung des Falles beschleunigen. Der Gedanke an schlechte Berichte und Aktenvermerke war für Schaft vorerst Nebensache; wenn sie Svens Mörder gefaßt hatten, blieb genug Zeit, sich darüber aufzuregen.

Er und Bausch erklärten in knapper Form ihren Plan und baten um weitere Verstärkung von Seiten der Streifenpolizei. Zum Eintreiben der Schriftproben brauchten sie jeden verfügbaren Mann. Zu ihrer Überraschung gaben die Offiziere dem Vorhaben ihren Segen. Schaft hatte den Eindruck, daß ihnen die Tragweite des Plans noch nicht bewußt war. Er ahnte bereits, daß ihre wirklichen Probleme früh genug auftauchen würden.

Es wurde beschlossen, die Befragungen am Treff und die Ermittlungen im Umfeld der Familie weiterzuführen. Außerdem sollte die Beobachtung von einschlägig Vorbestraften und Homosexuellen verstärkt werden. Die MfS-Leute nickten stumm, dann wurde die Versammlung aufgelöst.

Rudolf Holzmann war ein grauhaariger Polizist, irgendwo in den Fünfzigern. Sehr korrekt, sehr sorgfältig. Sein Bauchansatz verriet, daß der Schriftgutachter seit Jahrzehnten an keinem körperlichen Einsatz mehr teilgenommen hatte. Bausch hatte ihn mit Bedacht für die Auswertung der Kreuzworträtsel ausgewählt. Sie hatten bereits in zahlreichen Fällen zusammengearbeitet; fast immer mit Erfolg. In seinen Augen war er einer der fähigsten Sachverständigen des Bezirks. Aus Platzmangel bezog Holzmann kein Büro in Neustadt, sondern blieb im Präsidium Halle, dort, wo Schaft zum ersten Mal von Svens Verschwinden gehört hatte.

In Neustadt kämpften die Polizisten mittlerweile mit dem beengten Raum. Drei, vier und fünf von ihnen saßen in einem Büro, teilten sich Telefone und Tische. Die Benutzung der wenigen Schreibmaschinen war Streitpunkt Nummer eins, wenn einer nach dem anderen am Abend seinen Tagesbericht tippte und sich über das Einfingersystem seiner Kollegen ereiferte.

Holzmann blieb vorerst von diesem Gedränge verschont und erstellte in Ruhe sein Gutachten. Wie versprochen, lag es nach zwei Tagen als Kopie auf Schafts Schreibtisch in Neustadt und bei Bausch im Bezirkspräsidium.

Der Sachverständige kam zu dem Ergebnis, daß die Blockbuchstaben in den Kreuzworträtseln eindeutig von ein und derselben Person stammten. Er verwies auf die altmodische Linienführung mit ihren Schnörkeln und Lücken und äußerte seine Gewißheit, daß es sich bei dem Rätselrater um jemanden handelte, der das Schreiben lange vor Gründung der DDR erlernt hatte. Höchstwahrscheinlich eine Person seiner eigenen Generation.

Schließlich kam er zu einem Fazit, das Schaft und Bausch zutiefst verstörte. Die ganze Zeit über waren sie von einem Täter ausgegangen, dessen Alter sie nicht kannten. Dabei hatten sie ganz selbstverständlich angenommen, daß Sven von einem Mann ermordet worden war. *Nur* ein Mann war fähig zu einer solchen Tat.

Holzmann aber zerstörte diese Gewißheit. Die Einträge in den Kreuzworträtseln entsprachen keiner männlichen Handschrift. Ja, er sei völlig sicher, erklärte er.

Hier war eine Frau am Werk.

3. Kapitel

Der Junge war dreizehn, als er zum erstenmal onanierte. Er tat es unbemerkt, draußen, auf dem Hof der Großeltern, und danach hatte er schlimme Befürchtungen. Daß sein Glied sein Leben lang rot bleiben würde; oder daß es fortan ganz von selbst so reagieren würde, wie es reagiert hatte. Beängstigende und verlockende Gedanken. Nichts Ungewöhnliches.

Er hatte gesehen, wie der Schuhmacher es getan hatte, damals. Aber der war viel älter gewesen, und er hatte es gleich vor seinen Augen gemacht. Das wollte er nie tun. Diese Sache ging keinen etwas an, sie war sein Geheimnis; eines mehr in seiner wachsenden Sammlung.

Der Junge dachte beim Onanieren nicht an Sex. Nicht einmal an nackte Mädchen. Er hatte noch nie eine Frau ohne ihre Kleidung gesehen, auch nicht seine Mutter. Sie und sein Vater achteten peinlich darauf, sich niemals nackt vor ihm zu zeigen. Genauso, wie sie sich nie in seiner Gegenwart küßten oder umarmten. Wahrscheinlich legten sie einfach keinen Wert darauf.

Bei den ersten Malen, als er es tat, schaute er sich im Katalog die Unterwäsche für Jungs an. Das gefiel ihm: die schlanken Kinderkörper in den knappen, engen Höschen und Hemdchen. Sie lächelten, als würde ihnen das Posieren vor der Kamera großen Spaß machen. Sie wollten, daß man ihnen beim Ausziehen zuschaute. Der Junge wünschte sich, dabeisein zu dürfen.

Er selbst mochte es überhaupt nicht, wenn man ihm

beim Umkleiden zusah: Als rund um seinen Penis winzige Pickel erschienen und dunkle Härchen daraus hervorsprossen, war ihm das so unangenehm, daß er beim Schulsport stets wartete, bis die anderen den Umkleideraum verlassen hatten, ehe er selbst die Unterhose herabzog.

An einem Sommertag desselben Jahres begab er sich auf eine Entdeckungsreise. Seine Eltern waren ausgegangen und wollten nicht vor dem späten Abend zurückkehren. Seine beiden Stiefschwestern waren längst von zu Hause fortgezogen. Der Junge war ganz allein in der Wohnung. Er konnte das Ticken der Wohnzimmeruhr bis in sein Zimmer hören. Der Wind stöhnte leise an den Mauern des Wohnblocks, und warmer Augustregen klopfte monoton gegen die Scheiben.

Er hatte oft mit dem Gedanken gespielt, den Kleiderschrank seiner Eltern zu erforschen, aber selten hatte sich eine bessere Gelegenheit ergeben als heute. Gewöhnlich bestand seine Mutter darauf, daß sein Vater ihn zu den Großeltern brachte, wenn sie für längere Zeit fortgingen, aber diesmal hatte der Junge sie überzeugen können, daß er längst alt genug sei, um ein paar Stunden allein zu bleiben. Sein Vater hatte das mit einem stolzen Lächeln quittiert und genickt.

Das Schlafzimmer seiner Eltern lag gleich neben seinem eigenen, und doch trennte die beiden Räume mehr als eine Wand. Einmal hatte er in der Schule mit angehört, wie sich zwei Klassenkameraden über die Laute unterhielten, die bei Nacht aus dem Zimmer ihrer Eltern drangen. Die beiden hatten gekichert und so getan, als wüßten sie genau über alles Bescheid. Der Junge hatte sich abgewandt und gar nichts gewußt. Er hörte nie Geräusche, und wenn doch, dann war es das Schnarchen seines Vaters.

Natürlich war er oft im Schlafzimmer gewesen, jedoch nur, wenn seine Mutter oder sein Vater zu Hause waren. Deshalb spürte er nervöse Unruhe, als er an diesem Nachmittag die Klinke der Schlafzimmertür hinunterdrückte und vorsichtig durch den Spalt blickte.

Der Raum lag in trübem Zwielicht. Die Sonne war hinter grauen Wolken verborgen, Regen hing an den Scheiben, und die weißen Vorhänge waren zugezogen. Der Geruch seiner Eltern hing warm und einladend über dem Bett. Seine Mutter hatte Parfüm aufgelegt, bevor sie ging, schwer und süß. Ein Hauch davon lag in der Luft wie das Echo ihrer Anwesenheit.

Zwischen Bett und Kleiderschrank, der an der rechten Wand stand, war gerade genug Platz, daß eine Person hindurchgehen konnte. Der Durchgang führte geradeaus zum Fenster. Durch die weißen Netze der Vorhänge und die Wasserschlieren wirkte das graue Muster der gegenüberliegenden Fensterfassade wie Rechenpapier in einem Schulheft. Der Junge hielt den Atem an und horchte durch den Flur ins Treppenhaus. Stille. Keiner kam. Nur die Uhr im Wohnzimmer tickte. Die Bettdecke war penibel geradegezogen und glattgestrichen. Obenauf lag ein Badeanzug seiner Mutter. Sie besaß zwei oder drei davon, trug sie aber nur selten. Die wenigen Male, die sie gemeinsam an einem der nahen Badeseen gewesen waren, hatte sie in Rock und Bluse auf dem Handtuch gesessen und in einer Zeitschrift gelesen.

Er trat näher heran und berührte den glatten Stoff mit den Fingerspitzen. Fühlte sich gut an. Dann ging er hinüber zur Kommode, betrachtete das kleine Schmuckkästchen und den übrigen Krimskrams, der darauf stand. Nichts davon interessierte ihn. Er ging zurück zum Schrank, blieb davor stehen und betrachtete sich selbst in der Spiegeltür. Ein dreizehnjähriger Junge mit dunklem Haar, immer noch sehr klein und schmächtig. Hübsch.

Wieder horchte er auf Stimmen oder Schritte im Treppenhaus. Nichts. Vorsichtig streckte er die rechte Hand aus, drehte den Schrankschlüssel herum und zog langsam die Tür auf. Der Geruch von frischer Wäsche und altem Stoff schlug ihm entgegen. Eine fremdartige Mischung voller Geheimnisse. Er ließ seine Hand an den aufgereihten Kleidungsstücken entlangstreichen, betrachtete Blusen, Röcke, Jacken und Hosen. Auf einem Stapel lagen dicke Pullover für den Winter. Ein Fach tiefer fand er mehrere Damenstrumpfhosen.

Er nahm eine heraus und fühlte den dünnen braunen Stoff zwischen Daumen und Zeigefinger. Mit leichtem Rumoren im Magen schlug er die Strumpfhose aus. Die beiden herabbaumelnden Beine waren zerknittert und krumm. Er lächelte. Mit seinem Fund trat er wieder ans Bett und legte ihn neben den Badeanzug. Langsam begann er, sich auszuziehen.

Es dauerte keine zwei Minuten, dann hatte er die Strumpfhose übergezogen. Wieder betrachtete er sich im Spiegel. Seine Erregung war ihm nun deutlich anzusehen. Seine Finger zitterten, als er den Bund soweit wie möglich nach oben zog, damit sich der weite Stoff über seinen dünnen Beinen spannte.

Aufgeregt zog er die Strumpfhose wieder aus und legte sie zurück in den Schrank. Dann nahm er den Badeanzug vom Bett und streifte ihn über. Hier half alles Ziehen und Zerren nichts; er blieb viel zu weit und schlotterte um seinen Körper.

Der Junge betrachtete sich eine Weile, drehte und wendete sich vorm Spiegel und legte sich schließlich aufs Bett. Die Decke zerknitterte; er würde sich später viel

Mühe geben müssen, um sie ebenso glatt zu streichen, wie seine Mutter es tat.

Fasziniert blickte er an seinem Körper in dem viel zu weiten Badeanzug hinunter. Seine Hand kroch hinab an die Hüften.

Er schloß die Augen und stellte sich eine riesige Schwimmhalle vor. Chlorgeruch stieg vom Wasser auf, und das ewige Plätschern der Pumpen drang hell und klirrend an seine Ohren. Es war die größte Schwimmhalle, die er jemals gesehen hatte, und von einem Ende zum anderen reichte das riesigste Wasserbecken der Welt. Kinder schwammen darin, kleine Jungen, viel jünger als er selbst. Keine Mädchen, nicht ein einziges.

Sie lachten nicht und sprachen nicht miteinander, sie zogen einfach ihre Bahnen an der Wasseroberfläche wie Schwalben vor blauem Frühlingshimmel. Leicht, schwerelos. Der Junge trat an den Beckenrand und winkte einem der Kinder zu. Bereitwillig kam es herangepaddelt und ließ sich von ihm aus dem Wasser helfen. Es war einer der Jungs aus den Katalogen, er lächelte genauso wie auf dem Foto. Ohne Widerstand ließ sich der Kleine von ihm einen hautengen Taucheranzug überziehen. Dann sprangen sie gemeinsam ins Wasser.

Sie schmiegten sich nah aneinander, berührten sich. Der Junge tauchte unter die Oberfläche und glitt unter dem Kleinen hindurch, beobachtete, wie seine Beinchen im Wasser paddelten und er die Hände zu kleinen Fäusten ballte.

Dann, plötzlich, hatte er ein Messer in der Hand, eines, wie sein Großvater es zum Öffnen der Schweinekadaver benutzte, spitz und scharf. Damit näherte er sich dem Kleinen, ganz langsam, wie ein Hai zwischen Korallenriffen. Er durchbrach die Wasseroberfläche, lächelte dem

Kind zu, legte den linken Arm um seine Schultern und stieß mit der Rechten das Messer durch den Gummianzug, tief hinein in den Körper. Mit schnellen, geschickten Schnitten tat er all die Dinge, die er beim Schlachten von seinem Großvater gelernt hatte.

Viel später strich der Junge die Bettdecke glatt und legte den Badeanzug seiner Mutter zurecht, wie er ihn vorgefunden hatte. Leise schloß er die Schlafzimmertür.

Er begann nun intensiver, sich beim Schweineschlachten auf dem Hof der Großeltern die Kinder aus den Katalogen vorzustellen. Er sah sie, wie sie an Ketten von der Decke baumelten, wie sein Großvater ihnen den Bolzenhammer in die Stirn trieb und sie mit dem Spalter halbierte. Später, wenn er allein war, rief er sich die Bilder ins Gedächtnis und masturbierte.

Manchmal ging er in den Zoo und sah sich die Löwenfütterung an. Die rohen, blutigen Fleischbrocken, die die Wärter den Tieren zum Fraß vorwarfen, wurden zu Armen und Beinen der Katalogkinder.

Kleine Jungs, die er auf der Straße oder in der Schule traf, tauchten in seinen Phantasien auf. Angekettet, aufgeschnitten, zerstückelt.

Während der Pubertät begann er, über sich selbst nachzudenken. Ihm war klar, daß irgend etwas falsch lief. Irgend etwas unterschied ihn von anderen Teenagern. Was die Ursachen betraf, kam er zu keinem Ergebnis.

Der Junge war kein Monster; er bemitleidete überfahrene Katzen; er spürte nie das Bedürfnis, Hunde zu quälen oder am Rand der Teiche Frösche aufzublasen, wie andere es taten. Er war nie aggressiv oder gewalttätig, wenn er auch manchmal wünschte, er wäre es.

Im September 1978 feierte er seinen sechzehnten Geburtstag. Seine Mutter verhätschelte ihn weiterhin, und er war nie ganz sicher, ob ihre Zuneigung echt oder nur Maskerade war. Wird Zeit für eine Freundin, dachte sein Vater; dann erinnerte er sich an seine eigene Jugend und daran, daß Eltern die letzten sind, denen man solche Neuigkeiten unter die Nase reibt. Die vage Vorstellung, daß sich sein Sohn insgeheim mit einer Freundin treffen könnte, beruhigte ihn.

Kurz darauf brachte der Junge ein Mädchen mit nach Hause. Und man sah ihr schon von weitem an, daß sie bis über beide Ohren verliebt war.

4. Kapitel

Eine Frau, Mitte Fünfzig.

Nach dem ersten Schock wurde ihnen schnell klar, daß Holzmanns Gutachten kein Beweis für eine Täterin war. Jeder konnte die Kreuzworträtsel gelöst haben. Es war üblich, daß die Bewohner der einzelnen Wohnblöcke ihr Altpapier in einem gemeinsamen Kellerraum sammelten, es später gegen Geld einlösten und damit Partys finanzierten. Der Täter konnte blind Papier aus einem Stapel gezogen und in den Koffer gestopft haben. Warum aber war dann nur die Schrift einer einzigen Person auf den Seiten zu finden? Hatten sie obenauf gelegen? Oder stammten die Rätsel vielleicht doch aus einer bestimmten Wohnung?

»Glaubst du, daß eine Frau zu so etwas fähig ist?« fragte Schaft, als er an einem Abend mit Bausch in dessen Büro saß. Die Birne an der Decke war noch immer nicht ausgewechselt.

»Sieht aus, als müßten wir davon ausgehen«, antwortete der stellvertretende Dezernatsleiter.

»Eine Verrückte?«

Bausch zuckte mit den Schultern. »Vielleicht. Vielleicht auch nicht. Was weiß ich . . .« Er seufzte.

Eine Weile brüteten beide schweigend über finsteren Gedanken. Schließlich schüttelte Schaft den Kopf. »Ich bin sicher, daß es ein Mann war. Der Kleine entsprach dem Opfertypus. Die Kreuzworträtsel können von allen möglichen Leuten stammen. Von seiner Frau, seiner Mutter, seiner Tante. Die Schrift beweist überhaupt nichts.«

Bausch nickte. »Das heißt, wir müssen abwarten.«

»Das heißt es wohl.«

Am Nachmittag waren zwei Spezialisten der Berliner Charité in Neustadt gewesen, mit denen sie alle bekannten Fakten durchgegangen waren. Die Psychologen wollten ein Täterprofil erstellen, das jedoch erst in einigen Tagen vorliegen würde. Bis dahin mußten sie weitermachen wie geplant.

Schaft verabschiedete sich und fuhr nach Hause. Seine Frau Kristine saß im Wohnzimmer und sah fern.

»Tim will wieder nicht einschlafen«, sagte sie, als er sie zur Begrüßung auf die Wange küßte. »Laß uns am Wochenende zur Hütte fahren.«

Er hängte seinen Mantel an die Garderobe und nickte. »Fahr du allein mit ihm. Ich kann nicht weg.«

»Der Behrendt-Junge?«

Er nickte wieder.

»Kommt ihr voran?«

»Kein Stück.«

Tim begann zu weinen, als sie noch keine halbe Stunde im Bett lagen.

Am 4. Februar ließ Holzmann Kopien der auffälligsten Buchstaben verteilen. Jeder Polizist, der mit dem Einholen der Schriftproben zu tun hatte, bekam eines der Blätter in die Hand gedrückt. Unter der Überschrift *Grafische Fahndungstabelle ›Koffer‹* waren in zwei Spalten die Buchstaben mit ihren Besonderheiten aufgelistet. Pfeile zeigten auf markante Schnörkel und Öffnungen. Manche Buchstaben sahen aus, als hätte jemand den oberen Teil einfach abgeschnitten. Es fiel nicht schwer, sich diese Eigenheiten zu merken.

Nachdem sich die Männer die Tabelle eine Weile eingeprägt hatten, hätte jeder von ihnen die Schrift unter Hunderten anderen wiedererkannt.

Die Aufgabe der Polizisten war es nun, von Haus zu Haus, von Wohnungstür zu Wohnungstür zu gehen und die Bewohner zu überzeugen, ihnen »in großen Blockbuchstaben auf weißem Papier« eine Schriftprobe zu liefern. Zu diesem Zweck entwickelte der Schriftsachverständige einen Text, der alle auffälligen Lettern enthielt.

Als Schaft den Wortlaut zum erstenmal zu lesen bekam, lachte er laut und herzlich. Offenbar sollten die Bürger Neustadts neben Verdächtigungen auch eine Lektion in sozialistischem Sprachgefühl über sich ergehen lassen:

> Der Winter ist eine Jahreszeit, die ihre Vorteile und Nachteile hat. Zu den Vorteilen dieser Jahreszeit gehören, daß man einen schönen Urlaub machen kann, daß man Ski laufen kann und daß man sich an der frischen Luft erholen kann. Gegebenenfalls ist es auch möglich, daß man sich gemütlich in einer Baude aufhält und mit Gesinnungsgenossen unterhält sowie heiße Getränke zu sich nimmt.
>
> Der Winter hat auch Nachteile. Unter winterlichen Bedingungen kommt es häufig zu Zwischenfällen im Transportwesen. Das hat zur Folge, daß die Produktion in bestimmten Wirtschaftszweigen nicht ohne Zwischenfälle abläuft. Zwangsläufig werden dann andere rationelle Maßnahmen zur Gewährleistung der Produktion eingeleitet und durchgeführt!

Nachdem er sich die Freudentränen aus den Augen gerieben hatte, segnete Schaft die Aktion ab. An diesem Tag bemerkten viele die ungewohnte Heiterkeit ihres Chefs und wunderten sich über sein geheimnisvolles Grinsen. Auf dem Gang drehten sich die Polizisten nach ihm um. Ebensogut hätte er ein Pappschild durchs Revier tragen können: *Ich habe gute Laune!*

Gemeinsam mit seinen Gruppenleitern teilte er ganz Neustadt auf dem Papier in einzelne Abschnitte ein. Systematisch sollte in den kommenden Wochen jeder einzelne Block durchstreift, an jeder Tür geklingelt und von jedem Bewohner über fünfzehn eine Schriftprobe verlangt werden. Abends wollte man die gesammelten Ergebnisse zur Auswertung an Holzmann übergeben.

Der Schriftsachverständige hatte gemeinsam mit einem halben Dutzend Assistenten drei Räume im Präsidium in Halle in Beschlag genommen. Mit knirschender Kreide malte er Vergrößerungen der gesuchten Buchstaben auf riesige Wandtafeln.

»Damit keiner vergißt, wie die Dinger aussehen«, erklärte er. Seine Leute seufzten über soviel Vertrauen in ihre Fähigkeiten.

Das Ministerium für Staatssicherheit stellte zwei Männer ab, die Holzmanns Truppe unterstützen sollten. Jeder wußte, was ihre eigentliche Aufgabe war, jeder war an Spitzeleien gewöhnt. Die beiden waren Mitglieder einer Sonderkommission, die verbotene Schmierereien an Wänden auf *staatsfeindliche Tendenzen* untersuchte und die Täter ermittelte. Ob Stasi oder nicht – Holzmann war froh, zwei zusätzliche Kräfte zu haben, die sich mit Schriften und Buchstaben auskannten.

Trotz des enormen Aufwands hatten Schaft und Bausch Bedenken, was den Erfolg ihrer Aktion anging.

Monate, vielleicht Jahre, mochten vergehen, bis jeder Bürger Neustadts überprüft worden war. Keine Einsatzgruppe würde ohne handfeste Ergebnisse so lange bestehen bleiben. Zudem drohte die Gefahr, daß der Täter sich aus dem Staub machte, wenn er von ihren Ermittlungen erfuhr – was sich nicht vermeiden ließ.

Aus diesem Grund wurden mehrere Polizisten abgestellt, deren einzige Aufgabe es war, sämtliche Umzüge von Einzelpersonen oder Familien seit dem Todestag des Jungen zurückzuverfolgen und das Polizeirevier des neuen Wohnorts zum Einholen der Schreibleistungen einzuspannen. Andere besorgten handschriftliche Unterlagen all jener, die seit dem Verschwinden Sven Behrendts verstorben waren. Nicht einmal die Toten durften ihnen entwischen.

Rückwirkend zum 15. Januar schloß sich über der Trabantenstadt ein unsichtbarer Käfig, undurchlässig, lückenlos, hermetisch dicht.

Seit dem Tag, an dem Svens Leiche gefunden wurde, hatte Adolf Glaser keinen Kollektor mehr von innen gesehen, und er hoffte inständig, daß das für den Rest seiner Laufbahn so bleiben würde. Er konnte ohne unterirdische Tunnel, Rattennester und ohne Rauchverbot leben.

Jetzt steckte er sich wieder eine Karo an und inhalierte den Qualm mit aller Hingabe, die er in diesem Augenblick aufbringen konnte. Er hatte das erste Haus hinter sich gebracht und in etwa der Hälfte der Wohnungen jemanden angetroffen. Beim Rest würde er es morgen versuchen, dann übermorgen, schließlich nächste Woche. Nachdem sich die Kunde von der geplanten Sammelaktion herumgesprochen hatte, hatten ein paar findige

Kollegen berechnet, wie lange man für das Abklappern sämtlicher Haushalte in Neustadt brauchen würde. Drei Jahre war die letzte Zahl, die die Runde machte.

Klingeln, vorstellen, überzeugen, schreiben, verabschieden, gehen.

Falls sie den Mörder des kleinen Sven nicht schleunigst fanden, würden sie noch im Pensionsalter wie Vertreter von Tür zu Tür gehen.

Falls sie ihn fanden, war es das vielleicht wert. Falls nicht, würden in der Chefetage Köpfe rollen.

Vielleicht war es in den Kollektoren doch ganz angenehm gewesen.

Der Block war unterteilt in neun Häuser zu je zwölf Wohnungen. Er klingelte im Erdgeschoß, erklärte der alten Frau, die ihm öffnete, um was es ging, und bekam seine Schriftprobe nach fünfzehn Minuten. Rekord, dachte er bitter.

Die gegenüberliegende Wohnungstür wurde auch nach mehrmaligem Klingeln nicht geöffnet. Niemand zu Hause. Glaser stieg die Treppe nach oben. Jemand hatte die Etagennummern mit blauem Kugelschreiber in die Tapete geritzt. Auch im ersten Stock lag seine Trefferquote bei fünfzig Prozent.

Am späten Nachmittag hatte er an fünfundzwanzig Türen vierzehn Schriftproben gesammelt. In den meisten Wohnungen lebten mehrere Personen; in vielen Fällen würde er in den nächsten Tagen zurückkommen müssen, um auch die Proben von Ehepartnern oder Lebensgefährten einzuholen.

Die Vorstellung, morgen durch dieselben trostlosen Treppenhäuser zu laufen, dieselben endlosen Stufen auf und ab zu steigen, bereitete ihm wenig Freude. Seinen Kollegen ging es ähnlich.

Insgesamt hatten sie an diesem ersten Tag etwa siebzig Schreibleistungen eingeholt.

Knapp sechzigtausend standen noch aus.

Der Tag der Beerdigung war naßkalt. Hier und da lag noch Schnee, an einsamen Stellen unter Bäumen und Sträuchern und im Schatten der Grabsteine. Obwohl es an der Oberfläche kein Eis mehr gab, war der Boden weiter unten gefroren und hatte den Männern, die das Grab aushoben, zu schaffen gemacht.

Der Nordfriedhof war riesig, einer der größten von Halle. In unmittelbarer Nachbarschaft lag die Psychiatrische Klinik mit ihrer geschlossenen Abteilung.

Ein Irrenhaus, gleich beim Grab meines Jungen, dachte Klaus Behrendt, als er sich an der Spitze des Zuges der rund fünfzig Trauergäste auf Svens offenes Grab zubewegte. Die Anlage der Klinik war von hier aus nicht zu sehen, Bäume und Mauern versperrten die Sicht, aber der Gedanke daran machte ihm zu schaffen. Ein Verrückter hatte seinen Sohn umgebracht, davon war er überzeugt, und Verrückte lebten ganz in der Nähe seines Grabsteins, wenige hundert Meter entfernt.

Doch trotz aller Trauer und des vielen Alkohols, den er in den vergangenen Wochen in sich hineingeschüttet hatte, wußte er, daß Svens Mörder nicht in der Klinik saß. Wäre das der Fall, hätten sie alle ruhiger schlafen können.

Nein, der Irre lief immer noch frei herum, und die Polizei verschwendete ihre Zeit mit Kreuzworträtseln. Von hier aus schlugen seine Gedanken – sie funktionierten in letzter Zeit völlig selbständig, waren längst jenseits seiner Kontrolle – einen Bogen zurück zu Sven. Zurück zum

Friedhof und zurück zum Tod. Behrendt weinte wieder und versuchte, sich auf Marias Berührung zu konzentrieren, die ihren Arm bei ihm untergehakt hatte. Es gelang ihm nicht.

Der kleine Sarg wurde in das feuchte Loch herabgelassen und erreichte mit einem leisen Rumpeln den Grund des Grabes. Nacheinander traten die Trauernden an den Rand der Öffnung, blickten ein letztes Mal hinab auf den braunen Holzdeckel und warfen mit einer kleinen Schaufel Erde darauf.

Svens Leiche war in einem verplombten Metallsarg aus Leipzig gekommen. Niemand, außer den Männern des Bestattungsunternehmens, hatte den Körper zu Gesicht bekommen.

»Soll ich etwa die Fleischstücke nicht sehen?« hatte Klaus voller Verbitterung und mit dem Pathos eines Verzweifelten wissen wollen. Als er Maria diese Frage stellte, war ihre Antwort ein ersticktes Schluchzen gewesen.

Es waren nicht nur Verwandte, die sich auf dem Friedhof eingefunden hatten, auch Nachbarn und andere, die den kleinen Sven gekannt hatten, gingen mit im Zug der Schwarzgekleideten. Einige Schulkinder waren mit ihren Eltern dabei, außerdem Svens Klassenlehrerin.

Schaft selbst nahm nicht an der Beerdigung teil, aber er hatte einige seiner Männer geschickt. Sie sollten die Bestattung beobachten und auf auffällige Besucher achten. Aber was sollte das unter diesen Umständen heißen? War es auffällig, wenn einer lauter weinte als die anderen? Wenn der Vater des Jungen am Grab fast zusammenbrach? Wenn jemand, der Sven nur vom Sehen gekannt hatte, mit einem anderen flüsterte und dabei lächelte? Ihre Berichte, die sie später im vierten Stock des Neustädter Reviers verfaßten, blieben ergebnislos.

Nachdem alle am Grab vorbeimarschiert waren, traf man sich in einer Gaststätte zum Leichenschmaus. Kaffeetassen klirrten, Kuchengabeln kratzten über Porzellan. Klaus Behrendt nahm nichts davon wahr. Alles, was er wollte, war seine Wohnung, etwas zu trinken und endlich seine Ruhe.

Das Terrain, auf dem Neustadt erbaut wurde, war immer weich und sumpfig gewesen, der Boden von Feuchtigkeit durchtränkt. Die nahen Teiche im Süden und das Flußbett der Saale hatten das Gelände mit schmalen Wasseradern durchzogen und den Grundwasserspiegel um mehrere Meter angehoben. An manchen Stellen blieb die Oberfläche selbst im Hochsommer schlammig.

Das Vieh und die Traktoren der Bauern hatten sich nie daran gestört; die Architekten der neuen Wohnkomplexe dafür um so mehr.

Bevor die Arbeit an den Fundamenten begann, ließen sie Erdreich aus der umliegenden Gegend herbeischaffen, um Neustadt einen soliden Untergrund zu geben. Wochenlang karrten LKW-Kolonnen Berge von Kies und Muttererde heran, die mit Walzen und Baggern über die gesamte Ebene verteilt wurden. Erst als sie sicher zu sein glaubten, daß der neue Untergrund die Millionen Tonnen Stahlbeton tragen würde, gaben sie das Signal zum Baubeginn.

Das aufgeschüttete Erdreich war aus allen Himmelsrichtungen nach Halle gebracht worden, aus dem Harz, aus Sachsen, aus Thüringen. Nahezu jede Lastwagenladung besaß unterschiedliche Bodenqualität. Mal war das eine Mineral stärker vertreten, mal das andere. Mal war der Boden lehmhaltig, mal war er voller Sand. Geologen hätten an Neustadt ihre wahre Freude gehabt.

Kühn und Jensen hatten während ihrer Spurensicherung Ablagerungen an den Knien von Svens Hose gefunden, Dreckpartikel, die mit dem bloßen Auge kaum zu erkennen waren, unter dem Mikroskop jedoch zu gewaltigen Schmutzgebirgen mutierten.

Keiner vermochte im nachhinein zu sagen, wer sich an Neustadts Geschichte erinnert hatte und wessen Idee es gewesen war, die beiden Experten vom Kriminaltechnischen Institut in Berlin nach Halle zu bestellen. Sicher ist lediglich, daß es sich dabei um einen der einfallsreichsten Schachzüge in der Partie zwischen Polizei und Svens Mörder handelte.

Schaft erklärte ihnen die Ursprünge von Neustadts Bodensubstanz und händigte ihnen die Proben der Schmutzpartikel aus, die seine Leute gesichert hatten. Umgehend machten sich die beiden an die Arbeit.

Sie wählten den Ort, an dem Sven zuletzt lebend gesehen wurde, als Mittelpunkt und nahmen ihre erste Bodenprobe. Hier, am Treff, teilten sie sich und entfernten sich in unterschiedliche Richtungen. In bestimmten Abständen kehrten sie winzige Mengen Dreck zusammen und verpackten sie steril in kleinen Plastikbeuteln.

Einen ganzen Tag lang taten die beiden Männer nichts anderes, als über Neustadts Gehwege und Straßen zu kriechen, Schmutz aufzusammeln und besorgte Blicke neugieriger Passanten auf sich zu ziehen. Gegen Abend packten sie ihre Auslese aus Staub und Erdreich zusammen, verabschiedeten sich und fuhren zurück in die Hauptstadt.

Während am nächsten Morgen in Neustadt die Männer der *Einsatzgruppe Sven Behrendt* antraten, um einen weiteren Tag durch schlecht beleuchtete Treppenhäuser zu stolpern, machten sich die beiden Kriminaltechniker in ihrem Berliner Labor über ihre gesammelten Schätze her. Jede einzelne ihrer Stichproben unterschied sich deutlich von allen anderen und ließ sich daher konkreten Orten rund um den Treff zuordnen. Sie zerpflückten die Staubreste an Svens Hose und verglichen sie mit den Proben, die sie selbst gesammelt hatten. Schon nach kurzer Zeit konnten sie eine engere Auswahl treffen und bestimmte Stellen aussondern, an denen der Junge sich auf gar keinen Fall aufgehalten hatte.

Wenige Stunden später vermochten sie zwei Punkte anzugeben, die Sven am Nachmittag seines Verschwindens mit hundertprozentiger Sicherheit passiert haben mußte. Beides waren Gehwege in unmittelbarer Nähe der Gaststätte, beide lagen in südwestlicher Richtung.

Unglücklicherweise befanden sich beide Punkte in jenem Gebiet, in dem die Männer der Einsatzgruppe ohnehin mit ihren Ermittlungen begonnen hatten. Das bedeutete zwar, daß sie vom Ansatz her mit ihrer eigenen Arbeit richtig lagen, daß ihnen die Ergebnisse aus Berlin aber letztlich nicht weiterhelfen konnten. So clever demnach die Idee der Bodenprobe gewesen war, letztlich erwies sich ihre Realisierung als nutzlos.

Schaft war verärgert.

Als einer der beiden Techniker ihm am Telefon die Resultate der Analyse mitteilte, bemühte Schaft sich redlich, Ärger und Enttäuschung aus seiner Stimme zu verbannen. Er bezweifelte, daß ihm das überzeugend gelang. Er war nie besonders gut darin gewesen, seine Wut zu kaschieren.

»Was haben uns Ihre Untersuchungen demnach gebracht?« fragte er mürrisch, nachdem sie übereinstimmend festgestellt hatten, daß der Versuch ein Fehlschlag war.

»Das Kind ist offensichtlich an mehreren Stellen gestolpert«, erklärte ihm der Mann, »möglicherweise sogar zeitweise über den Boden geschleift worden.«

»Das hätte jemand bemerken müssen.«

»Eben.«

Gleich nach dem Telefongespräch mit Berlin verstärkte er die Truppe, die rund um den Treff Passanten nach Beobachtungen am Nachmittag des 15. Januar befragte.

Doch, seltsam, wen sie auch ansprachen, niemand konnte sich an einen kleinen blonden Jungen in Begleitung eines Erwachsenen erinnern. Erst recht nicht an einen, der über den Gehweg geschleift worden war.

Keiner hatte irgend etwas gesehen.

Ein zweites, langerwartetes Ergebnis aus Berlin traf in diesen Tagen in Halle ein. Bausch staunte; die Psychologen der Charité hatten aus den spärlichen Informationen, die ihnen vorlagen, ein beeindruckendes Täterprofil entwickelt.

Auf mehreren Seiten ließen sie sich über mögliche Charaktermerkmale des Täters aus, argumentierten für und wider ein Sexualverbrechen und kamen am Schluß zu drei klaren Resultaten.

Punkt eins: Sven Behrendt war mit nahezu hundertprozentiger Sicherheit von einem Mann ermordet worden.

Punkt zwei: Dieser Mann war deutlich jünger als Mitte Fünfzig.

Und Punkt drei: Er lebte – und davon waren die Psychologen völlig überzeugt – in Neustadt.

Bausch teilte Schaft die Ergebnisse mit, und gemeinsam überlegten sie, ob die Resultate ein Grund zur Freude waren. Sie entschieden sich für ein halbherziges Nein.

Zwar hatten sie mit ihren Vermutungen richtig gelegen, daß es sich bei dem Mörder um einen Mann handelte; andererseits mußten sie sich eingestehen, daß die Chance, ihn allein über die Kreuzworträtsel zu finden, damit erheblich geschrumpft war. Nun konnten sie lediglich hoffen, daß der Täter aus dem direkten Umfeld jener Frau stammte, die die Rätsel gelöst hatte.

Allein der dritte Punkt sorgte für Erleichterung. Nun konnten sie ihre Kräfte zusammenziehen und sich ganz allein auf ihr direktes Einflußgebiet konzentrieren.

Svens Mörder war irgendwo in Neustadt. Und hier würden sie ihn finden, früher oder später.

5. Kapitel

Jana blickte hoch über die Baumwipfel hinweg in die untergehende Sonne. Das rotgoldene Licht flimmerte um die Kronen der Nadelwälder und lag wie ein glitzernder Film über den Dächern des kleinen Städtchens. Die Menschen unten auf dem Parkplatz ließen sich nur an ihren langen Schlagschatten ausmachen; ihre Körper verschmolzen mit der lodernden Dämmerung wie zerfließende Wachsfiguren.

Sie schloß ihre Finger fester um das Balkongeländer, einfach um zu spüren, wie die kühlen Metallkanten sich in ihre Handflächen drückten und ihr sagten: Ja, du bist wirklich hier, wirklich, wirklich, wirklich . . .

Auf den Bergen lag noch Schnee, doch unten im Tal hatte das Tauwetter das Eis längst verdrängt. Die nassen Pflastersteine und Asphaltdecken reflektierten das Licht der Abenddämmerung wie verstreute Goldmünzen.

Friedrichroda war an drei Seiten von dichtem Wald umschlossen. Die alten, hohen Bäume schienen mit der Kraft der Jahrzehnte gegen die äußeren Häuser zu drücken, als wollten sie den kleinen Kurort zwischen ihren mächtigen Stämmen zerreiben. Hier und da wucherten grüne Inseln zwischen den Ziegeldächern und vermittelten den Eindruck, die Natur habe bereits große Teile ihres Gebietes zurückerobert. Irgendwann würde das Blätterdach den Ort verschlucken.

Das Ferienheim des Freien Deutschen Gewerkschaftsbundes lag im Norden auf einer sanften Hügelkuppe, ebenfalls inmitten dichten Baumbestandes, und von hier aus blickte Jana hinunter auf Friedrichsroda und darüber hinweg auf den Inselberg und den endlosen Thüringer Wald.

»Kommst du?«

Michaels Stimme trieb an ihr vorbei ins Freie. Das Mädchen atmete ein letztes Mal tief ein, schüttelte ihr blondes Haar, als wolle sie damit auch den letzten Tagtraum vertreiben, und wandte sich schließlich um.

Der Balkon gehörte zu keinem einzelnen Raum, sondern lag am Ende eines langen Korridors, von dem wiederum zahllose Türen in die anliegenden Zimmer führten. Michael hantierte mit dem Schlüssel am Schloß ihrer Zimmertür herum und blickte abwechselnd zwischen ihr und der Klinke hin und her. Neben ihm standen ihre beiden riesigen Koffer. Sie hatten nicht mehr Gepäck als unbedingt nötig mitbringen dürfen.

Jana ging den Flur entlang auf ihn zu. Das Schloß klickte, dann schob Michael die Tür nach innen. Er warf ihr ein knappes Lächeln zu, als sie neben ihn trat und gemeinsam mit ihm ins Halbdunkel ihres neuen Zuhauses blickte. Die Vorhänge waren noch zugezogen, und das matte Dämmerlicht, das sich zwischen den Ritzen hindurchquetschte, legte einen gelben Schimmer über die Möbel. Als erstes fiel ihr auf, daß das Zimmer keinen eigenen Balkon, sondern nur ein breites Fenster hatte. Es gab zwei einzelne Betten, die sie zusammenschieben würden, zwei Nachttische, außerdem eine Kommode und einen schmucklosen Kleiderschrank. Auf einem schmalen Tisch stand einsam eine leere Blumenvase.

»Gemütlich«, sagte sie und versuchte, ihrer Stimme einen fröhlichen Klang zu geben.

Michael sah sie mit hochgezogenen Brauen an, schüttelte dann den Kopf und nahm die beiden Koffer auf. Er trug sie ins Zimmer und stellte sie neben den Betten ab, wo sie sich hoffentlich in den nächsten Monaten nicht mehr fortbewegen würden. Jana ließ sich federnd auf eine der Matratzen fallen und wippte prüfend auf und ab.

»Viel zu weich«, sagte sie, aber Michael war schon wieder an der Tür und blickte den Flur hinunter.

»Hast du das Bad gesehen?« fragte er.

»Wir sind eben dran vorbeigekommen. Rechts den Gang runter.«

Michael verschwand, und einen Augenblick später hörte sie, wie eine Tür geöffnet und wieder geschlossen wurde. Sie stand auf, ging zum Fenster und zog die Vorhänge beiseite. Dämmerung kroch herein. Innerhalb der letzten Minuten war der goldene Schimmer am Himmel schlagartig verschwunden und die Sonne im Wald versunken. Nur im Westen lag noch ein schmaler Streifen Abendrot über den Baumwipfeln. Trotz des fahlen Lichts wirkte der Raum jetzt freundlicher.

Was hatten sie auch erwarten können? Sie waren keine Hotelgäste, nur die neue Kellnerin und ein Hausmeister. So gesehen war der Raum im Wohntrakt der Bediensteten gar nicht mal so schlecht. Keine Luxussuite für hochgestellte Genossen, eher das klassische Dienstbotenzimmer.

Michael kam zurück, murmelte etwas von Toiletten und »Na ja«, dann half er ihr, die Koffer auszuräumen und ihre Kleidung im Schrank zu verstauen. Seine Zeitschriften legte er auf den Nachttisch.

Sie sah ihn an. »Wir schieben die Betten zusammen, ja?«

Er nickte, und sie drückte ihm einen Kuß auf die Wange. Gemeinsam schoben sie die alten Holzgestelle aneinander. In der Mitte blieb eine breite Ritze.

»Und nun?« fragte sie und lächelte.

Er erwiderte das Lächeln, zuckte mit den Schultern und trat einen Schritt zurück. »Und nun, schätze ich, müssen wir uns unten melden und eine Führung durchs Haus machen. Herzlich willkommen in Friedrichroda.« Jana seufzte, grinste dann und folgte ihm auf den Flur. Hand in Hand gingen sie den Gang hinunter zum Treppenhaus.

Friedrichroda lag am Nordostrand des Thüringer Waldes, eben noch eingebettet in seine dunkle Umarmung, eine der letzten Bastionen vor der Abgeschiedenheit der Berge. Seit der Gründung durch Mönche im 11. Jahrhundert waren viele der ansässigen Familien arme Bauern und Bergarbeiter gewesen. Später hatten sich Garnbleicherei, Weberei und Zwirnhandel zur Haupteinnahmequelle entwickelt, bis in den dreißiger Jahren des vergangenen Jahrhunderts der Fremdenverkehr das verschlafene Städtchen entdeckte. Von da an entwickelte Friedrichroda sich zum beliebten Kurort, in den Jahr für Jahr Tausende von Menschen strömten, sei es, weil sie sich hier Linderung ihrer Krankheiten erhofften oder einfach nur einen Ausgangspunkt für Wanderungen in die Berge und Wälder brauchten.

Der Sozialismus hatte dem Reichtum der Menschen ein Ende bereitet, Hotels und Pensionen wurden verstaatlicht und zu Ferienheimen für Werktätige erklärt. Allein der Wald und die Berge störten sich nicht an den politischen Veränderungen. Sie sorgten dafür, daß der Ort trotz aller plumpen baulichen Veränderungen seinen urtümlichen Reiz behielt.

Jana genoß jeden Schritt, als sie am nächsten Tag mit Michael durch die Straßen des Städtchens und seine gepflegten Parkanlagen spazierte. Neustadt mit seinen Betonsilos, dunklen Treppenhäusern und genormten Wohnungen sprang ihr ins Gedächtnis, und sie bemühte sich, die Erinnerung soweit wie möglich zu verdrängen. Nie wieder, dachte sie und wußte gleichzeitig, daß das Unsinn war. Die Saison würde nicht ewig dauern, und es war fraglich, ob man sie danach hierbehalten würde.

Michael ging neben ihr und warf neugierige Blicke nach rechts und links. Fachwerkhäuser standen rund um Plätze und Straßen, sie sahen alte Brunnen, und Jana fiel auf, daß man von fast überall einen Blick auf die umliegenden Berge werfen konnte. In Einschnitten zwischen den Häusern, hinter Plätzen und am Ende der Straßen – ständig wuchs vor ihnen das Panorama der bewaldeten Hänge empor. Die Luft kam ihr frisch und klar vor, trotz des winterlichen Geruchs nach Braunkohle.

»Mir gefällt's hier«, sagte sie unvermittelt und grinste. »Laß uns hierbleiben und Kinder kriegen.« Sie wußte, daß Michael ihre scheinbar ironischen Bemerkungen nicht einschätzen konnte; tatsächlich war sie sich selbst darüber nicht ganz im klaren.

Er lächelte zurückhaltend. »Mal sehen. Was würde deine Mutter dazu sagen?«

Das war ein altes Thema. Irmgard Saarbach hielt nicht allzu viel vom Freund ihrer Tochter.

»Das ist mir egal«, erwiderte Jana trotzig.

Er wußte es besser. »Wirklich?« Daraufhin überlegte sie und schwieg. Nach einer Weile nickte sie stumm. Wenn es sein mußte, würde sie für ihn auch den Krach mit ihrer Mutter in Kauf nehmen. Es verging ohnehin kein Besuch, kein Gespräch unter vier Augen, bei dem sie nicht ihren Unmut über die Beziehung zu Michael zum Ausdruck brachte. Jana hatte nie verstanden, was ihr wirklich so sehr an ihm mißfiel – er sah gut aus, war ein geschickter Handwerker und immer höflich. Vielleicht war es gerade das, vermutete sie manchmal. Kein wirklicher Neid, aber etwas Ähnliches. *Außerdem ist er viel zu klein für dich,* war eines ihrer Standardargumente. Blödsinn.

Aber Jana mochte jetzt nicht mit ihm über ihre Mutter sprechen. Das würde sie nur unnötig an Neustadt erinnern.

Sie kamen an einem Café vorbei.

»Komm, ich lade dich ein«, sagte sie fröhlich und wies auf einen freien Tisch am Fenster. Trotz des Tauwetters war es draußen noch eisig kalt.

Sie gingen hinein und setzten sich. Eine Kellnerin nahm lustlos ihre Bestellung auf. Jana verlangte Kaffee und ein Stück Kuchen. Es gab nur eine Sorte. Michael wollte Kaffee.

»Was ist los?« fragte sie. »Kein Hunger?«

Er zuckte mit den Schultern. »Im Moment nicht.«

»Wirklich nicht? Der Kuchen sieht gar nicht mal schlecht aus.«

Sein Blick wurde eine Spur finsterer. »Nein, *wirklich* nicht.«

»Aber . . .«

»Ich weiß selbst, ob ich welchen möchte, oder nicht. Okay?«

Sie zog eine Grimasse. »Von mir aus. Ich dachte ja nur . . .«

Es dauerte fast zwanzig Minuten, ehe die Kellnerin mit zwei Tassen und einem Teller zurückkam. Jana suchte Kleingeld zusammen und bezahlte. Falls alles hier im Ort so teuer war, würden sie im ersten Monat mit ihrem Geld haushalten müssen.

Kurgäste schlenderten außen am Fenster vorbei und warfen neugierige Blicke herein. Jana hatte das Gefühl, als starrten sie auf ihren Tisch, auf ihren Teller. Sie aß schneller und sah dabei Michael an. Er blickte an ihr vorbei, hinaus auf die Straße; ein schwaches Lächeln spielte um seine Lippen. Wenn er lachte, entblößten sie schmale, weiße Zähne. Sein Gesicht war nicht wirklich außergewöhnlich, aber doch attraktiv genug, um Sympathie zu erregen. Andere Frauen mochten ihn, fühlten sich wohl in seiner Nähe. Freundinnen hatten ihr das verraten.

Jana war verliebt, und so sehr ihr der Gedanke und die damit einhergehende Abhängigkeit mißfielen, so sehr sonnte sie sich in seiner Wärme und genoß die Zeit, die sie mit Michael verbrachte. Um Himmels willen, wenn sie nicht so verliebt wäre, wäre sie wohl kaum mit ihm aus Neustadt fort und hierher, nach Friedrichroda, gegangen.

Ob die anderen Mädchen immer noch so scharf auf ihn gewesen wären, wenn sie ihn einmal im Bett erlebt hätten? Diese Frage stellte sie sich oft. Ihr Klang tat weh, nicht nur aus Eifersucht. Irgendwie war er ja auch ganz süß dabei.

»Ich glaube, ich hab' zugenommen«, sagte er plötzlich.

»Wirklich?«

»Ich glaube schon.«

»Ist mir nicht aufgefallen.« Dann erinnerte sie sich. »Meinst du, wegen des Kuchens? Großer Gott, du denkst doch nicht immer noch daran?«

»Nein.«

»Ich meine«, sagte sie und schüttelte den Kopf, »du hast ja recht. Du willst keinen Kuchen, also ißt du keinen. Ganz einfach.«

Er gab keine Antwort und sah immer noch zum Fenster hinaus.

»Essen gehen können wir sowieso nicht.« Sie lächelte aufmunternd. »Dazu reicht das Geld nicht. Außerdem – wenn du nicht willst, will ich auch nicht. Das weißt du doch.«

Er nickte.

»Also«, meinte sie, »wo ist das Problem?«

Michaels Blick blieb noch für einen Augenblick an irgend etwas auf der Straße haften, dann wandte er sich zu ihr um. Das Strahlen eines kleinen Kindes lag mit einemmal auf seinem Gesicht.

»Kein Problem«, sagte er lächelnd und tastete nach ihrer Hand.

Sie erwiderte das Lächeln. »Ich hab' dich lieb«, flüsterte sie.

Er nickte, streichelte ihre Finger und umschloß sie dann mit der ganzen Hand. »Gehn wir zurück aufs Zimmer, ja?«

Auf dem Nachhauseweg zeigte er ihr einen kleinen Jungen.

Jana wußte, was sie zu tun hatte.

6. Kapitel

Das Sammeln der Schriftproben kam nur schwerfällig voran. Dutzende von Polizisten machten eine Überstunde nach der anderen, verstärkt durch die freiwilligen Helfer der Feuerwehr, und trotzdem blieb bei ihnen allen der Eindruck haften, daß sie sich eine Aufgabe aufgehalst hatten, die nicht zu bewältigen war.

Tag für Tag durchstreiften sie die Wohnblocks, klingelten an jeder Tür und schienen doch kaum vorwärts zu kommen. Immer wieder stießen sie auf Wohnungen, deren Mieter sie auch beim dritten oder vierten Besuch nicht antrafen, gleichgültig an welchem Tag und zu welcher Uhrzeit sie anrückten.

Selten gelang es, sämtliche Bewohner eines einzelnen Hauses vollständig abzuhaken. In solchen Fällen kamen sie Tag für Tag zurück, in der Hoffnung, den fehlenden Namen auf ihrer Liste endlich streichen zu können. Mehrfachbesuche nahmen ihre meiste Zeit in Anspruch.

Zur Überraschung der Ermittler erklärte sich fast jeder Bürger Neustadts bereit, den vorgegebenen Text abzuschreiben. Doch allein dieser Vorgang schien endlose Minuten in Anspruch zu nehmen, ganz abgesehen von der Zeit, die während der nötigen Erklärung verlorenging.

Die wenigsten waren daran gewöhnt, so lange Texte in Blockbuchstaben zu schreiben, was die Polizisten schier zur Verzweiflung brachte. Sie mußten dastehen und zusehen, wie die Männer und Frauen die Wörter aufs Papier malten, ganz langsam, ganz bedächtig, während Minute um Minute verstrich.

Während der täglichen Versammlung der Gruppenleiter kam immer wieder die schier endlose Textlänge zur Sprache, ganz abgesehen vom Inhalt der Sätze, der oft genug für Sarkasmus und bittere Bemerkungen sorgte. Erst jetzt erkannten viele die böse Ironie des Textes.

Da war von Vor- und Nachteilen des Winters die Rede und von *schönem Urlaub*, in dem man *Ski laufen und sich an der frischen Luft erholen* sollte. Die Männer hatten diese Worte täglich vor Augen, während sie durch Schneematsch und kalte Treppenhäuser stapften und der Regen das Gift der nahen Chemiewerke auf sie herabkippte. *Skilaufen* und *frische Luft* lagen in unerreichbarer Ferne, ganz zu schweigen vom *schönen Urlaub*. Schaft achtete peinlich genau darauf, daß nicht ein freier Tag zu viel genehmigt wurde. Seine Leute arbeiteten an sieben Tagen in der Woche, meist zehn Stunden und mehr.

Schließlich einigte man sich darauf, einen neuen Text in Auftrag zu geben, kürzer und mit weniger zynischem Inhalt. Die Schriftsachverständigen reagierten prompt und lieferten die neue Version gleich am nächsten Tag:

> Ein zweitägiges Kolloquium, das am Dienstag in Berlin begann, befaßte sich mit Karl Friedrich Schinkels Werk und seiner Bedeutung für die DDR.

Um sicherzugehen, gab es eine zweite Variante:

> Ich erkläre, in meinem Reisegepäck keinerlei alkoholische Getränke mitzuführen. Meinen Personalausweis der DDR habe ich auf der Meldestelle der

Deutschen Volkspolizei abgegeben/nicht abgegeben.

Obwohl sich das Sammeln der Schriftproben nur mäßig beschleunigte, wurde mit diesen Texten bis zum Ende der Ermittlungen gearbeitet. Die Verzweiflung der Polizisten und ihrer Helfer wuchs beständig, und im nachhinein wunderten sich die Beteiligten, daß man trotz aller Probleme so intensiv an der Lösung des Falles gearbeitet hatte. Immer noch meldeten sich aus den Reihen der Polizei und der Feuerwehr neue Freiwillige, obwohl sie längst von Kollegen um deren Schwierigkeiten wußten. Der Mord an Sven Behrendt beherrschte auch während der kargen Freizeit die Gespräche an Wohnzimmertischen und in Schlafzimmern. Eine unheimliche Motivation hatte sich unter den Ermittlern breitgemacht, jeder wollte seinen Teil zur Aufklärung des Verbrechens beitragen. Der Geist des toten Jungen streifte ruhelos durch Neustadt.

An einem Tag Anfang März kam Schaft übermüdet und unrasiert zur Arbeit. In der Nacht waren er und Kristine von Tims Röcheln geweckt worden. Als sie in sein Zimmer stürmten, schnappte er in Panik nach Luft und schlug mit beiden Ärmchen um sich, wie eine Schildkröte, die jemand auf den Rücken gerollt hatte. Der Anfall dauerte nur wenige Sekunden, danach schlief er ruhig bis zum Morgen; ganz im Gegensatz zu seinen Eltern. Sie nahmen ihn mit in ihr Bett und blieben für den Rest der Nacht wach, aus Angst, er könnte im Schlaf ersticken.

Die Strapazen der Nacht standen Schaft deutlich ins Gesicht geschrieben, als er in sein Büro trat, die Sekretärin anfuhr, sie solle ihm Kaffee kochen und sich mit einem Seufzen auf seinen Stuhl fallen ließ. Auf dem Schreibtisch türmten sich Akten und anderer Papierkram; Zwischenberichte wollten unterschrieben, Anfragen der Parteiführung beantwortet werden. Schaft fühlte sich miserabel, und die Aussicht auf den mühsamen Abbau des Papierberges trug kaum dazu bei, seine Stimmung zu heben.

Zumindest der Kaffee war in Ordnung.

Er wollte mehr Zeit mit dem Jungen verbringen, öfter mit ihm und Kristine zum Jagdhaus fahren. Die verseuchte Luft Neustadts war Gift für den Kleinen, die Ärzte hatten ihn gewarnt. Irgend etwas mußte passieren. Aber wo sollte er die Zeit hernehmen, wenn er seinen Männern Tag für Tag predigte, daß das Wort *frei* in diesen Räumen für die Dauer der Ermittlungen ein Tabu war.

Kürzlich hatte er einen Kollegen böse zusammengestaucht, der um einen freien Sonntag gebeten hatte, um mit seinen Kindern in den Harz zu fahren. Der junge Polizist hatte versprochen, mit ihnen Schlitten zu fahren, bevor in den Bergen die Schneeschmelze einsetzte. Schaft hatte ihn angebrüllt, wie er dazu komme, mit seinen Kindern Ausflüge zu machen, während ein kleiner Junge ermordet auf dem Friedhof lag. Jedes Wort, das er dem Mann um die Ohren schlug, entsprach seiner tiefsten Überzeugung. Wie sollte er da mit Tim aufs Land fahren, ohne seine Glaubwürdigkeit zu verlieren? Doch das allein war es nicht; der Täter konnte jeden Tag von neuem zuschlagen.

Es klopfte an der Tür, und Glaser trat ein.

»Wir haben ein Problem«, meinte er finster.

»Was ist los?« wollte Schaft wissen. So früh war ihm jede Art von Problem zuwider.

Glaser hatte sich während der vergangenen Wochen als cleverer Organisator erwiesen, dessen Fähigkeiten beim Auf- und Abmarschieren in Treppenhäusern kaum zur

Reife gelangen konnten. Daher wurde er nun häufiger für Aufgaben innerhalb des Reviers abgestellt. Schaft nahm an, daß ihm das ganz recht war.

»Es geht um die Geruchskonserven. Du solltest dir das selbst ansehen.«

Schaft begleitete ihn in das provisorische Labor, das am anderen Ende des Korridors eingerichtet worden war. Als er eintrat, kam ihm ein riesiger Schäferhund entgegen.

»Zurück!« befahl eine Stimme.

Schaft sah auf und erkannte den Hundeführer. Das Tier warf ihm einen letzten Blick zu, dann trottete es zurück zu seinem Herrn. Die beiden Männer nickten sich zu. Ein Kollege von der Spurensicherung stand dabei und trat nervös von einem Fuß auf den anderen.

»Was gibt's?« fragte Schaft.

»Probleme«, meinte der Laborant.

»Ja, ich weiß.« Zwischen seinen Brauen entstand eine steile Falte, die seine Ungeduld signalisierte.

Der Schäferhund hechelte und blickte von einem zum anderen.

»Wir haben Geruchsproben von allen Hauptverdächtigen genommen«, erklärte der Mann von der Spurensicherung.

Die Falte auf Schafts Stirn vertiefte sich.

Der Polizist beeilte sich fortzufahren. »Insgesamt sind das etwa zwei Dutzend. Homosexuelle, einschlägig Vorbestrafte und noch ein paar andere. Eben haben wir die Proben dem Hund vorgeführt.«

»Und?« fragte er mißtrauisch. Geruchsproben waren kein Beweismittel, das vor Gericht eingesetzt werden konnte, doch für die Ermittlungen lieferten sie oft wichtige Anhaltspunkte.

Der Polizist atmete tief ein. »Sechs Proben stimmen mit denen des Kofferinhalts überein?«

Schaft warf Glaser einen fragenden Blick zu.

Glaser nickte. »Es stimmt. Der Hund hat die Proben von sechs Männer ausgesondert. Ihre Geruchsmerkmale stimmen mit denen überein, die Jäger vom Koffer genommen hat.«

»Das darf doch nicht wahr sein.«

Glaser zuckte mit den Schultern. »Entweder, wir haben Glück, und einer der sechs ist es, oder aber alle Proben sind unbrauchbar.«

Schaft dachte einen Moment nach. »Was glaubst du?«

Glaser zuckte mit den Schultern. »Eine Gemeinschaftstat ist ausgeschlossen. Es *könnte* einer von ihnen gewesen sein, vielleicht. Möglicherweise stimmt auch irgendwas mit dem Hund nicht.«

»Der Hund ist in Ordnung.« Die Augen des Hundeführers funkelten angriffslustig, aber keiner widersprach. Sie wußten, daß das Tier zuverlässig war. Glaser selbst hatte einige Jahre zuvor erlebt, wie der Schäferhund ihn kilometerweit durch das verschneite Neustadt zu einer gestohlenen Waschmaschine geführt hatte. Treppen hinunter, über Straßen hinweg, Treppen hinauf. Der Geruchssinn des Tieres war phänomenal.

»Okay«, sagte Schaft schließlich, »schafft die Kerle her.«

Die Polizisten brauchten den ganzen Tag, um die sechs Verdächtigen aufzutreiben, und als sie schließlich alle beisammen hatten, wurden sie in Einzelverhören in die Mangel genommen.

»Die armen Kerle mußten eine ganze Menge über sich ergehen lassen«, erinnerte Glaser sich später. »Die Verhöre dauerten lange, und viele Fragen waren unangenehm. Alle sechs waren keine vorbildlichen Bürger; jeder hatte schon die eine oder andere Kleinigkeit angestellt, aber schließlich waren wir ziemlich sicher, daß keiner von ihnen der Mörder war. Die meisten hatten Alibis, und die anderen wurden spätestens in dem Moment entlastet, als wir die wahre Ursache für die Übereinstimmung der Geruchsproben herausfanden.«

Schließlich wurde das Rätsel gelöst. Als die Geruchsproben vom Koffer und seinem Inhalt im Gerichtsmedizinischen Institut in Leipzig abgenommen wurden, verfing sich in den Tüchern der Geruch klinischer Desinfektionsmittel. Die Befragung der Verdächtigen ergab, daß alle sechs am Tag ihrer Überprüfung zufällig und aus den verschiedensten Gründen beim Arzt gewesen waren. Dort hatte sich der gleiche Geruch an ihren Kleidern und auf der Haut festgesetzt. Nicht intensiv genug, um einem Menschen aufzufallen, für den Spürhund aber Grund genug für eine Identifizierung.

Wutschnaubend ordnete Schaft die Freilassung der sechs Männer an, ließ ihnen jedoch den Hinweis übermitteln, daß sie weiterhin unter Beobachtung standen.

Seine schlimmsten Befürchtungen waren eingetreten: Die Geruchsproben vom Koffer, den Zeitungen und der Leiche waren unbrauchbar.

Den Rest dieses Tages blieb er unansprechbar.

Die Sammlung der Schriftproben wurde ausgeweitet. Immer noch nahmen die Hausbesuche viel zuviel Zeit in Anspruch, Zeit, die sie nicht hatten. Schaft war überzeugt – und darin stimmte er mit Bausch und den meisten Kollegen überein –, daß Svens Mörder früher oder später erneut den Drang verspüren würde, ein Kind zu entführen, möglicherweise sexuell zu mißbrauchen und anschließend zu töten.

Was, fragten sie sich, wenn er es gar schon getan hatte, irgendwo, in einer anderen Stadt, und lediglich der Zusammenhang noch nicht hergestellt war. Oder die Leiche des neuen Opfers noch nicht aufgetaucht, das Kind vielleicht noch gar nicht vermißt gemeldet war?

Nein, Zeit war das, was sie am allerwenigsten besaßen, und deshalb mußte irgend etwas geschehen, das den Vorgang der Schriftensammlung beschleunigte.

Als ersten Schritt nahm man sich die Personalakten der drei großen örtlichen Betriebe vor. Auswerter, unter anderem Adolf Glaser, wurden in die Chemiewerke von Buna und Leuna, außerdem zur Deutschen Reichsbahn geschickt, um dort alle handschriftlichen Unterlagen der Angestellten zu verpacken, ins Präsidium zu bringen und dort von Holzmann und seinen Sachverständigen kontrollieren zu lassen. Insgesamt wurden allein in diesen drei Unternehmen über siebzigtausend Personalakten eingezogen und im Laufe der kommenden Monate mit den Buchstaben der Kreuzworträtsel verglichen. Hinzu kamen zahlreiche Kleinbetriebe in Neustadt und Halle, die weitere vierunddreißigtausend Akten beisteuerten. Mit einemmal drohten die Sachverständigen in Papier zu ersticken.

Aus öffentlichen Ämtern ließ man Meldepapiere herbeischaffen, insgesamt zweihundertundfünfzigtausend Stück, die auf großen Stapeln in den Räumen des Präsidiums gelagert wurden. Holzmann und seine Helfer verbrachten Tage und Nächte damit, die handschriftlichen Eintragungen auf Übereinstimmungen zu überprüfen, bis die Buchstaben vor ihren Augen tanzten und sie nicht einmal mehr in der Lage waren, am Morgen eine Zeitung zu lesen, ohne unbewußt in den gedruckten Texten nach den verräterischen Lettern zu suchen.

Neben weiteren Unterlagen – unter anderem fünfundneunzigtausend Telegrammen – bereitete ein Posten der eingezogenen Schriftproben Holzmanns Leuten ganz besonderes Kopfzerbrechen.

Schon Anfang März war damit begonnen worden, in Schulen die Anweisung auszugeben, daß Trupps von Kindern die Keller der Neustädter Wohnsilos nach Altpapier absuchen sollten – Altpapier *jeglicher Art*. Dieses wurde, schulintern organisiert, zum Präsidium geschafft, wo man es in einem großen Raum zu einem gigantischen Stapel aufschichtete, dessen Spitze bald an die Decke stieß.

Alles in allem wurde das Präsidium in den kommenden Monaten für über sechzig Tonnen Altpapier zur Zwischenstation auf dem Weg zur Wiederverwertung oder Verbrennung. Sechzig Tonnen, die akribisch auf handschriftliche Kritzeleien untersucht und gegebenenfalls mit den Original-Buchstaben verglichen wurden.

Hinter all diesen Bemühungen hinkte die Zahl der tatsächlich an Haustüren eingeholten Schriftproben beträchtlich hinterher. Irgend jemand kam auf die Idee, man solle öffentlich eine Bezahlung für abgelieferte Schreibleistungen ankündigen, doch dieser Einfall wurde so schnell verworfen, wie er aufgekommen war. Statt dessen brachte er die Ermittler auf eine simplere und vor allem preiswertere Idee.

Ein Preisausschreiben mußte her, ein Wettbewerb, der zur Teilnahme die Einsendung eines ausgefüllten Kreuzworträtsels verlangte, ohne daß freilich irgend jemand ahnen durfte, daß dieses auf den Tischen von Holzmanns Auswerterbataillon landen würde.

Am 9. April erschien in der *Freiheit* ein kleines Kreuzworträtsel, keine zehn Zentimeter im Quadrat, das Raum für vierundzwanzig Begriffe bot. *Zehn Mark im Nu . . .* versprach die Überschrift allen Einsendern, die sämtliche Kästchen des Rätsels korrekt ausfüllten und deren Namen anschließend in einer Auslosung gezogen wurden.

Um möglichst viele Leser zur Teilnahme zu bewegen, hielt man die Fragen bewußt einfach. Verlangt wurden unter anderem die Abkürzungen für die Vereinigen Staaten von Amerika, ein umgangssprachlicher Ausdruck für Großvater und der Name einer Schachfigur. Zehntausendsiebenhundertachtundsiebzig Einsender kannten die Lösung.

Sie alle wurden von Holzmann erfaßt, kontrolliert und schließlich als unverdächtig ausgesondert. Der Berg aus Altpapier wurde um einige Kilogramm schwerer.

Schaft wußte, daß es Menschen gab, die gerne auf Friedhöfe gingen. Es mochte an der Ruhe liegen, an den sauberen, gepflegten Wegen oder an den Vögeln, die in den Bäumen sangen. Viele verbrachten ihre Nachmittage damit, zwischen den Gräbern umherzulaufen, hier und da stehenzubleiben und sich an jemanden zu erinnern, den sie sonst längst vergessen hätten.

Schafts Besuch auf dem Nordfriedhof war dienstlich, und er genoß nicht eine Minute davon. Er fand Svens Grab ohne große Mühe. Der Himmel war klar und leuchtend blau, doch die Sonne reichte nicht bis unter das Dach der hohen, alten Bäume, und ein kühler Wind kroch durchs Gebüsch und spielte im ersten Laub des Frühjahrs. Ein paar Rentner spazierten entlang der Gräber über die Kieswege, und von Westen wurden ganz leise die Geräusche der nahen Schnellstraße herangetragen, sachte, kaum mehr als ein flatterndes Rauschen. Der Geruch von Blüten und Erde hing in der Luft. Schaft war längst überzeugt, daß Klaus Behrendt nichts mit dem Mord an seinem Sohn zu tun hatte. Ebensowenig seine Frau Maria. Sie hatte nie wirklich zum Kreis der Verdächtigen gehört, und daran hatte sich nichts geändert. Trotzdem war es längst an der Zeit, sich das Grab des Kleinen anzusehen.

Er erinnerte sich an einen Fall, in dem sie monatelang nach einem Mörder gefahndet hatten, und als sie ihn schließlich fanden, war es eine Person aus dem nächsten Umfeld des Opfers. Jemand, der für die Pflege seines Grabes verantwortlich gewesen wäre. Als Schaft kurz nach der Verhaftung zum Friedhof ging, war die Grabstätte ein Chaos aus Unkraut und verwelkten Blumen. Niemand hatte sich seit der Beerdigung darum gekümmert. Hätte Schaft sich damals zeitiger für das Grab interessiert, wäre der Verdacht viel früher auf den Täter gefallen.

Ein ähnliches Mißgeschick wollte er in diesem Fall vermeiden.

Seine Vorsicht erwies sich als unnötig. Svens Grab war vorbildlich bepflanzt und wurde mit penibler Genauigkeit frei von Unkraut gehalten. Statt dessen blühten darauf die ersten Frühlingsblumen, eingerahmt von frisch gesetzten Grünpflanzen. Der Grabstein glänzte sauber und sah aus, als werde er regelmäßig poliert.

Schaft hatte nicht wirklich mit einer Wiederholung des Falles von damals gerechnet, trotzdem war er erleichtert. Mit einem letzten Blick auf das Fleckchen Erde, unter dem jetzt der Körper des Jungen lag, wandte er sich um und ging mit eiligen Schritten davon. Er legte keinen Wert darauf, den Behrendts am Grab ihres Sohnes zu begegnen.

Sein Fahrer erwartete ihn am Eingang des Friedhofs und brachte ihn zurück nach Neustadt. Reinhard Sander, der Leiter der Auswertung, kam gleich nach seiner Ankunft hereinmarschiert und setzte sich ihm gegenüber auf den Besucherstuhl. Sein Bericht brachte wenig Neues, was ihren Fall betraf, statt dessen gab es erneut einige Kleinigkeiten, die im Zuge der weitgefächerten Ermittlungen aufgedeckt worden waren. Schaft hörte nur mit einem Ohr zu. Er dachte an Gräber im Schatten alter Bäume.

Sander erklärte ihm, daß sie bei der Untersuchung der Meldeunterlagen und Wohnungsanträge darauf gestoßen waren, daß die Wohnungsgenossenschaft kaum noch überblicken konnte, wer in welcher Wohnung wohnte.

»Es sieht aus, als hätten die völlig die Übersicht verloren«, berichtete er, »niemand weiß Bescheid über irgend etwas. Die Kontrolle der Umzüge, Ab- und Anmeldungen existiert nur noch in den Jahresberichten.«

Schaft nickte müde. Was ging ihn das an? Die ineffiziente Arbeitsweise der meisten Verwaltungen war kein großes Geheimnis. Insgeheim lachte jeder darüber. Genau das war es, was er Sander sagte.

Der junge Polizist nickte. »Sicher«, erwiderte er, »aber wir haben es hier schwarz auf weiß.« Er klopfte auf den aufgeschlagenen Aktenordner auf seinen Knien. »Das hier sind Beweise.«

»Beweise wofür?« Schaft lächelte grimmig. »Dafür, daß die Verwaltungen nicht funktionieren? Daß irgend jemand Mist gebaut hat? Jemand aus der Parteiführung, vielleicht?« Er zuckte mit den Schultern und lehnte sich in seinem Stuhl zurück. »Vergiß es.«

Sander blickte ihn ein wenig hilflos an und wollte den Ordner schon zuschlagen, als ihm noch etwas anderes einfiel. »Ach ja . . . Außerdem sind da die Tachos.«

Schaft seufzte. »Die was?«

»Tachometer.« Sander lächelte. »Vielleicht hast du deinem Fahrer schon mal über die Schulter geschaut und dabei . . .«

»Was ist damit?« unterbrach Schaft ihn.

Der Leiter der Auswertung grinste. »Die Genossen manipulieren die Dienstfahrzeuge. Wir haben's bemerkt, als wir die Fahrtenbücher kontrollierten. Sie klemmen die Kilometerzähler ab und machen Privatfahrten.«

Schaft seufzte gelangweilt. »Ein Skandal.«

»Nicht wahr?« Sander stand auf und ging zur Tür. Dort blieb er stehen und wandte sich um. »Wie geht's eigentlich dem Kleinen?«

Schaft fuhr sich nervös mit der Hand durchs Haar. »Er muß raus aus Neustadt, möglichst weit fort von Buna und Leuna. Der Arzt sagt, das ist das einzige, was ihm wirklich helfen kann.«

Sander sah ihn mitfühlend an. »Niemand wird es dir übelnehmen, wenn du ein paar Tage Urlaub nimmst.«

»Sicher«, sagte Schaft und wußte es besser. »Ich werd's mir überlegen.«

Sander nickte ihm aufmunternd zu und ging.

Schaft stand auf und trat ans Fenster. Sein Blick fiel auf das Teleskop, aber er sah nicht hindurch. Er fühlte sich unwohl dabei. Ein frustrierter Polizist, der ins Wohnzimmer fremder Leute starrte. Traurig wandte er sich ab und machte sich von neuem daran, den Papierberg auf seinem Schreibtisch anzustarren. Er dachte nicht mehr an das, was Sander ihm über die Dienstwagen und Wohnungen berichtet hatte.

Schon bald sollte er sich wünschen, nie davon gehört zu haben.

Sabine war in den Wochen nach Svens Tod noch stiller geworden. Sie war immer ein ruhiges Mädchen gewesen, doch nun befürchtete Maria, daß der Mord an ihrem Bruder sie stärker mitgenommen hatte, als sie selbst oder Klaus bislang geahnt hatten.

Gelegentlich machte sie den Versuch, mit Sabine darüber zu sprechen. Sie saßen gemeinsam auf dem Sofa im Wohnzimmer, eine Frau, die vor Verzweiflung kaum noch wußte, wo ihr der Kopf stand, und ein junges Mädchen, das zum erstenmal miterleben mußte, daß nicht immer alles im Leben so ablief, wie man es erwartet hatte.

»Weiß die Polizei schon, wer das mit Sven gemacht hat?« fragte sie. Sie sagte nicht *getötet*. Das war gut so.

»Nein, mein Schatz, noch nicht. Aber sie werden ihn bestimmt bald finden.«

»Papa sagt, daß *er* ihn finden würde.«

Klaus sagte ständig solche Sachen. Vor allem, wenn er getrunken hatte.

»Ich glaube nicht, daß Papa das könnte. Die Polizisten sind nicht dumm, weißt du?«

»Papa meint aber etwas anderes.«

Maria setzte zu einer Antwort an, als Sabine hinzufügte: »Aber vielleicht stimmt das auch nicht. Papa hat nicht immer recht, oder?«

Maria nickte. »Oft, aber bestimmt nicht immer. Das hat niemand.« Lieber Himmel, was redest du da für einen Blödsinn? fragte sie sich. Die Antwort darauf fiel ihr nicht schwer.

»Deine Lehrerin sagt, in der Schule läuft's nicht besonders.«

Sabine nickte ein wenig verschämt. »Ich denke oft an Sven. Ich versuche mir vorzustellen, warum der Mann gerade ihn ausgesucht hat. Er hat doch keinem was getan.«

Maria spürte, wie ihre Augen brannten. Sie zog Sabine an sich, damit sie nicht sah, daß ihre Mutter weinte. »Nein, das hat er ganz bestimmt nicht.« Sie wunderte sich selbst, wie fest ihre Stimme in diesem Augenblick klang. Aber vielleicht kam ihr das auch nur selbst so vor.

»Könnte mir das auch passieren?« fragte Sabine und schluchzte leise.

Maria schloß die Augen. Ihre Tränen flossen jetzt haltlos, ohne daß sie irgend etwas dagegen hätte unternehmen können. »Auf gar keinen Fall. Hörst du, auf *gar keinen* Fall.«

»Weil ich ein Mädchen bin?«

Sie wischte sich mit einer Hand über die Augen und versuchte zu nicken. »Stimmt genau, mein Schatz.« Und sie dachte: Zum Glück, verdammt noch mal, zum Glück bist du ein Mädchen. Sie hoffte mit all ihrer Kraft, daß die Polizei recht behielt. Schaft hatte gesagt, das Schwein stehe nur auf kleine Jungs. Blonde, kleine Jungs.

Ein paarmal versuchte sie, in solchen Gesprächen mehr über Sabines Gefühle zu erfahren. Sie wollte ihr helfen, obwohl sie nicht einmal mit sich selbst fertig wurde.

Sie fühlte sich unnütz, als Mutter, als Freundin, auch als Ehefrau. Klaus war die meiste Zeit betrunken, die er zu Hause verbrachte. Sie stritten nicht mehr darüber. Er saß dann da, schwieg, weinte manchmal und starrte auf den Fernseher. Im Grunde tat sie selbst nichts anderes.

Sie träumte jetzt öfters als früher, keine schönen Dinge, und manchmal glaubte sie *ihn* zu sehen, nicht Sven, sondern das Ungeheuer, das ihn ermordet hatte. Ein Wahnsinniger, der Kinder auf dem Nachhauseweg oder am Spielplatz ansprach. Meistens war es nur Einbildung, aber gelegentlich ertappte sie sich dabei, wie sie nach fremden Männern Ausschau hielt, die auf der Straße mit

Kindern sprachen. Und jedesmal fragte sie sich, ob *er* das vielleicht war, auf der Suche nach einem neuen Opfer.

Oft nahm sie die Fotografien aus dem Schrank, die sie und Klaus von Sven gemacht hatten. Sie zeigten ihn als mageres Kleinkind, in Windeln verpackt, das staunend in die Kamera blickte; als kleinen Gernegroß, der grübelnd auf die komplizierte Anordnung verstreuter Bauklötze starrte; als lachenden Clown, verkleidet und geschminkt, ausstaffiert für eine Karnevalsfeier im Kinderhort; als stolzen Besitzer eines Dreirads, fröhlich, ausgelassen.

Klaus trank zuviel, schimpfte zuviel: auf die scheinbar schlampige Arbeit der Polizei und auf alles und jeden, dem er die Schuld an Svens Tod zuschob.

Wahrscheinlich wußte er ebenso wie sie, daß es so nicht weitergehen konnte; doch falls das so war, zeigte er es nicht. Er sprach kaum, außer während seiner regelmäßigen Wutanfälle. Er schrie und tobte, brüllte, daß er den Kerl umbringen werde. Daß er ihm all das antun werde, was er mit seinem Sohn angestellt hatte, außerdem noch andere, schlimmere Sachen. Er schien nicht mehr bereit zu sein, ihr zuzuhören, aber vielleicht war esrdas nie gewesen. Nicht wirklich. Alles prallte an ihm ab, ihre Wut, ihre Trauer, ihre Verzweiflung.

Was sie zu sagen hatte, all die Dinge, die sie sich von der Seele reden wollte, und mit denen sie weder Außenstehende noch ihre zwölfjährige Tochter belasten wollte, mußte sie auf andere Art und Weise loswerden.

Maria Behrendt begab sich in psychiatrische Behandlung.

7. Kapitel

Die Veranstaltung wurde nicht zu einer so exzessiven Qual, wie Jana erwartet hatte. Seit Tagen hatten sie und die anderen Kellnerinnen über nichts anderes gesprochen, als über all die mehr oder minder cleveren Tricks, mit denen sie dem näher rückenden Samstagabend entgehen wollten. Hätten sie alle ihre Ankündigungen von plötzlicher Krankheit, Menstruationsbeschwerden oder gar unerwarteter Schwangerschaft wahr gemacht, hätte die Heimleitung an diesem Abend ihre Gäste eigenhändig bedienen müssen.

Fast alle hatten kurz vorher einen Rückzieher gemacht und waren schließlich doch erschienen. Das Ferienheim war keine Fabrik, in der es niemanden interessierte, ob die halbe Belegschaft krankfeierte. Dagegen waren die Anstellungen in einem Kurort wie Friedrichroda unter jungen Leuten heißbegehrt, und es bereitete den Heimleitern wenig Mühe, jemanden vorzeitig nach Hause zu schicken. Ersatz für das einfache Personal ließ sich immer finden.

Das Volksmusiktrio, das die musikalische Seite des Abends bestritt, war zweifellos unerträglich, und die Gäste gaben sich mißmutig und unzufrieden wie immer, doch zu ihrer aller Überraschung endete die Feier viel früher als befürchtet. Gegen zehn legten die Heimatmusikanten ihre Instrumente beiseite, und bereits kurz vor elf hatten alle Gäste den Festsaal verlassen und sich in Kneipen oder auf ihre Zimmer zurückgezogen. Selbst das Aufräumen ging unerwartet zügig vonstatten.

Anschließend trafen sich einige Kellnerinnen, Kellner und ein paar Hausangestellte an der Bar. Die Direktion hatte ihre Zustimmung erteilt, sie nach Ende der Feier noch eine Weile für das Personal offenzuhalten.

Jana unterhielt sich mit zwei Kolleginnen und warf Michael, der ein paar Stühle weiter saß, hin und wieder ein aufmunterndes Lächeln zu. Sie wußte, daß er sich in solchen Gruppen nicht wohl fühlte. Er hatte ihr einmal gestanden, daß er oft ein Gefühl hatte, als ob die Leute ihn beobachteten, ihn heimlich musterten. Jetzt saß er auf seinem Stuhl, lachte und nickte, wenn es von ihm erwartet wurde, und sprach nur auf direkte Anfragen. Mit einer Hand drehte er sein Glas unaufhörlich im Kreis, rund und rund und rund.

Sie beobachtete, wie zwei ihrer Kolleginnen zu ihm hinübersahen und kicherten. Ganz kurz loderte wieder die alte Eifersucht in ihr auf, und eine Weile beobachtete sie, ob eine der beiden ihm schöne Augen machte. Doch selbst wenn – Michael sah nicht aus, als ob er sich zu einem Flirt herablassen würde. Keine Gefahr, dachte sie. Sie hatte ein wenig Alkohol getrunken.

Ein paar Minuten später erhob er sich plötzlich von seinem Stuhl, nickte kurz in die Runde und fragte, in ihre Richtung gewandt: »Kommst du?« Dann drehte er sich um und ging, wartete nicht einmal auf ihre Antwort.

Eines der anderen Mädchen stieß sie mit dem Ellbogen an. »Kusch!« sagte sie laut genug, daß die Hälfte der Anwesenden es mitbekam. Gnädigerweise grinsten nur wenige.

An der Tür drehte Michael sich ein letztes Mal um, warf ihr einen knappen Blick zu, den sie nicht deuten konnte, und verschwand schließlich.

Jana schaute sich um. Die Szene hatte weniger Wirbel

verursacht, als sie befürchtet hatte. Die anderen Kellnerinnen hatten bereits ein interessanteres Thema gefunden, und die meisten waren ohnehin schon so angetrunken, daß ihre Aufnahmebereitschaft sich steil dem Nullpunkt näherte.

Jana wartete noch zwei, drei Minuten, um sicherzugehen, daß niemand die falschen Schlüsse zog, dann verabschiedete sie sich leise und stieg die Treppen zum Wohntrakt hinauf. Innerlich kochte sie vor Wut.

Jana hörte, wie draußen auf dem Flur die Tür des Badezimmers schepperte und Michaels Füße über den billigen Teppichboden raschelten. Er trat ein, eingehüllt in einen dünnen Bademantel, ein Badetuch in der Hand, mit dem er über seine nassen Haare rubbelte. Sie sah ihn als Spiegelung in der Fensterscheibe, während sie hinausblickte auf das dunkle Tal und die schwarzen Formen der Berge.

»Geht's dir jetzt besser?« fragte sie und drehte sich um.

Wasser lief an seinen schmalen Beinen hinunter. Er schüttelte den Kopf wie ein nasser Hund, winzige Tropfen flogen glitzernd in alle Richtungen. »Sicher, was dachtest du?«

»Mußte das eben unbedingt sein?«

»Was?« erkundigte er sich verblüfft.

»Das weißt du ganz genau.«

Er seufzte. »Ich hab's nicht böse gemeint. Ich wollte nur ins Bett. Das ist alles.«

»Was war denn los?« fragte sie und war mit einemmal gar nicht mehr so sicher, was sie eigentlich so wütend gemacht hatte.

»Gar nichts.«

»Nun komm schon«, beharrte sie.

»Nichts.« Er warf das Handtuch gleichgültig aufs Bett und trat vor den Spiegel in der offenen Schranktür. »Gibst du mir mal die Bürste?«

»Vergiß die Bürste.«

»Bitte?« Seine Stimme blieb ruhig.

»Ist dir schon mal aufgefallen, daß immer ich diejenige bin, die über unsere Probleme redet?«

»Allerdings.«

Ihre Wut schwand dahin, statt dessen spürte sie einen Anflug von Verzweiflung. Jana machte einen Schritt auf ihn zu, blieb jedoch abrupt stehen, als sie sein Blick im Spiegel streifte.

»Wenn dir irgendwas nicht paßt, könntest du zur Abwechslung mal den Mund aufmachen«, verlangte sie trotzig. »Ich wüßte zu gerne, was eigentlich mit dir los ist.« Als ob sie das nicht längst ahnte. Es lief jedesmal auf das gleiche alte Spiel hinaus.

Er drehte sich langsam zu ihr um. »Nichts. Ich bin nur müde.«

»Müde.« Natürlich. Sie lachte kurz auf, eine Spur zu schrill. »Wie üblich.«

»Na und?« Zum erstenmal klang er jetzt ein wenig gereizt, nicht sehr, aber deutlich genug, daß sie den veränderten Tonfall bemerkte. Ärger war bei ihm eine Form von Defensive, und sie wußte, das sie nahe daran war, ihn zu knacken.

»Gibt es Abende, an denen du nicht müde bist?« erkundigte sie sich böse.

»Das weißt du.«

»O ja, entschuldige.« Sie tat, als denke sie nach. »Da war einer. Im Januar? Oder vielleicht im Februar? Ja, richtig, und da gab es noch den vor einem Monat, stimmt's?«

»Du bist albern.«

»Und? Was gefällt dir nicht daran?«

Er stand da; immer noch tropfte Wasser auf den Teppich. »*Du* gefällst mir nicht daran.«

»Soll das heißen, daß mit mir irgendwas nicht stimmt? Oder soll ich einfach den Mund halten?« schrie sie. »Gefalle ich dir dann besser?« Er hatte recht, es *war* albern. Irgendwie. Aber sie hatte einmal damit angefangen. Es war wieder an der Zeit für Geständnisse. Sie kam sich brutal vor und gemein, doch letztlich endete es immer auf dieselbe Art und Weise.

Sie machte einen schnellen Schritt auf ihn zu, zog am Knoten seines Gürtels. »Mal sehen, ob ich dir gefalle.« Der Bademantel fächerte auf. »O je, sieht nicht so aus.«

Michael schlug ihr ins Gesicht.

Nicht mit aller Kraft, aber doch heftig genug, daß sie zurückzuckte, über die Bettkante stolperte und plötzlich mitten im Bettzeug saß. Als sie zu ihm aufsah, stand er völlig hilflos da, wie ein Schulkind, dem die Jungs aus der höheren Klasse das Pausenbrot geklaut hatten. Ihre Tränen verwandelten das Bild in eine groteske Weichzeichneraufnahme, matt und verschwommen, unwirklich. Für einen Moment stand er einfach nur da, dann erinnerte er sich an den offenen Mantel und drehte sich um.

»Tut mir leid«, sagte er ganz leise.

Sie schüttelte langsam den Kopf. Ihre Stimme war mit einemmal völlig tonlos. »Du weißt, daß du dir das leisten kannst, oder?«

Er erwiderte nichts. Beide kannten die Antwort.

»Willst du mit mir schlafen?« fragte sie.

Einen Augenblick lang sah er aus, als denke er nach, dann schüttelte er schweigend den Kopf.

»Bist du sicher?«

»Ich glaube schon.« Er ging zum Fenster.

Ihr Blick fiel auf die Magazine auf dem Nachttisch. Kataloge, Zeitschriften, ein paar ausgerissene Werbeseiten für Kinderkleidung. Sie stand auf und trat neben ihn. Er roch gut, ein warmer Duft von Wasser und Seife.

Sein Blick glitt über ihr Gesicht, dann hinaus in die finstere Landschaft. Ein einzelner Tropfen löste sich aus seinem nassen Haar und rollte an seinem Hals hinunter. Sie beugte sich vorsichtig vor, ganz langsam, und pflückte den Tropfen mit ihren Lippen ab. Seine Mundwinkel zuckten. Sie bemerkte es und lächelte.

Sein Zögern war zugleich Einwilligung. Sachte betastete sie seinen feuchten Körper, roch die Seife, das Shampoo, ihn selbst. Seine Hände glitten an ihre Hüfte, dann hinauf. Als er den Kopf drehte, lösten sich weitere Wassertropfen aus seinem Haar. Stumm zog sie ihn zum Bett, half ihm, als er ihr das T-Shirt auszog. Sie küßte seine flache Brust, genoß seine Finger an ihrem Körper.

Schließlich, als sie spürte, daß der richtige Augenblick gekommen war, erzählte sie ihm von den Kindern. Von kleinen Jungs mit blondem Haar, von Messern mit blitzenden Klingen, von Schnitten in weichem Fleisch. Sie war passiv, sehr nüchtern, als sie all die Dinge nacherzählte, die er ihr tausendmal beschrieben hatte.

Er lag mit geschlossenen Augen neben ihr, streichelte ihre Brust und hörte zu. Als er soweit war, setzte sie sich auf ihn.

Später lagen sie nebeneinander in der Dunkelheit. Er benutzte sie, aber das war okay. Sie kannten sich so lange, waren verliebt. Sie fragte sich, ob sie glücklich war.

»Wie geht's dir jetzt?« fragte sie sanft.

Seine Antwort war ein Lächeln. Er sah in ihre Augen.

»Irgendwann wirst du mal eine tolle Oma werden«, flüsterte er mit gutmütigem Spott und streichelte ihre Wange.

»Oma?« fragte sie und kräuselte die Stirn. Verspielt schob er Strähnen ihres blonden Ponys zusammen, bis sie ihre Augen wie ein Vorhang bedeckten. Sie kicherte.

»Du hast Begabung zum Märchenerzählen . . .«

Sie lachte leise und ließ schelmisch ihre Fingerspitzen an seinem Körper hinabgleiten. »Möchtest du hören, wie es weitergeht?«

Michael lächelte.

8. Kapitel

Der Anruf kam an einem Nachmittag. Schaft nahm den Hörer ab und erkannte Kristines Stimme. Sie klang völlig aufgelöst.

»Tim ist im Krankenhaus.«

Für einen ganz kurzen Augenblick verschlug es ihm die Sprache. Dann gelang es ihm, den Schrecken abzuschütteln. »Großer Gott! Was, um Himmels willen, ist passiert?«

Kristine weinte. »Er bekam plötzlich kaum noch Luft. Kannst du sofort herkommen?«

Schaft hinterließ knappe Anweisungen bei seiner Sekretärin, dann stürmte er die Treppen hinunter, setzte sich selbst ans Steuer des Wartburgs und raste los.

In der Kinderklinik wollten sie seine Papiere sehen, um ihn zu dem Jungen zu lassen, aber Kristine kam ihm bereits entgegen. Sie umarmte ihn und führte ihn zu Tims Zimmer.

»Wie geht's ihm?« fragte er auf dem Weg dorthin.

»Mittlerweile ist er wieder halbwegs in Ordnung.« Kristine unterdrückte weitere Tränen. »Der Schock war wohl schlimmer als sein eigentlicher Zustand.«

Das Bett, in dem Tim lag, schien riesig groß und blendend weiß zu sein. Er sah sehr verloren darin aus. Eine Schwester schenkte ihnen ein aufmunterndes Lächeln, als sie sich über ihn beugten.

»Keine Angst«, meinte sie. »Fürs erste besteht keine Gefahr mehr. Es war gut, daß er so schnell bei uns war.«

Tims Stimme klang noch kindlicher als sonst, als sie ihn fragten, wie er sich fühle und was er für Sachen machte. All die Dinge, die man in solchen Momenten sagt. Nach ein paar Minuten waren sie soweit beruhigt, daß sie sich, statt neben dem Bett zu stehen, auf die Besucherstühle setzen konnten.

Kurz darauf erklärte ihnen draußen auf dem Gang ein Arzt die Zusammenhänge zwischen der Nierenkrankheit des Kleinen und seiner Atemnot. Schaft verstand nicht alles, wohl aber den wiederholten Rat, den Jungen so oft wie möglich aus Neustadt fortzuschaffen und noch mehr Zeit mit ihm auf dem Land zu verbringen.

Mit schlechten Gewissen fuhr er schließlich zurück zum Revier, vermied es, unnötig mit Kollegen zu sprechen, und dachte für den Rest des Tages über sich, seine Familie und seine gottverfluchte Arbeit nach.

An den Haustüren stießen die Polizisten nun vermehrt auf Probleme beim Sammeln der Schriftproben. Während die meisten Bürger Neustadts bereitwillig taten, was man von ihnen verlangte, stellten sich die einflußreicheren Mitglieder aus den Führungsreihen der Partei quer.

»Sie wollen *was* von mir?« fragten sie erbost, wenn einer der Ermittler vor ihrer Tür erschien.

Der Polizist erklärte den Sachverhalt daraufhin ein zweites Mal.

»Und warum kommen Sie damit ausgerechnet zu mir?«

»Ich komme nicht *ausgerechnet* zu Ihnen. Wir klingeln an jeder Tür.«

Die Reaktion darauf war meist ein pikiertes Lächeln. »Ich habe den Verdacht, daß Sie nicht genau wissen, mit wem Sie sprechen. Ist das möglich?«

»Nein. Aber Sie müssen verstehen, daß wir die Schriftproben aller Bürger brauchen.«

»Sicher nicht von mir.«

»Auch von Ihnen.«

»Aber Sie verdächtigen mich doch nicht etwa?« kam die lauernde Frage.

»Natürlich nicht«, erwiderten daraufhin die vorsichtigeren Polizisten. Andere antworteten schlichtweg mit der Wahrheit: »Wir können bei niemandem sicher sein.«

»Hören Sie, ich gebe Ihnen jetzt die letzte Möglichkeit, diese Sache zu beenden, ohne daß wir Streit bekommen. Sie verschwinden auf der Stelle, klingeln meinetwegen an der nächsten Tür oder gehen zurück zum Revier und erklären Ihrem Chef, daß er auf meine Handschrift verzichten kann. Nennen Sie ihm meinen Namen, und er wird das verstehen. Sagen Sie ihm, ich wünsche es nicht, in irgendwelchen Ermittlungsakten geführt zu werden oder auch nur ein einziges Mal darin aufzutauchen.«

Daraufhin wurde die Haustür mit Nachdruck geschlossen, und die Polizisten mußten sich mit vernichtenden Blicken und ein paar bösen Absichten zufriedengeben.

Als Schaft und Bausch davon hörten, ergingen sie sich in Haßtiraden auf die SED-Bonzen und kamen letztlich zu dem Schluß, daß sie offensichtlich stärkere Geschütze auffahren mußten.

Nach einigen Überlegungen beschlossen sie, den leitenden Offizier der örtlichen Staatssicherheit einzuschalten. Der gab die Informationen über die Vorfälle weiter, offenbar an die richtigen Stellen.

Und innerhalb weniger Tage lagen die Schriftproben aller lokalen Parteileiter zur Prüfung in Holzmanns Büro.

An einem Tag Ende April bekam Schaft unerwarteten Besuch. Er war soeben vom Mittagessen zurückgekommen, als es an der Tür seines Büros klopfte.

»Herein«, knurrte er.

Die fünf Männer, die der Reihe nach eintraten, trugen noch ihre Mäntel und Hüte. Für einen Frühlingstag war es ungewöhnlich kalt. Sie warteten nicht, bis Schaft sie bat, abzulegen; mit einemmal war der winzige Raum völlig überfüllt.

Der Polizeipräsident setzte sich auf den einzigen Besucherstuhl, die vier anderen blieben hinter ihm stehen. Es sah aus, als posierten sie für ein altmodisches Familienfoto.

Er kannte auch die anderen vier: den Leiter der Kriminalpolizei, ein Oberst, ein Oberleutnant und ein weiterer Offizier. Vertraute Gesichter mit ernster Miene.

»Was kann ich für Sie tun?« erkundigte er sich.

Der Polizeichef nickte, als hätte Schaft bereits etwas gesagt, daß ihn ungemein zufriedenstellte. Oder seine Ahnungen bestätigt.

»Wie Sie sich sicherlich denken können, möchten wir uns über den Stand der Ermittlungen informieren«, sagte er schließlich.

»Im Fall Sven Behrendt«, fügte der Oberst hinzu. Überflüssigerweise, fand Schaft, aber er behielt diese Meinung für sich. Die beiden wären nicht zum ersten Mal aneinander geraten.

»Ich schreibe regelmäßig Berichte«, wunderte er sich.

Der Chef nickte wieder. »Natürlich. Wir verfolgen sie mit Interesse.« Er lächelte. »Aber wir möchten uns vor Ort ein Bild von der Arbeit machen, die Sie und Ihre Leute hier leisten.«

Schaft gefiel das alles nicht. Solche Besuche waren

nicht ungewöhnlich genug, als daß er sich hätte Sorgen machen müssen. Trotzdem wünschte er, Bausch wäre hier. Der stellvertretende Dezernatsleiter war ein Meister im Umgang mit Vorgesetzten. In seinen Berichten wurden Rückschläge zu Fortschritten, Fehler zu Finten, ohne daß irgend jemandem Zweifel kamen.

Aber Bausch war nicht da, und Schaft mußte wohl oder übel allein mit der Invasion seines kleinen Reiches fertig werden. Er war Leiter der Mordkommission, kein Streifenpolizist, der sich durch das Auftreten der versammelten Chefetage aus der Reserve locken ließ.

»Sicher«, sagte er daher und zuckte mit den Schultern, »warum nicht?«

Die fünf Männer gaben keine Antwort.

»Wo soll ich anfangen?« Der Polizeichef schenkte ihm erneut ein väterliches Lächeln. »Beginnen Sie einfach ganz vorne. Wir stellen die entsprechenden Fragen.«

Schaft fühlte sich, als hätte man ihn zurück auf die Schulbank versetzt. Letzter Tag, mündliche Prüfung. Na, dann legen Sie mal los. Und, Herr Schaft, haben Sie keine Angst.

Hatte er nicht. Er rollte den gesamten Fall für sie auf, berichtete vom Fund der Leiche, von den Kreuzworträtseln und von der Sammelaktion. Er erklärte, warum auch die Kontrolle der Parteigenossen so wichtig war und weshalb sie Meldeakten und Telegramme überprüft hatten.

»Ich glaube, daß wir ihn so finden werden«, sagte er abschließend.

»Sie *glauben*?« fragte der Oberst über den Kopf des Polizeichefs hinweg. Sein Gesicht blieb völlig unbewegt.

»Sie sind Polizist, Oberst«, erwiderte Schaft mit einem ganz leichten Unterton von Schärfe in der Stimme, »und Sie wissen, daß ich Ihnen keine hundertprozentigen Vorhersagen machen werde. Aber ich kann Ihnen versichern, daß es meiner Überzeugung entspricht, daß wir dem Täter auf der Spur sind und ihn über kurz oder lang fassen werden.«

»Womit wir beim Punkt wären«, sagte der Polizeichef. »*Wie* lange?«

Schaft zuckte mit den Schultern und lehnte sich in seinem Stuhl zurück. »Das weiß ich nicht«, gab er offen zu.

Der Chef seufzte. »Sehen Sie, Hauptmann Schaft, das ist genau das, was mir Sorgen bereitet. Haben Sie überhaupt eine Idee, was diese ganze Unternehmung kostet?«

Das war es also. Natürlich.

»Nein«, sagte Schaft, »und wenn ich ehrlich sein darf, interessiert es mich auch nicht.«

Der Polizeichef sah ihm unverändert in die Augen. Über ihm hing das Gesicht des Obersten wie ein zufriedener Schutzengel. Die anderen Männer blieben weiterhin ruhig.

Einen Augenblick lang war es, als wäre damit das letzte Wort in dieser Sache gefallen. Aber nein, dachte Schwarz finster, jetzt geht es erst wirklich los.

»Sie sind ein hervorragender Polizist«, meinte der Polizeichef und lächelte wieder, »sonst hätten wir Ihnen nicht diesen Posten übertragen. Uns ist bekannt, daß es Ihrem Sohn nicht gutgeht und welche Opfer Sie für den Fortgang der Ermittlungen gebracht haben. Zudem ist es sicherlich von Vorteil, wenn Sie Ihr besonderes Augenmerk auf die Suche nach dem Mörder richten, ohne sich durch andere Dinge ablenken oder gar von ihnen beeinflussen zu lassen. Das gefällt mir.« Er beugte sich vor, verschränkte die Hände und legte sie auf den Schreibtisch. »Aber Sie müssen auch meine Situation sehen. Man fragt mich, was hier überhaupt passiert.«

»Das habe ich Ihnen eben erklärt.«

»Haben Sie, ganz richtig, und soweit gefällt mir, was ich gehört habe. Trotzdem bleiben die Kosten. Und die nähern sich einem Punkt, an dem manchen Persönlichkeiten in Berlin Zweifel am Sinn dieses Unternehmens kommen.«

»Herrgott«, entfuhr es Schaft wütend, »dieser Junge wurde abgeschlachtet. Sie haben die Bilder gesehen.«

Der Polizeichef nickte. »Ich bin Polizist, wie Sie, und ich weiß, was in Ihnen vorgeht. Mir geht es genauso. Und den Genossen hier im Raum sicherlich ebenfalls. Wir müssen irgend etwas mit diesem Verrückten machen, das ist sicher.«

Hinter ihm nickte der Oberst ernsthaft. Schaft hatte eine gute Idee, was er in diesem Moment gerne mit *ihm* machen würde.

»Trotzdem«, fuhr der Polizeichef fort, »fehlen im Augenblick noch echte Ergebnisse. Nennen Sie mir irgendeinen wirklichen Erfolg, den Sie bisher verzeichnen können. Irgend etwas, das ich weitergeben kann.«

»Es gab Teilerfolge«, antwortete Schaft und hoffte, daß seine Stimme überzeugender klang, als er selbst sich fühlte.

»Zum Beispiel?« mischte der Oberst sich nun wieder ein.

»Zum Beispiel?« wiederholte Schaft sehr laut und durchbohrte den Mann dabei mit einem vernichtenden Blick. »Verdächtige wurden überprüft, denen wir durch unsere Nachforschungen die Täterschaft in anderen Fällen nachweisen konnten. Diebesgut wurde sichergestellt. Andere, bislang unbemerkte Verbrechen konnten aufgedeckt, Verdachtsmomente erhärtet werden.« Im großen und ganzen entsprach das der Wahrheit. »Wie Sie sicherlich wissen, steht das alles in meinen Berichten«, fügte er hinzu.

Der Oberst zuckte nicht einmal. »Was für Verdachtsmomente?«

Das erstbeste, was ihm einfiel, war das, was Sander ihm vor einigen Tagen mitgeteilt hatte. »Schlamperei in der Wohnungsgenossenschaft. Betrug bei der Benutzung von Dienstfahrzeugen. Ich kann Ihnen ausführliche Informationen darüber zukommen lassen, wenn Sie das wünschen.« Er bezweifelte, daß sie das zufriedenstellen würde.

Der Polizeichef wollte etwas sagen, doch der Oberst kam ihm zuvor. »Das wird kaum nötig sein, Hauptmann Schaft. Sie haben allein die Aufgabe, den Mord an Sven Behrendt aufzuklären, sonst nichts.«

Bevor Schaft etwas Dummes erwidern konnte, ergriff der Polizeichef das Wort. »Ich denke«, sagte er ruhig, »daß ich mit diesen Auskünften eine Weile leben kann. Und ich hoffe, die Herren in Berlin können das ebenfalls. Vorerst fahren Sie mit Ihren Ermittlungen fort, Hauptmann.«

Damit war für ihn das Gespräch beendet; der Polizeichef stand auf und verließ nach einem knappen Abschied mit seinem Troß den Raum. Schaft bemühte sich, noch einmal den Blick des Obersten aufzuschnappen, aber es gelang ihm nicht. Die fünf Offiziere waren so schnell verschwunden, wie sie erschienen waren.

Er ließ sich wieder auf seinen Stuhl fallen, atmete tief durch und hoffte, daß er – wenn auch keinen Sieg – so doch zumindest eine Waffenruhe errungen hatte. Trotzdem hatte er Befürchtungen. Vielleicht würde er die Festung nicht mehr lange halten können.

Am nächsten Morgen rief die Sekretärin des Obersten an.

»Er möchte einen detaillierten Bericht über Ihre Erkenntnisse in Sachen Wohnungsgenossenschaft«, erklärte sie. »Gleiches gilt für die Unregelmäßigkeiten im Umgang mit Dienstfahrzeugen. Der Oberst wünscht, daß ihm sämtliche Informationen bis zum Mittag vorliegen.«

Schaft traute seinen Ohren nicht. *Das wird kaum nötig sein*, hatte der Oberst gesagt. *Sie haben allein die Aufgabe, den Mord an Sven Behrendt aufzuklären.*

Er bemühte sich, ganz ruhig zu bleiben. »Erinnern Sie ihn bitte daran, daß er sich gestern noch anderweitig geäußert hat«, sagte er. »Erklären Sie ihm, diese Dinge fallen nicht in meine Zuständigkeit.«

Die Sekretärin versuchte zu widersprechen.

Schaft legte auf.

Und wartete.

Fünf Minuten später klingelte das Telefon erneut. »Der Oberst wünscht, daß Sie sofort die Berichte abliefern.«

»Ich bin nicht zuständig«, wiederholte Schaft trotzig. »Aber unsere Büros stehen ihm jederzeit offen. Er kann sich das, was er braucht, selbst aus den Akten suchen.« Das war unklug, aber eindeutig.

Diesmal vergingen keine zwei Minuten bis zum nächsten Anruf. »Der Oberst läßt ausrichten, falls Sie nicht . . .«

»Richten Sie *ihm* bitte aus«, unterbrach Schaft sie in aller Ruhe, »er soll sich den Bericht tief in seinen Hintern stecken. Auf Wiederhören.«

Das war's.

Für heute.

Bausch trug keine weiße Flagge, als er am Tag darauf ins Büro kam, aber seine Funktion als Botschafter und Vermittler war offensichtlich. Entnervt ließ er sich auf den Besucherstuhl fallen. Schaft kannte ihn nicht ohne seinen Trauerblick, doch heute sah er aus, als habe er am selben Morgen seine ganze Familie beerdigt. Hund und Katze obendrein. Es war kaum zu übersehen, daß nicht alles zum Besten stand.

»Idiot«, sagte er leise. So, als sei ohnehin alles zu spät. Nach einer Pause fügte er hinzu: »Das war dumm.«

Schaft schüttelte den Kopf und seufzte. »Sieh mal, wenn der Oberst mir irgend etwas zu sagen hat, warum kommt er dann nicht selbst und . . .«

Sein Vorgesetzter fiel ihm ins Wort. »Das braucht er nicht.«

Schaft nickte. »Dafür gibt's Leute wie dich.«

»Spar dir deinen Sarkasmus«, fuhr Bausch auf. »Du hast deinen Mund ohnehin schon viel zu weit aufgerissen.«

»So?« fragte Schaft. »Warum kommt dieser Schwachkopf dann nicht selbst?«

»Das habe ich dir schon gesagt. Er braucht es nicht. Für ihn ist die Angelegenheit erledigt.« Bausch schüttelte noch einmal traurig den Kopf und legte dann ein Blatt Papier vor Schaft auf den Schreibtisch.

»Meine Ablösung«, stellte Schaft fest. Ganz entgegen seiner Art blieb er ruhig.

Der Dezernatsleiter nickte.

Schaft warf einen knappen Blick auf das Schreiben. »Die hast du unterschrieben.«

»Was hast du erwartet?« Bauschs Stimme war mit einemmal ungewöhnlich laut. »Das gehört zu meinen Pflichten. Und du weißt, daß das nicht auf meinem Mist gewachsen ist. Du selbst hast dir das eingebrockt. Außerdem wirst du anderswo gebraucht.«

»Sicher.«

»In Dessau ist ein sechsjähriger Junge verschwunden.«

»Trifft sich ja gut, was?«

Keine Antwort.

»Irgendwelche Verbindungen zum Fall Sven Behrendt?«

Bausch schüttelte den Kopf. »Keine. Den wird jetzt Köster übernehmen.«

Matthias Köster, Schafts Stellvertreter. Eine einleuchtende Wahl.

»Und – weiter?«

»Du bleibst natürlich Leiter der Mordkommission.«

Schaft lächelte bitter. »Vielen Dank.«

»Man erwartet bis heute nachmittag das Übergabeprotokoll.«

Schaft nickte und schickte ihn fort.

Matthias Köster und Schaft hatten sich Ende der fünfziger Jahre kennengelernt. Damals waren sie beide Mitglieder der Brandkommission und zur Untersuchung eines Scheunenbrandes abgestellt worden. Der Verdacht reichte von Brandstiftung bis Blitzeinschlag. Letztlich stellten sie fest, daß sich eine Ratte im Sicherungskasten verkrochen hatte, für einige Aufregung innerhalb der Stromverteilung gesorgt hatte und schließlich samt Gebäude in Flammen aufgegangen war.

Köster war schlank, sportlich, dunkelhaarig. Ein starker Kettenraucher, den viele für übernervös hielten, der aber, wie Schaft wußte, zu den ausgeglichensten Polizisten des Kommissariats gehörte. Er hatte nie erlebt, daß Köster die Beherrschung verlor. Manchmal beneidete er ihn um seine stoische Ruhe.

Trotzdem waren die beiden Männer niemals wirkliche

Freunde geworden. Das mochte seine Ursache in einem Vorfall Mitte der siebziger Jahre haben.

Eine Krankenschwester war nachts vor ihrer Haustür überfallen und hinterrücks erstochen worden. Schaft und der damalige Leiter der Mordkommission, ein Mann, dem man seine zahllosen Dienstjahre ansah, übernahmen in einer Gewitternacht die Aufgabe, den Täter zu verhören. Dem war nur schwerlich ein Wort zum Tathergang zu entlocken, nicht weil er nicht wollte, sondern weil es sich bei dem Mann um einen chronischen Stotterer handelte. Er schien schlichtweg nicht in der Lage zu sein, einen einzigen zusammenhängenden Satz zu artikulieren.

»Warum haben Sie die Frau getötet?«

»I . . . ich ha . . . ha . . .«

»Kannten Sie sich?«

»W . . . w . . . wir . . .«

Was halbwegs amüsant begann, entwickelte sich schon nach kurzer Zeit zur Katastrophe. Der Kommissariatsleiter baute von Minute zu Minute stärker ab. Draußen brüllte der Donner gegen die Scheiben, und drinnen brüllte der Offizier, von nervösen Anfällen geschüttelt, auf den Verdächtigen ein, der von Minute zu Minute verschüchterter und verstockter wurde. Schaft sah von einem zum anderen und fragte sich, welcher der beiden Männer als erster zusammenbrechen würde.

Von da an häuften sich die Vorfälle und gipfelten schließlich darin, daß er Schaft und sich selbst in einer Regennacht fast in den Tod gefahren hätte. Danach weigerte dieser sich, noch ein einziges Mal zu seinem Vorgesetzten ins Auto zu steigen, und erstattete offiziell Bericht über die Verfassung seines Chefs.

Der Mann wurde abgelöst, und Matthias Köster zu seinem Nachfolger ernannt.

Zu ihrer aller Überraschung blieb er nicht einmal ein Jahr auf seinem Posten. Innerhalb kürzester Zeit mußte auch er seinen Hut nehmen. Statt seiner wurde Schaft am 1. September 1976 Leiter der Mordkommission. Köster blieb sein Stellvertreter.

Das war für beide keine einfache Situation. An einem Tag hatte Schaft Kösters Anweisungen befolgt, am nächsten waren die Rollen vertauscht. Es wunderte niemanden, daß sich das Verhältnis der beiden zueinander um einige Grad abkühlte.

Welche Hintergründe der Wechsel tatsächlich hatte, erfuhr niemand außer Köster selbst. Schaft war der Meinung, daß es kaum an Kösters Beziehungen zur Polizeispitze liegen konnte. Er hegte ohnehin den heimlichen Verdacht, daß sein frischgebackener Stellvertreter ein Ziehkind des Polizeichefs war. Naserümpfend beobachtete er, wie Köster auch nach ihrem Rollentausch Auszeichnung um Auszeichnung erhielt – für Fälle, die in Schafts Augen kaum eine mündliche Anerkennung verdienten.

Im nachhinein läßt sich nicht mehr sagen, ob er mit dieser Einschätzung richtig lag. Köster selbst mochte sich zu dieser Angelegenheit nicht äußern.

Jetzt, keine fünf Jahre später, deutete sich ein erneuter Wechsel an. Köster übernahm die Leitung der *Einsatzgruppe Sven Behrendt*. Schaft hatte keinerlei Zweifel an seinen Fähigkeiten, war sogar überzeugt, daß der Fall auch von Köster geklärt werden konnte. Trotzdem schmollte er, als er seine Sachen zusammenpackte und das Übergabeprotokoll am Nachmittag auf Bauschs Schreibtisch warf.

Er wünschte ihm viel Glück und ging.

Köster bemühte sich von Anfang an, frischen Wind in die Einsatzgruppe zu bringen. Als erstes splittete er die Auswertung in zwei selbständige Gruppen. Reinhard Sander blieb weiterhin verantwortlich für die Bearbeitung und Archivierung von Spuren und Verhören. Sämtliche Vorgänge, die mit dem Sammeln der Schriftproben und ihrer Auswertung zu tun hatten, wurden in die Hände eines anderen gelegt: Adolf Glaser.

Seinem jahrzehntelangen Wunsch, Mitglied der Kriminalpolizei zu werden, rückte Glaser damit einen deutlichen Schritt näher. Es war ein netter Aufstieg aus den feuchten Schächten der Kollektoren zum Leiter der Auswertung. Für ihn entwickelte sich der Fall Sven Behrendt allmählich zum beruflichen Sprungbrett.

Um sämtliche Ermittlungsarbeiten unter einem Dach zu vereinen, wurden nun Holzmann und die übrigen Schriftsachverständigen aus dem Präsidium in Halle ebenfalls nach Neustadt umquartiert. Mit dem Ergebnis, daß die Polizisten in der vierten Etage des Reviers noch enger zusammenrückten, dafür jedoch auf neue Verdächtige oder Spuren schneller reagieren konnten.

Zudem gelang es Köster endlich, eine Aktion durchzusetzen, die Schaft schon Wochen zuvor angeregt hatte, mit der er bei seinen Vorgesetzten jedoch auf taube Ohren gestoßen war: Der Koffer, in dem die Leiche des Jungen gefunden worden war, sollte öffentlich ausgestellt werden.

Bereits im Februar, ganz zu Anfang der Ermittlungen, war in der *Freiheit* ein Foto des Koffers abgebildet worden. Daneben stand folgender Text:

> Zur Aufklärung eines Verbrechens bittet die Volkspolizei um Mithilfe! Wer kann Angaben machen zu

Personen, die den abgebildeten Koffer vor dem 15. Januar 1981 im Besitz hatten? Wo wurde eine Person am 15. Januar 1981 oder in der Zeit danach mit einem derartigen Koffer gesehen (in Grundstücken, auf Straßen, in Verkehrsmitteln)? Wer kann Angaben machen, wo ein derartiger Koffer vor dem 15. Januar 1981 oder danach abgestellt war bzw. sonst gesehen wurde?

Beschreibung: Länge: 77 cm; Breite: 45 cm; Höhe: 22 cm; Material: Hartpappe mit Vulkanfiberecken; Farbe: mittelbraun; Kofferinneres: bedrucktes Papier (Korbflechtmuster). Derartige Koffer werden seit 10 bis 15 Jahren nicht mehr an den Handel geliefert.

Zweckdienliche Angaben, die auf Wunsch vertraulich behandelt werden, nimmt jede VP-Dienststelle entgegen.

Es hatte damals einige Hinweise gegeben, Meldungen von Leuten, die ähnliche Koffer im Keller ihrer Nachbarn oder während des Urlaubs an der Ostsee gesehen hatten. Einige Tips wurden überprüft, doch in allen Fällen standen die verdächtigen Koffer – von denen viele nicht einmal annähernd Ähnlichkeit mit dem gesuchten hatten – noch an ihrem Platz im Keller der Besitzer.

Offenbar hatte niemand bemerkt, wie der Täter den schweren Koffer nach dem Mord zum Zug geschleppt hatte, aus dem er ihn schließlich hinauswarf. Zwischen Neustadt und dem Hauptbahnhof Halle lagen mehrere Kilometer, eine Strecke, die auch mit der Straßenbahn eine ganze Weile in Anspruch nahm. Selbst wenn der Täter den Koffer im Auto dorthin transportiert hatte, hatte er ihn quer durch die Bahnhofshalle tragen müssen.

Leichen sind schwerer als lebende Menschen, und der Mann mußte den Koffer während des Transports zum Gleis und vor allem beim Hinaufsteigen der Treppen mehrfach abgesetzt haben.

Irgend jemandem *mußte* etwas aufgefallen sein.

Die Ausstellung des Koffers war ein zweiter Versuch, mögliche Zeugen an ihre Beobachtungen zu erinnern. Köster und seine Leute hatten hohe Erwartungen. Sie ließen ein Geschäft in der Neustädter Einkaufspassage räumen, stellten den Koffer ins Schaufenster und bauten dahinter eine Barriere auf, die den Blick ins Innere des Ladens blockierte. Während der vierzehn Tage, die der Koffer dort stehen blieb, saßen hinter dieser Absperrung drei Polizisten; darunter ein Fotograf, der jeden, der sich den Koffer für längere Zeit oder gar mehrfach ansah, im Bild festhielt. Ausstellungsraum und Gehweg blieben rund um die Uhr hell erleuchtet.

Köster sorgte dafür, daß der Beobachtungsposten vierundzwanzig Stunden am Tag besetzt war. Er befürchtete, daß der Täter versuchen würde, die Scheibe des Schaufensters einzuschlagen und den Koffer verschwinden zu lassen. Die zwei Polizisten, die dem Fotografen Gesellschaft leisteten, sollten im Ernstfall die Festnahme durchführen.

Trotz allem kamen weder Täter noch Hinweise.

Nach zwei Wochen wurde die Aktion verschämt und in aller Stille abgeblasen. Außer einem Berg von Fotos hatte sie kein greifbares Ergebnis gebracht. Köster besah sich die Bilder, fragte sich, ob der Mann, den sie suchten, dabei war und gab sie schließlich an Sander weiter.

Es dauerte nicht lange, bis der ihm das Resultat seiner Überprüfungen präsentierte.

Fehlanzeige.

Bauschs einziges Hobby, das im Frühjahr und Sommer einen Großteil seiner Freizeit in Anspruch nahm, war die Tulpenzucht. Er lebte mit seiner Familie in Dessau, wo Schaft jetzt einen anderen vermißten Jungen suchte, und hier besaß er in einer Kleingartenanlage eine Laube mit beachtlichem Rasen und Blumenbeeten. Das Gartenhaus umfaßte Wohnzimmer, Küche, ein kleines Kinderzimmer für die beiden Söhne Jens und Rene, außerdem ein Schlafzimmer für Eva und ihn selbst. Er war stolz darauf, daß er sich die gesamte Anlage aus eigener Kraft erspart und zusammengezimmert hatte. Noch immer mußten unzählige DDR-Haushalte ohne eigene Toiletten auskommen, viele benutzten noch Bretterverschläge auf dem Hof, aber das Gartenhaus der Bauschs hatte schon lange ein ordentliches Wasserklosett. »Da draußen kann man es wirklich aushalten«, sagte er oft.

Die Tulpen wuchsen in diesem Jahr besonders gut; fast fünftausend waren es, die ihre schlanken Hälse in die Höhe reckten, und ihr Züchter machte es vor Stolz genauso, wenn er Gäste durch den Garten führte und ihnen schließlich die Beete präsentierte.

Er, Eva und die Kinder verbrachten jede freie Minute in ihrem Garten, eine Flucht aus der engen Drei-Zimmer-Wohnung, die sie in einem grauen Plattenbau am Ortsrand Dessaus bewohnten. Meist nahmen sie ihren Wellensittich und das Meerschweinchen mit; die beiden hatten ein wenig Erholung vielleicht ebenso nötig wie sie selbst.

Während der Arbeit am Fall Sven Behrendt stand das Gartenhaus an den meisten Abenden und Wochenenden leer. Bausch kam selten vor neun Uhr nach Hause, die Kinder schliefen schon, und Eva wärmte ihm das Essen auf.

»Wir müssen mal wieder rausfahren«, seufzte er dann, und Eva nickte ohne viel Hoffnung. Die Ermittlungen fraßen seine komplette Freizeit.

Er bewunderte, wie ruhig sie seine Arbeitszeiten und seine häufige Abwesenheit hinnahm. Eva hatte gewußt, daß sie einen Polizisten heiratete und daß seine erste Ehe unter anderem an seinem Job kaputtgegangen war; sie hatte sich trotzdem darauf eingelassen und beschwerte sich selten. Das Gartenhaus lief ihnen nicht davon.

Sie hatten sich Anfang der siebziger Jahre über eine Kontaktanzeige kennengelernt. Bausch hatte damals nach einem Unfall mit Prellungen am ganzen Körper im Krankenhaus gelegen und seine Zeit damit verbracht, allerhand Unsinn an alle möglichen Leute zu verschicken; Briefe, Postkarten, Pakete. Schließlich war er auf die Idee gekommen, Kontaktanzeigen in Zeitungen zu setzen. Tatsächlich kamen fast sechzig Antworten, und nach seiner Entlassung traf er sich als erstes mit einer Lehrerin aus Wittenberg. Aber, so erzählte er später, ›mit der war überhaupt nichts anzufangen – die konnte nicht einmal *Scheiße* sagen‹. Auch eine Leipziger Schuhverkäuferin entsprach nicht seinen Wünschen.

Eva war die Nummer drei, und als er sie kennenlernte, stellte sich als allererstes heraus, daß nicht sie selbst, sondern ihre Mutter die Anzeige aufgegeben hatte. Sie machte sich Sorgen um ihre Tochter, die samt Kind zu Hause saß und offensichtlich nichts unternahm, um einen neuen Mann kennenzulernen. Tatsächlich hatte sie nach einem Reinfall mit dem Vater ihres Sohnes von Männern die Nase gestrichen voll. Bausch erzählte: »Ihre kleine Schwester mußte mich vom Bahnhof abholen, weil Eva sich weigerte. Nachdem ich aber bei ihr zu Hause ankam, machte sie sich doch noch die Mühe, zumindest einen Blick auf mich zu werfen. Mir war eigentlich sofort klar, daß ich hier richtig war; spätestens als ich das weiße Tischtuch und den Kaninchenbraten sah, mit denen man mich empfing.«

Ein Jahr später wurde geheiratet, und seitdem erduldete Eva bereitwillig alle Ärgernisse, die sein Beruf mit sich brachte.

Auch die Tatsache, daß er nach Dienstschluß selten davon loskam und bis in die Nacht von seinen Erfolgen und Schwierigkeiten sprach.

»Er hat es darauf angelegt«, erzählte Bausch ihr an dem Tag, an dem er Schafts Ablösung unterschrieben hatte. »Genausogut hätte er dem Chef höchstpersönlich in den Hintern treten können.« Er schüttelte verständnislos den Kopf.

Eva hörte geduldig zu, stellte Geschirr auf den Tisch und setzte sich zu ihm. Ihr Blick fiel auf den hohen Papierstapel, den er angeschleppt hatte. Er bemerkte es und lächelte entschuldigend.

Seit Beginn der Ermittlungen brachte er regelmäßig Schriftproben mit, um sie zu Hause zu bearbeiten. Eva half ihm dabei. Beiden waren die Buchstaben des Original-Kreuzworträtsels mittlerweile in Fleisch und Blut übergegangen. Ähnlich wie Holzmann und seine Assistenten glaubten sie bereits, die verräterischen Zeichen überall wiederzuerkennen, in Zeitungen, auf Werbetafeln, im Fernsehen.

So saßen sie Abend für Abend da, er auf dem Sofa, sie im Sessel, und betrachteten das Schriftbild der einzelnen Proben. Selbst im Bett lasen sie weiter und hörten erst auf, wenn der Stapel schließlich zusammengeschrumpft war und Bausch ihn am nächsten Tag gegen einen neuen austauschte.

Offiziell war das nicht erlaubt. Mögliche Beweisstücke mußten im Revier gelagert werden, aber Bausch war nicht der einzige, den die Suche nach dem Mörder nicht mehr losließ. Er wußte, daß es den meisten Kollegen genauso ging.

Siegmund Schaft war immer jemand gewesen, der seinem Ärger lautstark Luft machte. Bei seinen Untergebenen waren seine Wutausbrüche gefürchtet, und er selbst wußte, daß er das eine oder andere Mal im Zorn über die Stränge schlug. Er war ein Meister im Brüllen, Schimpfen und Lamentieren, ein Ruf, den er pflegte; gelegentlich, so fanden manche, auch auf Kosten anderer.

Nachdem man ihn von den Ermittlungen im Fall Sven Behrendt ausgeschlossen hatte, war er verbittert und fühlte sich ungerecht behandelt. Er war enttäuscht von Bausch, der die Ablösung widerspruchslos unterschrieben hatte, und wütend auf seine Vorgesetzten. Nach wie vor hätte er einiges dafür gegeben, einmal mit dem Oberst in den Boxring zu steigen.

Trotzdem schrie er nicht. Nicht zu Hause und nicht im Büro.

Zum erstenmal fraß Schaft viel von seinem Groll in sich hinein, und obwohl sich der Fall des verschwundenen Jungen aus Dessau nicht allzu sehr von dem des kleinen Sven unterschied, ging er sachlicher an seine Aufklärung.

Irgend etwas passierte in ihm. Nie mehr, so nahm er sich vor, wollte er einen Fall so nah an sich selbst heranlassen, nie wieder in einem Mörder einen persönlichen Gegner sehen.

Er verbrachte jetzt wieder mehr Zeit mit Kristine und Tim draußen im Jagdhaus, und wahrscheinlich war das der einzige Vorteil, den das ganze Dilemma mit sich brachte: Der Zustand des Jungen besserte sich. Es gab keine Erstickungsanfälle mehr, und die Ärzte gaben Entwarnung.

In solchen Momenten war er dem Oberst fast dankbar.

9. Kapitel

Der Zug verlangsamte mit kreischenden Bremsen, lief aus, ruckte ein letztes Mal und blieb dann im Bahnhof stehen. Regen trommelte auf das Dach über den Gleisen, und die Akustik der Halle machte die Gespräche der Reisenden zu wogendem Lärm.

Michael sprang aus dem Waggon und ließ sich von Jana das Gepäck anreichen. Gemeinsam schleppten sie die Koffer die Treppen hinunter, setzten sie draußen am Eingang ab und blickten sich suchend um.

Michaels Vater kam ihnen vom Parkplatz her entgegen. Er lachte. »Tut mir leid, ich bin zu spät«, sagte er, umarmte die beiden und nahm Jana den Koffer ab.

Kurz darauf reihte er den Wagen in den Kreisverkehr am Thälmannplatz ein, bog auf die Magistrale und verließ Halle in Richtung Neustadt. Trotz des Frühlings lag die Trabantenstadt grau und klotzig da, genau so, wie Jana sie in Erinnerung gehabt hatte. Sie wünschte sich bereits jetzt zurück nach Friedrichroda, vermißte die grünen Hänge des Thüringer Waldes und die klare Luft der Berge.

Michaels Vater erzählte Neuigkeiten aus der Nachbarschaft, von Leuten, deren Namen Jana nicht kannte. Als er eine kurze Pause machte, bat sie ihn, sie zu Hause abzusetzen.

»Ist deine Mutter wieder in Neustadt?« fragte er.

Jana schüttelte den Kopf. »Nein, immer noch an der Ostsee. Aber ich will meine Sachen in die Waschmaschine stecken und ein paar neue zusammenpacken.«

Michaels Vater nickte. »Sicher.«

Kurz darauf hielt der Wagen vor Block 398, dem äußersten Gebäude am Südostrand Neustadts. Dahinter lagen die Felder, zerschnitten vom Asphaltband der Umgehungsstraße.

Michael wollte aussteigen und ihr mit dem Koffer helfen, aber sie hielt ihn lächelnd zurück. »Laß nur, das geht schon. Bestell deiner Mutter, ich komme in ein, zwei Stunden nach.«

Der Trabant fuhr davon, und Jana schleppte das Gepäck die Treppen hinauf. Die Wohnung war noch genauso, wie sie sie verlassen hatte. Eilig zog sie die Vorhänge auf und öffnete alle Fenster.

Ihre Mutter arbeitete das Frühjahr und den Sommer über als Kellnerin in einem Hotel, oben an der See. Sie schrieben sich regelmäßig und telefonierten gelegentlich miteinander. Nach der Scheidung von Janas Vater hatte sie sich nach Arbeit außerhalb Neustadts umgeschaut und unerwartet schnell einen neuen Job in einem kleinen Städtchen an der Küste gefunden. Jana hatte den Eindruck, daß sie dort zufrieden war.

Sie ließ den Koffer unausgepackt im Flur stehen, blickte in alle Zimmer und freute sich zum ersten Mal ein wenig, wieder hier zu sein, wenn auch nur für das Wochenende. Am Montag wollten sie wieder zurück nach Thüringen fahren. Der Gedanke hatte etwas Beruhigendes. Jana schaltete den Fernseher ein, ohne auf das Programm zu achten, streifte ihre Schuhe ab und legte sich aufs Sofa.

Im Zug hatten sie sich gestritten, wieder über das alte Thema. Außer ihnen war niemand im Abteil gewesen, trotzdem hatten sie leise gesprochen, damit niemand auf der anderen Seite der dünnen Wände oder vom Gang aus mithören konnte. Möglicherweise hätte er sich gewundert.

Sie hatte bemerkt, wie Michael einer jungen Frau und ihrem kleinen Sohn hinterhersah, die außen hinter der Glastür am Abteil vorbeigingen.

Da war sie wieder, die alte Eifersucht. »Gefällt die dir etwa?« hatte sie zickig gefragt und noch im selben Moment gemerkt, wie albern die Frage war. Er hatte nicht der *Frau* hinterhergesehen.

»Nein«, hatte er knapp erwidert, als wollte er sich auf nichts einlassen.

Gerade das reizte sie. »Wir könnten Kinder kriegen.« Vielleicht wird's ja ein Junge, und du könntest *ihn* heiraten.« Eine überaus böse Bemerkung.

Er blickte aus dem Fenster, sah sie nicht an. »Ja, vielleicht.«

Ihr mißfiel die Art, wie er das sagte. Einerseits gleichgültig, als läge ihm einzig daran, einen Streit zu vermeiden.

Auf der anderen Seite hatte seine Stimme diesen Klang, den sie nie wirklich einschätzen konnte, als wollte er sagen: Klar, wir wissen ja beide, daß du recht hast. Laß uns einfach das ganze Drama beenden.

Genau das war es, was sie fürchtete, der einzige Grund, aus dem sie alles mitmachte, was er verlangte, und sich dabei einredete, daß sie es genauso für sich selber tat. Nicht nur für ihn, *niemals*, sondern für *dich, dich, dich*. Ja, sicher doch.

»Tut mir leid, vergiß es«, sagte sie schließlich.

Er schüttelte den Kopf. »Es stimmt.« Und wieder sprudelte alles aus ihm heraus: Daß er doch ohnehin auf Jungen stehe, das wisse sie doch; daß er sie zwar sehr, sehr gern habe, aber eben nicht wirklich lieben könnte; und daß er eben einfach ganz anders sei als sie. Geständnis und Triumph zugleich.

Jana hätte sich am liebsten die Ohren zugehalten, aber sie wußte, daß er Aufmerksamkeit verlangte. Manchmal glaubte sie, es machte ihm Spaß, ihr weh zu tun. Sie sollte wissen, auf was sie sich Tag für Tag von neuem einließ, auf *wen* sie sich einließ. Das gehörte zu seiner Art, mit dem Drama ihrer Beziehung fertig zu werden. Irgendwo, ganz tief in ihr drin, sagte ihr eine Stimme, daß es so nicht weitergehen konnte, aber natürlich wollte sie das am allerwenigsten hören.

Schließlich weinte sie und glaubte zu sehen, daß es ihm nicht viel besser ging. Seine Augen glitzerten, als sie herüber rückte und ihn an sich zog. Schweigend erwiderte er die Umarmung und gab ihr schließlich einen kurzen Kuß.

»Ich will doch nur, daß du bei mir bleibst«, flüsterte sie schluchzend und drückte sich noch fester an ihn.

Er streichelte sanft über ihren Kopf. »Das weiß ich doch«, sagte er leise, »das weiß ich doch.«

Später, als sie auf dem Sofa ihrer Wohnung lag, stiegen ihr erneut Tränen in die Augen. Sie versuchte, sich auf das Fernsehprogramm zu konzentrieren, aber ihr Blick ging durch das Geschehen auf dem Bildschirm hindurch, ohne nach etwas Bestimmtem zu suchen. Das Warten hatte begonnen.

Einige Straßenzüge weiter westlich beendete Michael seine Erzählung, als es an der Tür klingelte.

»Das wird Jana sein«, sagte er, stand auf und öffnete.

Es war nicht Jana. Statt dessen stand ein Polizist im Treppenhaus.

»Herr Berger?« fragte er.

Michael nickte. »Kann ich Ihnen helfen?« Der Umgang mit den Kurgästen in Friedrichroda hatte ihm die Frage eingeimpft, und der Schock, der ihn beim Anblick der Uniform überfiel, sorgte dafür, daß er sie abspulte wie ein Tonbandgerät.

»Ich habe vor einigen Tagen mit Ihrer Mutter gesprochen, sie weiß Bescheid. Darf ich hereinkommen?«

»Sicher.« Plötzlich war ihm schlecht.

Er ging vor ins Wohnzimmer. »Mama, hier ist ein Herr von der Volkspolizei. Er sagt, er hätte mit dir gesprochen.«

Seine Mutter sprang auf. »Oh, natürlich, das hatte ich völlig vergessen. Kommen Sie doch rein«, rief sie über Michaels Schulter hinweg in den Flur.

Der Polizist trat ein. Er hielt eine Aktentasche in der Hand. Michael fand, daß er nicht aussah, als sei er zu einer Verhaftung gekommen. Er wurde ein wenig ruhiger.

Michaels Vater stand jetzt ebenfalls auf. Er schien zu wissen, um was es ging, denn er lächelte höflich und schüttelte dem Besucher die Hand. »Setzen Sie sich doch«, sagte er und deutete auf einen Sessel. Der Polizist bedankte sich und nahm Platz.

»Ich habe bereits mit Ihrer Frau, beziehungsweise Ihrer Mutter, gesprochen«, begann er. »Wahrscheinlich wissen Sie bereits, um was es geht. Wir ermitteln in einem Mordfall an einem kleinen Jungen hier aus Neustadt.«

Michaels Vater nickte wissend. »Hast du schon davon gehört?« fragte er mit einem Seitenblick auf seinen Sohn. Michael schüttelte den Kopf.

Der Polizist wandte sich direkt an ihn und erklärte ihm in knappen Sätzen die wenigen Fakten, die über den Mord an Sven Behrendt an die Öffentlichkeit gelangen durften. »Unser wichtigster Anhaltspunkt sind einige

Schriftstücke, möglicherweise vom Täter ausgefüllt, deshalb sammeln wir Schriftproben von jedem Einwohner Neustadts.«

Michael nickte ernst, als hätte er jedes Wort zutiefst verinnerlicht. Tatsächlich war er viel zu nervös, als daß er mehr als oberflächlich hätte zuhören können. Von welchen Schriftstücken sprach der Mann? Die Frage rotierte in seinem Kopf. Er spürte, daß seine Hände zitterten; er ballte sie zu Fäusten, damit es niemandem auffiel.

Der Polizist öffnete seine Aktentasche, holte einen Vordruck hervor und legte ihn zusammen mit zwei leeren weißen Blättern auf den Tisch. »Bisher habe ich leider weder Sie noch Ihren Sohn antreffen können«, erklärte er mit Blick auf Michaels Vater, »aber Ihre Frau hat mir den Tip gegeben, daß ich heute mehr Glück haben könnte.«

»Ich arbeite bei Buna. Und Michael wohnt derzeit in Thüringen.«

»So? Wo denn dort?«

Michael bemerkte, daß alle ihn ansahen. »Friedrichroda«, preßte er hervor.

»Er arbeitet in einem Ferienheim, als Hausmeister«, fügte seine Mutter hinzu und lächelte stolz.

»Da ist sicher viel zu tun«, meinte der Polizist.

Michael nickte. »Ziemlich.«

Der Polizist reichte ihm und seinem Vater je eines der leeren Blätter. Dann deutete er auf den Vordruck. »Wenn Sie bitte diesen Text in großen Druckbuchstaben abschreiben würden«, meinte er.

»In Druckbuchstaben?« fragte Michael.

»Darauf kommt es uns an, das ist sehr wichtig.«

Der Polizist gab ihnen Kugelschreiber und legte den Vordruck so, daß beide ihn sehen konnten. Michaels Hände zitterten immer noch ein wenig. Er begann zu schreiben. *ICH ERKLÄRE IN MEINEM REISEGEPÄCK KEINERLEI ALKOHOLISCHE GETRÄNKE MITZUFÜHREN.*

So ein Schwachsinn.

MEINEN PERSONALAUSWEIS DER DDR HABE ICH AUF DER MELDESTELLE DER DEUTSCHEN VOLKSPOLIZEI ... – er zögerte.

»Entschuldigen Sie, hier steht *abgegeben* und *nicht abgegeben*. Was von beidem soll ich schreiben?« fragte er.

Der Polizist lächelte verständnisvoll. »Schreiben Sie einfach beides.«

... *ABGEGEBEN/NICHT ABGEGEBEN*, schrieb er. Dann reichte er dem Mann seinen Zettel. Der Polizist warf einen kurzen Blick darauf, wartete noch einen Augenblick, bis auch Michaels Vater fertig war, dann steckte er beide Blätter und den Vordruck zurück in die Aktentasche.

»Ich bedanke mich«, sagte er und stand auf. Michael brachte ihn mit weichen Knien zur Tür.

»Und viel Glück weiterhin in Thüringen«, sagte der Polizist zum Abschied. Michael bedankte sich und schloß die Tür hinter ihm.

Er hatte sich kaum hingesetzt, als es ein zweites Mal klingelte.

»Wer war das?« fragte Jana, als er sie hereinließ.

Michael zuckte mit den Schultern. »Nur ein Polizist«, sagte er und überließ sie der Umarmung seiner Mutter.

10. Kapitel

Ende Juni startete Bausch eine großangelegte Briefaktion. Er schrieb jeden seiner Vorgesetzten persönlich an und bat um eine definitive Fortführung der Ermittlungen im Fall Sven Behrendt.

Kurz zuvor war ihm von mehreren Seiten zu Ohren gekommen, daß erneut Kritik aus Berlin laut geworden war und eine Einstellung des Falls kurz bevorstand. Er und die meisten seiner Kollegen waren sich einig, daß es soweit nicht kommen durfte. Sie alle arbeiteten jetzt seit fast einem halben Jahr an der Suche nach dem Mörder, hatten den größten Teil ihrer Freizeit investiert und waren nach wie vor der Überzeugung, daß der Täter zu finden sei, früher oder später.

In der Chefetage war man anderer Meinung. Viel zu lange würden die Ermittlungen nun schon andauern, ohne daß konkrete Ergebnisse vorlagen. Irgend jemand hatte die mögliche Dauer der Schriftprobenaktion berechnet und war auf vier bis fünf Jahre gekommen, eine Zeitspanne, die man im verantwortlichen Ministerium für unhaltbar hielt. So tragisch der Fall und seine Umstände auch seien, hieß es, so offensichtlich sei doch mittlerweile, daß der Täter bislang kein zweites Mal zugeschlagen habe und es wahrscheinlich auch nicht tun werde.

Als Bausch diese Argumente hörte, war er zum ersten Mal nahe daran, seine antrainierte Höflichkeit im Umgang mit Vorgesetzten zu vergessen und dem einen oder anderen einige deutliche Worte an den Kopf zu werfen – gefolgt von dem Briefbeschwerer auf seinem Schreibtisch.

Er beherrschte sich.

Statt dessen schrieb er die Briefe.

Natürlich wisse er, stand darin, daß in der DDR eine Straftat in der Regel höchstens sechs Wochen lang untersucht, ein größerer Fall spätestens nach vier bis sechs Monaten eingestellt werde. Wie Schaft in seinem verhängnisvollen Gespräch mit dem Polizeichef und seinem Stab führte Bausch als Gegengewicht ihre bisherigen Erfolge an – die sich nach wie vor auf die Aufklärung von Verbrechen beschränkten, die mit Sven Behrendt nichts zu tun hatten. Er brachte Beispiele aus der jüngeren Geschichte, in der Triebtäter längere Zeiträume als fünf Monate zwischen einzelnen Taten verstreichen ließen. Niemand könne sicher sein, daß der Mörder nicht schon eine Woche nach Einstellung der Ermittlungen erneut zuschlage. Möglicherweise warte er ja genau darauf, um weiterhin ungestört seinen abartigen Neigungen nachgehen zu können. Außerdem sei allein die Tatsache, daß kein weiterer Kindermord bekannt geworden sei, noch kein Beweis dafür, daß es nicht ein zweites oder gar drittes totes Kind gegeben habe. Zuletzt betonte er, daß ein Großteil der Polizisten ihre Freizeit für die Aufklärung des Falls opfere, ohne im Gegenzug auch nur einen einzigen zusätzlichen Pfennig dafür zu bekommen. Die Kosten seien allein deshalb unverhältnismäßig niedrig, und man könne unmöglich all diese Menschen und ihre Familien vor den Kopf stoßen. Viele Polizisten hätten eigene Söhne im Alter des kleinen Sven, und alle hätten sie Angst um ihre Kinder. Es könne unmöglich im Sinne des Volkes der DDR sein, eine solche Unzufriedenheit in den Reihen der

Volkspolizei heraufzubeschwören. Mit freundlichen Grüßen.

Bausch verpackte all das in jenen höflich-optimistischen Tonfall, um den ihn Schaft und viele andere immer beneidet hatten. Und erneut hatte er damit Erfolg.

Nach einigen Tagen Bedenkzeit kam der Befehl, daß mit der Arbeit fortzufahren und der Mörder dingfest zu machen sei.

Um jeden Preis.

Die Erfahrung zeigt, daß die Ehen der Eltern toter Kinder nur in den seltensten Fällen halten. Meist zerfleischen sich die beiden mit Vorwürfen. Warum hast du sie allein über die Straße gehen lassen? Weshalb hast du ihn nicht selbst zur Schule, zum Kindergarten oder zur Oma gebracht – du hattest doch Zeit genug? Wer hat ihr denn erlaubt, im Dunkeln draußen zu spielen? Auf Dauer zermürbt das beide so sehr, daß einer den Schlußstrich zieht.

Klaus und Maria Behrendt hatten ein zweites Kind, Sabine, und viele erwarteten, daß sie der Beziehung der beiden Halt geben würde. Sabine war ein sensibles, zerbrechliches Mädchen, das Aufmerksamkeit und Zuneigung nach dem Mord an Sven noch viel nötiger hatte als zuvor.

Aber auch Sabine gelang es nicht, die Kluft, die sich bereits vor dem Mord zwischen ihren Eltern abgezeichnet hatte, zu schließen. Sie verkroch sich in sich selbst. Maria hatte mit ihren Versuchen, dem Mädchen näherzukommen, nur mäßigen Erfolg gehabt, und Klaus machte sich gar nicht erst die Mühe.

Statt dessen trank er mehr als je zuvor, war unzufriedener und unerträglicher denn je und ließ niemanden an sich heran. Freunde und Kollegen begannen ihn zu meiden, ebenso wie die eigene Familie, aber das machte ihm wenig aus. Er erging sich im Jammer über Svens Tod, beklagte die Ungerechtigkeit der Welt und nutzte all das vor allem als Maskerade für sein eigenes, verzehrendes Selbstmitleid.

Im August 1981 wurde Klaus neununddreißig Jahre alt. Bisher hatte er seine Geburtstage stets im Kreis der Familie gefeiert, mit Maria und den Kindern, Eltern und Schwiegereltern und mit einigen Freunden. Meist hatte er gegen Abend sein Akkordeon hervorgeholt und angefangen, darauf zu spielen und zu singen. In den letzten Jahren hatte Sven ihn voller Begeisterung auf seiner kleinen Spielzeuggitarre begleitet und so getan, als könne er mit den Melodien und Liedern seines Vaters mithalten.

In diesem Jahr war das anders. Es gab keine Einladungen für Verwandte und Freunde, keine Musik, nicht einmal Gratulationen. Klaus wollte es so. Statt dessen lief der Tag ab wie jeder andere. Klaus war betrunken, und Maria und Sabine waren traurig.

Maria überlegte lange, ob sie einen Kuchen backen solle, entschied sich aber schließlich dagegen, als Klaus ihr erklärte, er lege keinen Wert darauf.

»Mein Junge ist tot«, sagte er, »warum soll ich da meinen Geburtstag feiern?«

Maria sparte sich eine Antwort. Statt dessen wandte sie sich ab und weinte.

Ihre Besuche beim Psychiater waren nicht so erfolgreich, wie sie es sich gewünscht hatte, und auch nach all den Monaten war Svens Tod immer noch das beherrschende Element in ihrem Leben. Wenn Klaus ihr im Streit Vorwürfe machte, wehrte sie sich vehement dagegen und zahlte sie ihm mit gleicher Münze heim, aber tatsächlich trafen sie seine Anschuldigungen tiefer, als sie je zugegeben hätte.

Insgeheim fragte sie sich, ob er nicht recht hatte, ob sie Svens Tod nicht wirklich hätte verhindern können. Und obwohl jeder ihr sagte, wie unsinnig das sei, setzten sich diese Gedanken in ihrem Kopf fest. Manchmal, wenn sie ihr Leid für kurze Zeit erfolgreich verdrängt hatte, meldeten sich die Schuldgefühle wie ein stechender Schmerz, unvermittelt, überraschend, grausam. Es dauerte nicht lange, und sie glaubte fest daran, daß sie für den Rest ihres Lebens gebrandmarkt war, als säße ein bösartiger Tumor in ihrem Schädel, der niemals wirklich zum Ausbruch kam und sie doch Tag für Tag von neuem mit seinem tückischen, hinterhältigen Pochen quälte.

Der November treibt bitterkalten Nordwind über die Ostsee landeinwärts, und eisige Regenschauer peitschen die Küste. Die Menschen stemmen sich mit wirrem Haar und hochgeschlagenen Kragen gegen den spätherbstlichen Sturm, und das Meer wirbelt in schäumendem, tobendem Grau. Die Strände sind leergefegt vom Trubel der Saison, sie liegen flach und endlos da, und hinter ihnen wandeln sich die Dünen in gemächlichem Auf und Ab wie eine Zeitlupenaufnahme der rauschenden Wellenberge. Einsame Spaziergänger und eng verschlungene Pärchen stapfen mühsam durch den Sand, folgen verwehten Spuren und baden in Melancholie und dem Gedanken an warme Wohnzimmer, Glühwein und Tee.

Ribnitz-Damgarten ist eines jener kleinen Ausflugsstädtchen, die sich gegen Jahresende ins norddeutsche Gegenstück texanischer Geisterstädte verwandeln. Die Urlauber bleiben aus, und Einheimische fliehen vor

Sturm und Regen in ihre Häuser und warten darauf, daß die Belagerung durch die See und das Wetter, das sie mit sich bringt, nachlassen. Die Straßen sind leer, und die Geschäfte klagen über mangelnden Umsatz und Kundenrückgang.

Trotz fehlender Besucher blieben einige Hotels während der letzten Wochen des Jahres 1981 geöffnet und beschäftigten ihr Personal auch in den kargen Monaten des Jahres. Sturmschäden und Renovierungsarbeiten brachten Arbeit für die Hausmeister, Köche experimentierten mit neuen Rezepten, und die Verwaltung polierte die Gästebücher zum alljährlichen Rapport auf Hochglanz. Allein den Kellnerinnen und Kellnern fehlte es während dieser Zeit an sinnvoller Beschäftigung. Sie standen oft herum, berichteten vom neuesten Klatsch aus der Heimat und planten ihre Besuche zur Weihnachtszeit.

Irmgard Saarbach hatte gebeten, nicht für die Feiertagsschicht eingesetzt zu werden; sie hatte sich vorgenommen, den Heiligen Abend mit ihren Töchtern zu verbringen, daheim bei ihrer Ältesten, Susanne, in Werder bei Potsdam.

Zuvor jedoch wollte sie mit Jana zwei Wochen Urlaub in der Tschechoslowakei machen. Sie waren jetzt beide Kellnerinnen, eine in den Bergen, die andere am Meer, und würden sich einiges zu erzählen haben. Sie wollten sich am kommenden Wochenende in Werder treffen, dort ein paar Tage mit Susanne und ihrem Mann verbringen und anschließend gleich von dort aus mit dem Zug Richtung Osten fahren. Sie freute sich darauf und schmiedete schon seit einiger Zeit Pläne für den Urlaub. Jana und sie hatten sich so lange nicht mehr gesehen, und ihre Telefongespräche waren meist knapp und für beide zu teuer.

Wenige Tage vor der geplanten Abreise kamen zwei

Polizisten ins Hotel. Eine jüngere Kollegin erzählte ihr flüsternd, daß die Männer den Weg zur Direktion erfragt hätten. Das Mädchen fand das ziemlich aufregend, aber Irmgard Saarbach war längst aus dem Alter heraus, in dem eine Uniform sie beeindrucken konnte. Sie hielt sich selbst für ziemlich abgeklärt.

Ihre Gleichgültigkeit verflog jedoch, als man sie nur wenige Minuten später hinauf in die Chefetage rief. Ihr erster Gedanke war, daß einem der beiden Mädchen etwas passiert sein könnte. Sie ging schnell genug, daß die anderen es bemerkten; es interessierte sie nicht, sollten sie tuscheln.

Als sie ins Büro des Leiters trat, lachte dieser gerade über irgend etwas, das einer der Polizisten gesagt hatte. Als er sie bemerkte, wurde er ernst.

»Frau Saarbach, diese beiden Herren haben eine Bitte an Sie«, erklärte er.

»Wir sind im Auftrag unserer Kollegen aus Neustadt hier«, sagte einer der beiden und berichtete ihr in aller Kürze von den Ermittlungen und den Schriftproben. Der andere zog ein leeres Blatt und einen Vordruck hervor und reichte ihr beides. Der Leiter bot ihr einen Stift an.

Ein wenig unsicher, aber erleichtert, daß ihre Befürchtungen nicht eingetreten waren, tat sie, was man von ihr verlangte. Anschließend gab sie die Blätter zurück, die Polizisten bedankten sich, und ihr Chef schickte sie zurück an ihre Arbeit.

Wenige Minuten später kamen auch die Polizisten herunter, winkten ihr noch einmal zu und verschwanden dann im Regen und Sturm, der durch die offene Tür hereintrieb.

Am nächsten Morgen hatte Irmgard Saarbach den Vorfall vergessen.

Viermal fiel 1981 ein Freitag auf einen Dreizehnten. Als der erste kurz bevorstand, kursierte unter den Polizisten der Einsatztruppe die zynische Hoffnung, daß der Schicksalstag ihnen Glück bringen könnte.

»Wenn wir den Kerl finden, dann am Freitag dem Dreizehnten«, verkündete Glaser, und obwohl niemand wirklich daran glaubte, griffen die Männer doch nach jedem Strohhalm, der sich ihnen bot, mochte er noch so absurd sein.

Der Freitag kam und ging, ohne daß der Täter gefaßt wurde. Diejenigen, die die bizarre Theorie verspottet hatten, frohlockten.

Dann rückte das Datum ein zweites Mal heran, und die Spekulationen wiederholten sich. »Klar, Freitag der Dreizehnte kann uns Pechvögeln eigentlich nur Glück bringen«, hieß es.

Umsonst.

Beim dritten Mal hielten sich alle zurück, der Witz war abgedroschen, und nach all den Monaten erfolgloser Arbeit hatten sie andere Sorgen. Das Kalenderblatt flog in den Papierkorb. Nichts war geschehen.

Im November landete Irmgard Saarbachs Schriftprobe im Postkorb des Halleschen Polizeipräsidiums. *13. November 1981* wurde als Eingangsdatum auf den Umschlag gestempelt.

Es war ein Freitag.

TEIL DREI

Liebe

1. Kapitel

Karl Hildebrandt rauchte Zigarren, *große* Zigarren, und das mit einer Hingabe und Regelmäßigkeit, die seine Kollegen von der Einsatzgruppe dazu brachten, ihn per einstimmigem Beschluß aus ihrem Büro zu verbannen. Der Rausschmiß wurde offiziell beantragt; während Köster, Glaser und die anderen überlegten, wo Hildebrandt unterzubringen sei, lehnte dieser sich mit verschränkten Armen und breitem Grinsen in seinem Stuhl zurück, paffte riesige Qualmwolken in ihre Richtung und freute sich auf sein eigenes Büro.

Schließlich wies man ihm ein winziges Zimmer zu, ebenfalls im vierten Stock des Reviers, und Hildebrandt brauchte keine zehn Minuten, um es derartig zu verräuchern, daß kein anderer je wieder Anspruch darauf erheben würde. So beliebt er als Mensch unter den Polizisten war, so verhaßt war ihnen allen seine Leidenschaft für die riesigen kubanischen Glimmstengel, deren Gestank sogar durch die geschlossene Tür bis hinaus auf den Flur drang. Sehr schnell begannen die Kollegen den Raum zu meiden – was Hildebrandt nur recht war. Er lächelte sein breites Grinsen, paffte seine Umgebung mit dicken Wolken zu und genoß die neugewonnene Ruhe.

Glaser hatte dem Exilanten die Kontrolle sämtlicher Schriftproben übertragen, die von außerhalb Neustadts ins Revier geschickt wurden. Fast tausend Schreibleistungen waren mittlerweile von den entlegensten Dienststellen angefordert worden, in deren Bezirk sich verzogene

Bürger Neustadts seit Januar 1981 niedergelassen hatten. Hildebrandt sortierte und numerierte die Eingänge sorgfältig, verglich persönlich die Buchstaben mit denen der Kreuzworträtsel und legte sie anschließend in großen Ordnern ab.

Im nachhinein vermochte keiner der Beteiligten mehr zu sagen, weshalb die Schriftprobe Nummer 967 aus Ribnitz-Damgarten vier Tage lang ungeöffnet im Präsidium Halle lag, bevor sie schließlich am Dienstag, dem 17. November, ins Neustädter Revier überstellt wurde und dort in Karl Hildebrandts Verschlag landete.

Sicher ist, daß Hildebrandt am Nachmittag des 17. November in Glasers Büro kam, kreidebleich – und ohne Zigarre. Glasers erste Vermutung war, daß er sie schlichtweg verschluckt hatte.

»Wir haben sie«, sagte er mit tonloser Stimme.

»Wir haben was?« fragte Glaser.

Hildebrandt reichte ihm ein Blatt Papier. »Die Buchstaben«, meinte er, »sie stimmen überein.«

Glaser nahm das Blatt entgegen, sah, daß es eine Schreibleistung war, warf einen Blick auf den Text. Und erstarrte.

»Das ... darf doch nicht wahr sein«, flüsterte er atemlos. Hildebrandt antwortete nicht. Statt dessen zog er eine Zigarre aus der Brusttasche, zündete sie an und inhalierte einen tiefen Zug. Glaser war viel zu aufgeregt, um zu widersprechen.

»Bist du sicher, daß das die Schrift ist?« fragte er, obwohl er es längst wußte.

Hildebrandt setzte sich. »Du nicht?«

Glaser nickte, fast ein wenig verstört, und zuckte dann mit den Schultern. Zehn Monate.

Die Zigarre qualmte wie ein Fabrikschlot. »Ihr habt

nicht schon wieder ...«, begann Hildebrandt, »ich meine ...«

Glaser schüttelte den Kopf. »Diesmal nicht.« In den vergangenen Monaten hatten sie zwei-, dreimal gefälschte Schriftproben untergemischt, um nach der langen Zeit die Konzentration der Polizisten und Sachverständigen zu prüfen. Die Fälschungen waren jedesmal aufgeflogen.

»Nein«, sagte er noch einmal, »die hier ist echt.«

Eine ganze Weile saßen sie da, Hildebrandt verpestete die Luft, und Glaser starrte auf das Papier, drehte und wendete es.

»Irmgard Saarbach«, las er den Namen der Verfasserin und wiederholte ihn ein halbes Dutzend Mal, bis Hildebrandt ihn schließlich fragte, ob er damit einen besonderen Zweck verfolge.

Glaser seufzte. »Okay«, sagte er, atmete noch einmal tief durch und stand auf, »los geht's.«

Er trat um den Schreibtisch herum, ging zur Tür und sagte im Hinausgehen mit Blick auf Hildebrandts Zigarre: »Und mach dieses verdammte Ding aus.« Dann war er draußen, stand vor Kösters Bürotür und klopfte. Lauter als sonst.

»Herein«, hörte er die Stimme des stellvertretenden Kommissariatsleiters.

Er trat ein, legte Köster das Blatt auf den Schreibtisch und sagte nur: »Sieh dir das mal an.«

»Was ist damit?«

»Schau's dir an.«

Köster schaute. Köster las. Köster wurde bleich.

»Das ist nicht wahr«, keuchte er.

Glaser lächelte humorlos. »Soweit war ich auch schon.« Er ließ sich auf einen Stuhl fallen. »Sie ist's. Hundertprozentig.«

Köster schüttelte fassungslos den Kopf. »Wenn das stimmt ... mein Gott!«

»Sieht ganz danach aus.«

»Was sagt Holzmann?«

»Er hat's noch nicht gesehen.«

Köster nahm den Telefonhörer ab und sprach mit der Sekretärin. »Sorgen Sie dafür, daß er herkommt ... Ja, sofort. Ganz egal wo er steckt und was er tut, wir brauchen ihn hier. Auf der Stelle ... Richtig, *augenblicklich*!«

Dann stand er auf und eilte zur Tür. »Karl!« rief er über den Gang.

Zwei Sekunden später stand Hildebrandt in der Tür. Glaser roch seine Zigarre, bevor er ihn sah.

»Schick ein Fernschreiben nach ...« Köster blickte auf das Blatt. »... Ribnitz-Damgarten. Sofort. Die sollen noch mal zu dieser Irmgard Saarbach rausfahren und eine zweite Probe einholen. Nur zur Sicherheit.«

Hildebrandt verzog die Mundwinkel. »Was sollen die ihr denn sagen? Sie hätten Kaffee über die erste geschüttet?«

»Von mir aus. Ist ganz egal. Hauptsache, wir bekommen die Bestätigung, daß dieser Schrieb wirklich von ihr stammt. Die sollen sofort einen Boten mit der zweiten Probe hierherschicken.«

Hildebrandt drehte sich um und verschwand. Der Zigarrengestank verflog.

Als nächstes rief Köster Bausch an. Nachdem er aufgelegt hatte, lachte er nervös. »Er kann's nicht fassen.«

»Muß 'ne Krankheit sein.«

Beide steckten sich Zigaretten an.

Männer mußten zur Neustädter Wohnung von Irmgard Saarbach geschickt werden, vorerst nur zur Observation. Sämtliche Akten und Unterlagen über sie mußten herbeigeschafft werden. »Ich will alles über diese Frau wissen«, verlangte Köster. »Verwandte, Freunde, Kinder, Beruf. Welche Zeitschriften sie liest. Ob sie einen Mann oder Freund hat und ob der auf kleine Jungs steht. Alles.«

Er drückte eine Kippe in den Aschenbecher und steckte sich die nächste an. Ein paar Sekunden schwieg er. »Großer Gott, wir haben sie«, seufzte er dann.

Eine Dreiviertelstunde später kam ein Anruf aus Ribnitz-Damgarten. Hildebrandt nahm ihn entgegen und eilte zu Köster.

»Sie ist weg«, sagte er. Köster alterte mit einem Schlag um zwanzig Jahre. Glaser, der immer noch im Büro saß, wurde leichenblaß. *»Weg?«*

Hildebrandt nickte. »Fort«, meint er, »seit zwei Tagen. Die Kollegen haben im Hotel nachgefragt. Offensichtlich wollte sie mit ihrer Tochter in die Tschechoslowakei, Urlaub machen.«

»Das ist nicht wahr«, entfuhr es Köster zum zweiten Mal an diesem Tag.

»Offenbar schon. Ein Großteil ihrer Sachen ist verschwunden.«

»Wie lange will sie fort bleiben?«

»Falls sie tatsächlich im Urlaub ist? Zwei Wochen.«

»Und wo?«

Hildebrandt faltete einen Notizzettel auseinander und las den Namen einer Stadt vor. »Aber wir haben vielleicht noch eine andere Chance«, fügte er dann hinzu.

»Die wäre?«

»Eine ihrer Kolleginnen erzählte, sie habe sich mit ihrer Tochter in Werder treffen wollen. Im Haus ihrer zweiten Tochter.«

»Das ist bei Potsdam«, murmelte Glaser in Gedanken.

»Offenbar wollten die beiden erst noch eine Weile dort bleiben. Ob damit allerdings einer oder fünf Tage gemeint waren, konnte mir niemand sagen.«

Köster nickte. »Gut. Vielleicht können wir sie uns dort noch schnappen.«

»Du willst selbst hinfahren?« fragte Glaser.

Wieder ein Nicken. »Du auch. Und wenn's geht auch Bausch.«

»Die MfS-Leute werden dabeisein wollen.«

Köster zuckte mit den Schultern. »Kann man nichts gegen machen.«

»Glaubst du, daß die Frau selbst etwas damit zu tun hat?«

»Keine Ahnung. Vielleicht hat auch nur irgend jemand die alten Zeitungen aus ihrem Keller geklaut. Vielleicht war es auch ihr Sohn. Oder ihr Mann. Das wird sie uns selbst sagen müssen.«

»Hoffentlich kann sie das.«

»Ja, hoffentlich.«

Holzmanns Gutachten lag eine Stunde später vor. Damit war es offiziell: Irmgard Saarbach war die Verfasserin des Kreuzworträtsels. Diejenige, die sie zehn Monate lang gesucht hatten.

»Es besteht überhaupt kein Zweifel«, erklärte er seinen Kollegen.

Bausch, mittlerweile ebenfalls in Neustadt eingetroffen, nickte nachdenklich.

Die Polizisten, die die Wohnung im Block 398 observierten, hatten in der Zwischenzeit bestätigt, daß sich dort niemand aufhielt. Die Nachbarn erklärten, zuletzt sei vor mehreren Wochen jemand dort gewesen.

»Frau Saarbach selbst?« fragten die Polizisten.

»Nein, Jana, ihre jüngste Tochter«, hatte eine Nachbarin geantwortet.

»Wohnt sie auch hier?«

»Früher. Heute nicht mehr. Sie arbeitet jetzt unten in Thüringen.«

»Wissen Sie, in welcher Stadt?«

»In einem dieser Kurorte. Sie ist Kellnerin, wissen Sie? Ein nettes Mädchen.«

»Ja, aber in welchem Ort?«

»Warten Sie ... Friedrichroda, glaube ich.«

Als Bausch und Köster davon hörten, setzten sie Jana Saarbach mit auf ihre Liste. Beide drängten zur Eile, trotzdem dauerte es noch mehrere Stunden, bis das Einverständnis ihrer Vorgesetzten kam, nach Werder aufzubrechen.

Kurz nach Mitternacht rollten zwei Dienstwagen der Volkspolizei vom Parkplatz vor dem Neustädter Revier. In jedem der beiden Wartburgs saßen drei Männer. Köster, Glaser und ein Offizier der Staatssicherheit bildeten die Besatzung des einen, Bausch, sein Fahrer und ein weiterer MfS-Mann die des anderen Wagens. Über Funk hielten sie Kontakt miteinander.

Nebel hing zwischen den Betonklötzen der Trabantenstadt. Nachdem sie Halle hinter sich gelassen hatten und auf die Autobahn bogen, verdichtete sich der Dunst und klebte wie nasses, undurchsichtiges Tuch an den Scheiben. Oft genug blieb ihnen nichts anderes übrig, als im Schrittempo zu fahren.

Für die nicht einmal zweihundert Kilometer bis nach Werder brauchten sie mehr als vier Stunden.

Jana warf sich unruhig auf ihrem Bett hin und her. Schließlich stand sie auf und holte sich etwas zu trinken; trotzdem konnte sie nicht einschlafen. Sie versuchte sich einzureden, daß der bevorstehende Urlaub der Grund für ihre Aufregung war. Tatsächlich wußte sie es selbst viel besser. Sie hatte einen Entschluß gefaßt. Während der letzten Tage, die sie im Haus ihrer Schwester verbracht hatte, war etwas passiert, das ihr Leben gründlich auf den Kopf gestellt hatte.

Ursprünglich hatte sie ihrer Mutter erst während des Urlaubs davon erzählen wollen, doch Irmgard Saarbach hatte gleich nach ihrer Ankunft vor zwei Tagen bemerkt, daß etwas mit ihrer Tochter nicht stimmte. Irgend etwas war mit Jana passiert, etwas, das sie sich nicht erklären konnte, und als sie Susanne danach fragte, hüllte die sich in Schweigen und meinte nur, daß ihre Schwester wohl noch mit ihr darüber sprechen werde.

Jana war bereits einige Tage vor ihrer Mutter in Werder eingetroffen, nachdem es wieder einmal Ärger mit Michael gegeben hatte. Ziemlich schlimmen Ärger. Während der letzten Monate hatte sich seine Art, mit ihr umzuspringen, verschlimmert, und allmählich kam ihr der Verdacht, daß sie ihm vielleicht einige Male zu oft versichert hatte, sie würde alles für ihn tun, alles für ihn erdulden. In den vergangenen Wochen hatte sie sich Gedanken darüber gemacht, wieviel ihre Beziehung noch mit Liebe zu tun hatte, und die Antwort auf diese Frage hatte sie tiefer erschüttert, als sie es für möglich gehalten hatte. Aber das allein war es nicht. Es gab noch etwas anderes.

»Stimmt irgendwas nicht?« hatte ihre Mutter sie während eines Spaziergangs am Nachmittag gefragt, betont beiläufig und von der Ahnung erfüllt, ohnehin keine ehrliche Antwort zu bekommen.

Jana hatte mit den Schultern gezuckt. »Wenn ich das selber wüßte.« Sie wollte es damit bewenden lassen, doch ihre Mutter sah sie mit einem Blick an, der verriet, daß sie sich Sorgen machte. Jana erwartete, daß sie weiter bohren würde, bis sie zum wahren Grund für ihre schwermütige Stimmung vordringen würde. Aber Irmgard Saarbach schwieg, tat so, als müsse Jana selber wissen, was gut für sie sei und wie sie damit fertig werde. Es war keine echte Gleichgültigkeit, aber der Anschein allein reichte aus, um Jana in die Falle laufen zu lassen.

»Es ist wegen Michael«, fügte sie knapp hinzu.

»So?«

Jana nickte. »Als ob du dir das nicht denken könntest.«

»Habt ihr euch gestritten?«

Ihre Mutter bemühte sich, ihrer Stimme einen neutralen Klang zu geben. Früher hätte Jana sich spätestens jetzt bemüht, das Thema zu wechseln; heute blieb sie dabei. Vielleicht, sagte sie sich selbst, ist es ganz gut, endlich den Mund aufzumachen.

»Ich habe jemand kennengelernt«, meinte sie vage, aber was sie tatsächlich damit sagen wollte, war so deutlich, daß sie selbst ein wenig erschrak. Mit einemmal war es, als betrachte sie sich selbst aus der Vogelperspektive, sah sich und ihre Gefühle und Handlungen zum erstenmal im Licht neuer Objektivität.

Irmgard Saarbach sah sie überrascht an. Sie hatte mit vielem gerechnet, Streit, Schlägen, Trennung. Nur nicht damit. Sie öffnete den Mund, um etwas zu sagen, ließ es aber dann sein. Jana würde ihr von sich aus erzählen müssen, was sie zu erzählen hatte.

»Er ist hier aus Werder«, fuhr sie nach einem Moment fort. Und fügte hinzu, nur um irgend etwas zu sagen: »Er ist nett.«

»Seit wann kennt ihr euch?«

»Ein paar Tage. Wir haben uns getroffen, kurz nachdem ich angekommen bin.«

Ihre Mutter blieb weiterhin schweigsam und nachdenklich, und zum ersten Mal bekam Jana eine schwache Ahnung davon, wie wenig sie Michael wirklich mochte. Es war, als sei sie froh, daß endlich Schluß sei; ganz gleich, wer danach kam, es konnte nur besser werden. Aber so einfach war es nicht, nicht für Michael und nicht für sie selbst.

»Er kommt morgen vorbei, wenn wir losfahren. Du wirst ihn bestimmt mögen.«

»Und was hast du vor?« fragte ihre Mutter. »Wann willst du es Michael sagen?«

»Dir kann es gar nicht schnell genug gehen, oder?«

Ihre Mutter schüttelte den Kopf. »Tut mir leid.« Nach einer kurzen Pause fügte sie hinzu: »Wie ernst ist es dir denn?«

»Ich weiß nicht. Ziemlich ernst, schätze ich.« Sie seufzte. »Ach, was weiß ich. Vielleicht sieht nach dem Urlaub alles ganz anders aus.«

Mehr hatte sie dazu nicht sagen wollen.

Als Jana sich in der Nacht an das Gespräch mit ihrer Mutter erinnerte, fragte sie sich, ob ihre Reise tatsächlich irgend etwas ändern würde. Michael war nicht in sie verliebt, zumindest zeigte er es nicht; an ihrer Unsicherheit in bezug auf seine und ihre eigenen Gefühle würde sich in den kommenden zwei Wochen kaum etwas ändern. Zudem war sie sicher, daß sie wirklich etwas für den Jungen aus Werder empfand. Genug, um von Michael loszukommen, hoffte sie.

Gegen drei Uhr schlief sie schließlich doch noch ein.

Um Viertel nach fünf klingelte es an der Haustür.

Die Motoren waren zu laut und die Straße zu holprig, als daß einer der sechs Männer während der Fahrt nach Werder Schlaf gefunden hätte. Die meisten von ihnen waren nun seit annähernd vierundzwanzig Stunden auf den Beinen, und zwischen drei und vier Uhr war für sie alle der tote Punkt gekommen, an dem sie sich selbst sehnlich in ihre Betten und den Mörder des kleinen Sven auf den Mond wünschten.

Sie erreichten die Stadt um kurz vor fünf, aber da sie keinen Stadtplan hatten und um diese Uhrzeit niemand auf den Beinen war, den sie nach dem Weg hätten fragen können, brauchten sie lange, bis sie die richtige Adresse fanden. Hier oben hatte sich der Nebel aufgelöst, aber keiner von ihnen machte sich Illusionen über die Rückfahrt. Sie würden wieder mehrere Stunden brauchen, und der Gedanke daran drückte ihre Motivation ins Bodenlose.

Als sie schließlich vor dem Haus parkten, in dem Irmgard Saarbachs Tochter Susanne lebte, stellte sich jedoch trotz allem ein wenig von der alten Spannung ein. Jeder hoffte im stillen, daß sie sie nicht verpaßt hatten. Andernfalls wäre ihr Plan für den Notfall eingetreten: Eine Wagenbesatzung würde weiter hinauf nach Ribnitz-Damgarten fahren, die andere nach Friedrichroda. Und sollte man dort keinen Hinweis auf eine der beiden Frauen finden, ging es weiter zum Urlaubsort in der Tschechoslowakei.

Doch die Befürchtungen der Männer erwiesen sich als unbegründet. Irmgard und Jana Saarbach lagen friedlich in ihren Betten, als Bausch und Köster klingelten und nach einer Weile hineingebeten wurden. Die anderen blieben frierend in den Autos sitzen.

Nach einer Weile kamen sie mit den beiden Frauen im

Schlepptau zurück. Glaser rutschte auf der Rückbank zur Seite, um Platz für Irmgard Saarbach zu schaffen, Jana setzte sich zu Bausch und Sander in den zweiten Wagen. Die beiden Staatssicherheitsleute übernahmen das Steuer.

Die Polizisten hatten zuvor abgesprochen, keiner der beiden Frauen den wahren Grund ihres Auftauchens zu nennen. Es habe Ärger mit ihrer Wohnung in Halle gegeben, erklärte Bausch vage. Ob aus Müdigkeit oder Nervosität, die beiden fragten nicht weiter. Glaser fand das ungewöhnlich. Er selbst hätte sich genauer nach der Ursache erkundigt, wenn sechs Polizisten mitten in der Nacht vor der Haustür standen, einen in ein Auto steckten und stundenlang durch Nebel und Dunkelheit kutschierten. Die Frauen taten es nicht.

Bereits während der Fahrt wurden die beiden systematisch ausgehorcht. Bausch gelang es zu seiner eigenen Überraschung ungewöhnlich schnell, daß Jana Vertrauen zu ihm schöpfte. Nachdem er sich eine Stunde lang mit ihr über den geplanten Urlaub unterhalten hatte, erzählte sie ihm schließlich, daß sie in Werder einen jungen Mann kennengelernt habe, der ihr gut gefiele.

»Haben Sie keinen Freund in Halle?« erkundigte er sich.

»Doch, schon«, erwiderte sie, machte eine kurze Pause und fügte dann hinzu: »Aber das läuft nicht mehr so, wie wir uns das vorgestellt haben.«

Bausch war zu sehr Polizist, um jetzt höflich zu bleiben.

»Sie wollen Schluß machen?« fragte er geradeheraus. Zu seinem neuerlichen Erstaunen sträubte Jana sich nicht gegen eine ehrliche Antwort. Statt dessen nickte sie zögernd. »Könnte sein, vielleicht.«

»Leben Sie mit ihm zusammen?«

»Ja, aber nicht in Halle. Wir arbeiten in Friedrichroda. Kennen Sie das?«

Bausch nickte. »Ist schön dort.«

»Ich würde am liebsten da wohnen bleiben.«

»Und Ihr Freund?«

Darauf schwieg sie. Nicht um etwas zu verheimlichen, sondern weil sie schlichtweg keine Antwort wußte.

»Ich meine, Sie müssen sich doch irgendeine Lösung einfallen lassen, wenn sie sich von ihm trennen wollen, oder?« fragte Bausch scheinbar naiv weiter.

»Sicher«, meinte sie nachdenklich.

Er nahm an, daß sie viel zu tief in ihrer Beziehungskrise steckte, als daß sie sich über seine Fragen gewundert hätte. Wahrscheinlich war sie froh, mit jemandem darüber sprechen zu können – selbst wenn derjenige ein wildfremder Polizist war. Vielleicht war auch gerade das der Grund. Insgeheim tat sie ihm ein wenig leid. Er wußte noch nicht, ob und in welcher Beziehung sie zu dem Mord an Sven Behrendt stand, trotzdem war sie für ihn in diesem Moment kaum mehr als ein trauriges junges Mädchen, das sich mit Problemen herumschlug, die er in ihrem Alter ebenso gehabt hatte.

»Seit wann wohnen Sie dort unten?«

»Ein paar Monate. Ich bin Kellnerin in einem Ferienheim.«

»Und Ihr Freund?«

»Michael arbeitet als Hausmeister.«

Michael, also. »Haben Sie in Neustadt auch schon zusammengelebt?«

»Mehr oder weniger. Michael wohnte bei seinen Eltern, aber nachdem meine Mutter an die Ostsee ging, war er die meiste Zeit bei mir.«

»Klar«, sagte Bausch. Ihr Freund hatte also freien

Zugang zur Wohnung der Mutter. Und zu ihren alten Zeitungen.

»Wo haben Sie vorher gearbeitet? Bevor Sie nach Thüringen gingen, meine ich.«

»Oh, ich hab' gleich nach der Schule mit dem Kellnern angefangen, in einem Lokal in Neustadt.«

»Tatsächlich? Wo denn?«

»Im Treff.«

Bausch hatte plötzlich das Gefühl, als hätte er mit beiden Händen in einen Eiskübel gegriffen. Mit einemmal war ihm kalt.

»Und Ihr Freund?« Er bemühte sich, seine Stimme weiterhin ruhig zu halten. »Hat der auch dort gearbeitet?«

Sie schüttelte den Kopf und lächelte dabei. »Nein, er ist eigentlich Installateur.«

Es konnte ein Zufall sein, natürlich. Viele Mädchen arbeiteten im Treff, und täglich gingen Hunderte von Menschen daran vorbei. Es mußte nichts zu bedeuten haben, daß sie genau dort arbeitete, wo der Junge zum letzten Mal gesehen wurde. Trotzdem war er mit einemmal mißtrauisch. Er hätte gerne gewußt, was Sander von der Sache hielt, aber der Leiter der Auswertung saß neben Jana auf dem Rücksitz, und es war unmöglich, einen Blick mit ihm zu wechseln.

Das Problem erledigte sich, als Sander fragte: »Sagen Sie, Ihr Freund Michael – wie heißt der mit Nachnamen?«

»Berger.«

Bausch gab dem MfS-Mann am Steuer einen Wink. »Was halten Sie davon, wenn wir an der nächsten Raststätte halt machen?« fragte er nach hinten. »Wir haben nicht geschlafen. Ein Kaffee wäre nicht schlecht.«

»Von mir aus«, sagte sie.

Bausch sprach über Funk mit Köster. Kurz darauf scherten die beiden Wagen aus und hielten auf einem Parkplatz. Sander manövrierte Jana mit den anderen ins Innere der Raststätte, Bausch blieb zurück. Er funkte eine Nachricht nach Neustadt.

Kurz darauf lief die Fahndung nach Michael Berger auf Hochtouren.

Es wurde nicht wirklich hell an diesem Morgen. Der dichte Novembernebel saugte das Sonnenlicht auf wie ein Schwamm, und die Sicht besserte sich auch tagsüber nicht. Die Autobahn schien nach wenigen Metern in grauer Watte zu enden, und die Feuchtigkeit, die sich auf den Scheiben niederschlug, nahm ihnen den letzten Rest freier Sicht. Es war früher Vormittag, als die beiden Wagen im Schrittempo auf den Parkplatz des Neustädter Reviers krochen.

Die beiden Frauen wurden in getrennten Zimmern untergebracht, wo man sie eine Weile warten ließ. Bausch, Glaser und die anderen trafen sich, um auszutauschen, was sie während der Fahrt erfahren hatten. Aus Friedrichroda war derweil die Nachricht gekommen, daß Michael Berger sich zur Zeit nicht dort aufhielt. Ein Streifenwagen wurde zu seinen Eltern geschickt. Nach mehreren Tassen Kaffee machten sich die Männer daran, die Gespräche mit den Frauen fortzusetzen. Mittlerweile hatten die beiden mehrfach gefragt, was mit ihrer Wohnung los sei, und die Polizisten antworteten mit unbestimmten Andeutungen über einen möglichen Einbruch. Es sei wichtig, so erklärten sie, daß einige Gegenstände identifiziert würden, vorher könne man sie nicht nach Hause lassen. Die ganze Prozedur hatte etwas von einer Schmierenkomödie, aber keiner der Männer wollte den Frauen die Wahrheit sagen, um nicht das Risiko einzugehen, daß sie auf stur schalteten und die Aussage verweigerten. Anwälte, die Einspruch gegen diese Vorgehensweise hätten erheben können, waren laut DDR-Gesetz zu Vernehmungen nicht zugelassen.

Währenddessen meldeten die Streifenpolizisten, die zur Wohnung der Bergers geschickt worden waren, daß der Gesuchte sich tatsächlich in Neustadt aufhielt, die Wohnung seiner Eltern jedoch am Morgen verlassen habe, offenbar, um einige Einkäufe zu erledigen. Köster postierte mehrere Männer rund um den Block und ordnete an, Michael Berger festzunehmen, sobald er sich blicken ließ.

Glaser unterhielt sich fast zwei Stunden lang mit Irmgard Saarbach, ohne irgend etwas Neues zu erfahren, ehe er sie schließlich bat, ihm zu folgen. Er führte sie aus dem Vernehmungszimmer in einen anderen Raum, in dem mehrere Koffer aufgestellt worden waren, darunter derjenige, in dem sie Sven Behrendts Leiche gefunden hatten.

»Sagen Sie mir bitte, ob einer davon aus Ihrer Wohnung stammt«, bat er.

Ein Fotograf hatte neben den Koffern Stellung bezogen, um im Bild festzuhalten, für welchen sie sich entschied.

Irmgard Saarbach sah sich die Koffer an, blickte zu Glaser, deutete auf den braunen Kunstlederkoffer. Plötzlich schien sie sich an etwas zu erinnern. An etwas, das sie vor Monaten in der Zeitung gelesen hatte.

Und dann, endlich, begriff sie.

Innerhalb einer einzigen Sekunde wurde sie aschfahl. Für einen Moment befürchtete Glaser, sie würde zusammenbrechen, dann fing sie sich und stand da wie versteinert. Ihre Lippen zuckten.

»Aber . . .«, begann sie, ». . . das ist doch wohl nicht *der* Koffer, oder?« Ein verkrampftes Lächeln zuckte über ihr bleiches Gesicht. »Ich meine, das kann doch nicht . . .«

Glaser nickte. »Tut mir leid, Frau Saarbach. *Ist* das Ihr Koffer?«

Sie murmelte etwas, das er als Bestätigung interpretierte.

»Legen Sie bitte Ihre Hand auf den Koffer«, bat er. »Wir brauchen ein Foto als Bestätigung Ihrer Aussage.«

Sie sah ihn an, als hätte er verlangt, sich für den Fotografen die Pulsadern aufzuschneiden. Dann schüttelte sie hektisch den Kopf, trat ein, zwei Schritte zurück und stützte sich gegen die Wand.

»Bitte, Frau Saarbach«, wiederholte Glaser.

Sie schüttelte wieder den Kopf. »Nein«, zischte sie schließlich. Es klang, als entweiche Luft aus einem Ballon. »Ich fasse das Ding nicht an.«

Glaser sah sie einen Moment lang unsicher an, dann wechselte er einen Blick mit dem Fotografen und nickte. »Wie Sie wollen«, meinte er schließlich.

Er wollte sie am Arm fassen und aus der Tür schieben, aber sie verneinte und wandte sich um. Draußen führte er sie zurück ins Vernehmungszimmer und bat sie um einen Augenblick Geduld. Bevor er ging, sagte er: »Haben Sie keine Angst. Keiner verdächtigt Sie.«

»Aber«, sagte sie sehr leise, »niemand außer mir und Jana . . . ich meine, niemand außer uns und Michael hätte . . .«

Glaser nickte. »Warten Sie bitte einen Moment, wir werden uns gleich weiter unterhalten.«

Er schloß die Tür hinter sich und war froh, daß er ihren verstörten Blick nicht mehr länger auf sich spürte. Er ging hinüber zu Bausch und Köster und berichtete ihnen von der Identifizierung des Koffers. Keiner von beiden war sonderlich überrascht.

»Was ist mit dem Jungen?« fragte Glaser.

»Er ist noch nicht aufgetaucht. Unsere Leute erwarten ihn.«

Bausch trat in das Zimmer, in dem Jana saß und sich fragte, was um alles in der Welt überhaupt geschehen war. Irgendwo, ganz tief in ihrem Inneren, hatte sie eine böse Ahnung. In ihren Augen funkelte eine Mischung aus Verwirrung und Mißtrauen, als Bausch ihr gegenüber Platz nahm. Niemand sonst war im Raum, nur ein Tonband lief und speicherte jedes Wort.

»Ich möchte gerne zu meiner Mutter«, sagte Jana.

Bausch nickte. »Haben Sie noch ein wenig Geduld. Ich muß Ihnen erst ein paar Fragen stellen.«

»Wo ist sie?«

»Ein paar Zimmer weiter. Machen Sie sich keine Sorgen, Sie können bald zu ihr.«

Jana zuckte mit den Schultern. Ihre Gleichgültigkeit wirkte unecht.

»Sie haben mir eben von Ihrem Freund erzählt. Nicht dem aus Werder, sondern dem anderen. Michael.«

Sie nickte.

»Seit wann kennen Sie sich?«

»Zweieinhalb Jahre.«

Er blickte auf seine Unterlagen.

»Da waren Sie siebzehn, richtig?«

Wieder nickte sie.

»Und er?«

»Sechzehn.«

Bausch musterte sie einen Augenblick. Langes blondes Haar, schlank, gute Figur. Kein häßliches Gesicht, aber auch nicht hübsch. Ihr Körper machte sie attraktiv.

»Was hat Ihnen an ihm gefallen?«

Ihr Blick bekam mit einemmal eine Festigkeit, die er nicht erwartet hatte. »Hören Sie, wenn Michael irgend etwas verbrochen hat, möchte ich wissen, was.«

»Wir verdächtigen ihn einer Straftat. Mehr kann ich Ihnen im Moment nicht sagen.«

»Einer Straftat, aha«, sagte sie und lächelte bitter. Sie atmete tief durch. »Na, schön. Fragen Sie.«

»Als Sie Michael kennenlernten, was hat Ihnen da an ihm gefallen?«

»Er sieht gut aus. Ein niedlicher Junge. Haben Sie schon mit ihm gesprochen?«

Bausch schüttelte den Kopf.

»Wenn Sie ihn sehen, werden Sie verstehen, was ich meine. Alle meine Freundinnen haben mich um ihn beneidet.«

»Aber das war nicht der einzige Grund, aus dem Sie ihn gemocht haben. Oder noch mögen.«

»Nein. Er ist nett, wirklich nett. Und er kann sehr lieb sein.«

»Haben Sie gleich miteinander geschlafen?«

»Bitte?«

»Ich muß das fragen.«

»Es ging ziemlich schnell, ja.«

»Ging die Initiative von ihm oder von Ihnen aus?«

»Das weiß ich nicht mehr.«

»Versuchen Sie bitte, sich zu erinnern.«

»Ich weiß es nicht mehr.«

»Bestimmt nicht?«

»Nein.«

»Wie war es dann während der letzten zweieinhalb Jahre?«

»Ob wir da miteinander geschlafen haben, möchten Sie wissen?«

»Das nehme ich an. War einer von Ihnen beiden dominanter als der andere?«

»Ich verstehe nicht, was Sie meinen.«

»Ich möchte wissen, ob Sie diejenige waren, die ihn zum Geschlechtsverkehr drängten oder umgekehrt.«

»Drängen *Sie* Ihre Frau?«

»Fräulein Saarbach, bitte...«

»Kann ich nicht genau sagen. So etwas ergibt sich halt irgendwie. Vielleicht wollte ich gelegentlich öfter als er.«

»Es kam also vor, daß Sie mit ihm verkehren wollten, und er lehnte ab.«

Sie lächelte über das Wort, das er gebrauchte. »Ja, das hat's gegeben.«

»Hat er seine Ablehnung begründet?«

Darauf schwieg sie eine ganze Weile. Mit gesenktem Blick starrte sie auf die Tischplatte. Dann, ohne aufzusehen, sagte sie: »Es hat irgendwas mit den Kindern zu tun, oder?« Es war mehr Feststellung als Frage.

Bausch bemühte sich, sich seine Überraschung nicht anmerken zu lassen. »Erzählen Sie mir von den Kindern«, sagte er betont ruhig.

Sie sah auf, und ihre Blicke trafen sich. »Wissen Sie, Michael ist ein wirklich lieber Junge. Was ich Ihnen im Auto erzählt habe, daß ich mich von ihm trennen will und so weiter, das steht alles noch nicht fest. Ich mag ihn wirklich.«

Sie machte eine kurze Pause, während der Bausch sie nur stumm ansah.

»Manchmal ist er ein bißchen komisch«, fuhr Jana fort. »Er hat sich oft eingeredet, daß er gar nicht auf Frauen steht, wissen Sie? Aber das war doch Unsinn, es hat ja immer geklappt mit uns beiden.«

»Er sagte, er sei homosexuell?«

Sie nickte. Und schüttelte gleich darauf den Kopf. »Er hat so etwas gesagt, manchmal, aber kurz darauf war er schon wieder anderer Meinung. Michael ist nicht schwul, bestimmt nicht.«

»Hat er denn jemals versucht, Kontakt zu anderen Männern aufzunehmen?«

»Nicht daß ich wüßte.«

»Sie sprachen eben von Kindern.«

»Er zeigte oft auf kleine Jungs, im Park oder auf der Straße. So, wie man so etwas eben tut. Anfangs habe ich immer gedacht, er möchte selbst einmal so einen kleinen Kerl haben. Als Sohn, verstehen Sie?«

Bausch nickte.

»Aber am Anfang waren wir ja selbst noch fast Kinder. Das sagt man doch so, oder?«

Sie lächelten jetzt beide, aber nur kurz.

»Ich habe irgendwann gemerkt, daß er sich Kataloge mit Kinderbildern anguckte. Werbung für Unterwäsche und solche Sachen. Eigentlich ganz harmloses Zeug. Aber er hat sich die Bilder ausgeschnitten und sie gesammelt. Und hin und wieder hat er sie rausgekramt und angesehen.«

»Das war alles?«

»Ja, anfangs.«

»Haben Sie mit ihm darüber gesprochen?«

»Klar.«

»Was hat er gesagt?«

»Daß ihm die Bilder gefallen und daß er die Jungs niedlich findet.«

»Waren es immer nur Jungen, oder waren auch Mädchen dabei?«

»Nein, nur Jungs.«

»Aber Sie müssen doch länger darüber gesprochen

haben. Oder haben Sie sich mit dieser Erklärung zufriedengegeben?«

Ihre Augen verengten sich. Bausch befürchtete, daß sie bald weinen würde. Sie tat ihm leid.

»Ich glaube, ich war wirklich sehr in ihn verliebt. Michael ist ziemlich schüchtern, wissen Sie? Über manche Dinge kann man nicht besonders gut mit ihm reden. Eigentlich spricht er überhaupt nicht gerne über sich, glaube ich.«

»Aber Sie *haben* darüber gesprochen.«

Sie zog die Nase hoch, ihr linker Mundwinkel zuckte leicht. »Ich habe ihn immer wieder gefragt, was er mit den Bildern anfangen will.«

»Waren das die Momente, in denen er sagte, er sei homosexuell?«

Sie nickte.

»Bestätigen Sie das bitte laut, für die Aufzeichnung . . .«

»Ja«, sagte sie und begann leise zu weinen.

Er sah sie an und versuchte, so wenig Mitgefühl wie möglich zu zeigen. »Tut mir leid, aber ich muß Ihnen noch weitere Fragen stellen.«

»Schon gut.«

»Er sagte also, er sei schwul und stehe auf Männer.«

»Ja. Das heißt, nicht ganz. Er meinte, er möge kleine Jungs. Keine Männer.«

»Und was sagten Sie darauf?«

»Daß das Unsinn sei, daß er sich das einrede. Und daß es ihm doch auch Spaß mache, wenn wir miteinander schlafen. Er meinte dann, ja, das würde stimmen, aber vielleicht sei er nicht wirklich in mich verliebt, und eigentlich würde er lieber mit einem von den Jungs . . . Sie wissen schon.« Sie schluchzte wieder.

»Aber Sie haben ihm das nicht geglaubt?«

»Ich habe ihm gesagt, daß er sich das nur einbilde.«

»Hat er jemals versucht, Sie zu verlassen?«

»Nein.«

»Aber er hat damit gedroht.«

»Ein paarmal, ja.«

»Hatten Sie Angst, daß er seine Drohung wahr macht?«

»Verdammt, ich hab' Ihnen doch gesagt, daß ich ihn wirklich lieb habe.« Nach einem Moment fügte sie hinzu: »Oder lieb gehabt habe, was weiß ich . . .«

»Hat Michael Sie eigentlich mal geschlagen?«

Sie setzte dazu an, den Kopf zu schütteln, dann ließ sie es bleiben. »Einmal. Vielleicht auch zweimal. Aber nicht öfters. Da ist ihm eben die Hand ausgerutscht. Das kann doch passieren . . .«

»Haben Sie zurückgeschlagen?«

»Nein.«

»Und danach?«

»Haben wir uns versöhnt. Es tat ihm leid, er hat sich entschuldigt.«

»Und wie war das mit dem Gegenteil?«

»Was meinen Sie mit Gegenteil?«

»Hat er Sie oft geküßt?«

»Manchmal.«

»Also eher selten?«

»Ich wüßte gerne, warum Sie so etwas fragen.«

»Sagt Ihnen der Name Sven Behrendt etwas?«

»Sven . . . nein.«

»Ein kleiner Junge, der im Januar ermordet wurde. Sie müßten sich eigentlich daran erinnern. Er verschwand am Treff, dort wo Sie gearbeitet haben.«

»Sie glauben doch nicht, daß Michael . . .«

»Ich glaube gar nichts. Wir versuchen nur, die Wahrheit herauszufinden. Deshalb muß ich Ihnen Fragen stellen, die uns beiden vielleicht unangenehm sind.«

Sie schwieg. Wieder erschienen Tränen in ihren Augen.

»Hat er Sie also seltener geküßt, als Sie sich das wünschten? Hat er sich dagegen gesträubt?«

»Nicht gesträubt. Ich glaube, er war einfach nicht so . . . so interessiert daran. Er hat mir mal erzählt, seine Mutter habe ihn als Kind sehr oft geküßt und verhätschelt. Das hat ihm nicht besonders gefallen.«

»Hatten Sie den Eindruck, daß Michael als Kind sehr verwöhnt wurde?«

»Ich glaube, schon.«

»Hat er dasselbe von Ihnen verlangt?«

»Sie meinen, ob er unselbständig ist? Ein bißchen, vielleicht. Aber nicht allzu sehr. Er ist kein Pascha oder so etwas.«

»Und in sexueller Hinsicht?«

Jana zuckte zusammen, als er das fragte. Vielleicht, weil sie sich schämte.

Sie suchte einen Augenblick nach den richtigen Worten, ehe sie antwortete. »Ich mußte ihn manchmal ein wenig . . . nun, animieren. Blödes Wort, oder?«

Bausch schüttelte den Kopf. »Sagen Sie mir ruhig alles so, wie Sie es denken. Hier gibt es niemanden, der über Sie lacht oder dumme Bemerkungen macht. Ganz bestimmt nicht.«

»Ich meine«, sagte sie, »manchmal mußte ich erst mal mit der Hand was machen, ehe er reagierte.«

»Wollte er, daß Sie ihn oral befriedigen?«

»Ich hab's gemacht«, fauchte sie. »Ist das was Schlimmes?«

Wieder schüttelte er den Kopf. »Ich frage das nur, weil

ich wissen muß, ob er sexuell selbständig war und ob er manchmal die Initiative ergriffen hat.«

»Sind Sie Psychologe, oder was?«

»Ich habe Psychologie studiert. Trotzdem bin ich nur Polizist. Verlangte er irgend etwas Ungewöhnliches, wenn Sie im Bett waren?«

»Was verstehen Sie darunter?«

»Ich glaube, Sie wissen, was ich meine. Beschimpfungen, Schläge, solche Sachen.«

»Wir hatten keine Peitsche unterm Kopfkissen.«

»Ich meine das ernst.«

»Michael ist ziemlich scheu. Ich habe ihn nur ganz selten nackt gesehen. Wir haben fast immer im Dunkeln miteinander geschlafen, weil er das so wollte. Er stand auch nicht auf verrückte Stellungen oder so.«

»Sonst nichts?«

»Manchmal wollte er, daß ich ihm Sachen erzähle. Wie bei einem kleinen Kind.«

»Was für Sachen? Märchen?«

»Nicht ganz.«

»Sondern?«

»Er hat mir manchmal kleine Jungen gezeigt, beim Spazierengehen oder Einkaufen, und abends wollte er, daß ich ihm von ihnen erzähle.«

»Was erzähle?« Wieder blinkte Zorn in ihrem Blick, und ihre Stimme war plötzlich laut und schnippisch. »Wie er Sachen mit ihnen macht.«

»Sex?«

»Nicht direkt.«

»Was dann?«

»Wie er sie schlachtet.«

Drei, vier Sekunden lang sagte Bausch gar nichts. Dann fragte er: »Schlachten?«

»Ja.« Ihre Wut verschwand so schnell, wie sie gekommen war. Statt dessen wirkte sie jetzt fast wie ein Kind im Beichtstuhl. Ein wenig ängstlich, ein wenig verschämt. »Ich meine, wir haben doch nichts Schlimmes getan. Es waren doch nur ... nur *Worte.*«

»Was genau haben Sie zu ihm gesagt?«

»Michael hat mir manchmal erzählt, daß er komische Sachen träumt, von Kindern, die er umbringt und aufschlitzt. Und Schlimmeres.«

»Und das haben Sie dann auf die Kinder übertragen, die er Ihnen gezeigt hat?«

Jana nickte. »So, wie er es erzählt hat. Manchmal hab' ich was weggelassen, manchmal was dazu erfunden. Ihm hat das gefallen.«

»Brauchte er das, um mit Ihnen schlafen zu können? Hatte er dadurch eine Erektion?«

Wieder nickte sie. »Meistens.«

»Sie haben von seinen Träumen gesprochen«, sagte Bausch. »Was für Träume waren das?«

»Das waren keine richtigen Träume, glaube ich. Tagträume schon eher. Sachen, die er sich vorstellte.«

»Worum genau ging es dabei?«

»Ich will das lieber nicht erzählen. Fragen Sie ihn doch selbst.«

»Das werde ich tun. Aber früher oder später wird man auch Sie dazu befragen. Deshalb können wir es auch gleich hinter uns bringen.«

Eine Weile schwieg sie und wischte sich die Tränen aus den Augen. »Er hat sich vorgestellt, daß er Kinder im Schwimmbad beobachtet. Oder manchmal auch in einem großen Haus. Ich glaube, er stellte sich vor, daß er sie ersticht oder erschießt. Danach hat er sie aufgeschlitzt oder so.«

Bausch wollte nicht weiter fragen, für Details war später noch genug Zeit, aber Jana fuhr von sich aus fort, als sei sie froh, endlich alles loszuwerden. Nach einer kurzen Pause fuhr sie fort. »Er sagte, er habe ihnen den Penis abgeschnitten und die Hoden aufgeschlitzt, alles kleingehackt und aufgegessen.«

2. Kapitel

Gegen sechzehn Uhr wurde Michael Berger vor der Wohnung seiner Eltern abgefangen. Er wehrte sich nicht, als man ihn abführte; später wunderten sich die Polizisten, wie bereitwillig und höflich er die Festnahme über sich ergehen ließ. Es schien, als habe er sich bereits vor Monaten damit abgefunden, daß es früher oder später so kommen würde. Ganz gleich, was die Polizisten nach all der Zeit erwartet hatten, nichts davon wurde bestätigt. Michael Berger entpuppte sich als freundlicher, gepflegt aussehender Junge, der für seine neunzehn Jahre ein wenig klein geraten war.

Er wurde aufs Revier gebracht, wo man ihn in einen kahlen Vernehmungsraum setzte. Als Leiter der Einsatzgruppe war es Matthias Kösters Aufgabe, das Verhör zu führen. Michael reichte ihm zur Begrüßung die Hand, als er das Zimmer betrat. Bei einem anderen hätte die Geste überheblich oder unpassend gewirkt, in seinem Fall machte sie den Eindruck von Ehrlichkeit, mit einem Einschlag Naivität.

Während Köster sich mit ihm beschäftigte, wurden in den Nebenräumen die Gespräche mit Jana und Irmgard Saarbach beendet. Man quartierte sie für die Nacht im Hotel *Weltfrieden* ein. Die Spurensicherung war noch nicht bei ihnen zu Hause gewesen, und niemand wußte, was man dort an weiteren Hinweisen finden würde. Bis dahin durfte niemand die Wohnung betreten.

Nach fünfeinhalb Stunden, gegen dreiundzwanzig Uhr,

öffnete sich die Tür des Vernehmungszimmers, und Köster trat hinaus. Mit müder Stimme wandte er sich an Bausch.

»Es funktioniert nicht. Der Kerl will nicht gestehen.«

Köster galt in der Vernehmung von Verdächtigen als Profi. Bausch hatte schon erlebt, wie er innerhalb kurzer Zeit Geständnisse von Tätern bekommen hatte, an denen er selbst und andere sich die Zähne ausgebissen hatten. Daß der Junge so hartnäckig war, überraschte ihn.

Als er nach einer Weile das Zimmer betrat und sich auf den Stuhl setzte, den Köster über Stunden hinweg belegt hatte, war er auf einen harten Brocken gefaßt. Doch schon der äußere Eindruck des Jungen widersprach seinen Erwartungen.

Michael Berger war müde, sehr müde, trotzdem war da etwas in seinem Blick, das Trotz und Widerstandskraft ausstrahlte. Er hatte Bausch nur ganz kurz angesehen, als er hereingeführt wurde, und jetzt überraschte ihn, wie jung er tatsächlich war. Er sah nicht aus wie neunzehn.

Man hatte ihm etwas zu essen und zu trinken gegeben, und Bausch ließ als erstes das leere Geschirr wegräumen. Dann bat er einen der MfS-Leute, an der Vernehmung teilzunehmen. Köster zog es vor, Verhöre allein durchzuziehen, doch Bausch wußte, daß es zu viele Leute gab, die nur darauf warteten, ihm in den Rücken zu fallen. Die Anwesenheit des Stasi-Offiziers war seine Versicherung gegen nachträglichen Ärger.

»Wie geht es Ihnen?« fragte er.

Michael zuckte mit den Schultern. »Was erwarten Sie, nach fast sechs Stunden?«

»Sie sehen nicht besonders gut aus. War das Essen in Ordnung?«

»Ganz okay.«

»Fein. Ich habe heute nachmittag mit Ihrer Freundin gesprochen.«

»Ich weiß. Ihr Kollege hat es mir gesagt.«

»Sie hat mir einige Dinge über Sie erzählt.«

»So?«

»Es war ihr ziemlich unangenehm.«

»Wie geht es ihr?«

»Wir haben sie und ihre Mutter in einem Hotel untergebracht. Sie waren müde, ansonsten ging es Ihnen gut.«

Michael nickte und schwieg.

»Sie sind auch müde, oder?« fragte Bausch.

»Sicher.«

»Ich schätze, wir wollen beide möglichst schnell ins Bett. Deshalb würde ich die ganze Sache gerne hinter mich bringen.«

Wieder zog der Junge es vor, seinen Mund zu halten.

»Erst einmal würde ich gerne Ihre Version von Janas Geschichte hören«, verlangte Bausch.

»Was hat sie Ihnen denn erzählt?«

Bausch schüttelte den Kopf. »Hören Sie auf, Spielchen zu spielen. Sie haben den kleinen Sven Behrendt getötet.«

»*Das* hat sie Ihnen erzählt?«

Bausch ging nicht darauf ein. »Sie haben ihn am Treff aufgegabelt, er hat Ihnen gefallen. Das ist kein Verbrechen.«

Michael blickte ihn schweigend an.

»Aber Sie sind krank, Herr Berger. Darin sind wir uns einig, oder? Nichts, was man nicht heilen könnte, aber in jedem Fall eine Krankheit.« Immer noch keine Antwort. Nur aufmerksames Schweigen.

»Sie wissen doch, wo der Treff ist, oder?«

»Ich hab' Jana oft dort abgeholt.«

»Auch am 15. Januar?«

»Weiß ich nicht mehr. Das ist eine ganze Weile her.«

»Sicher. Aber vielleicht erinnern Sie sich, was Sie in diesem Tag getan haben.«

»Ich kann mich nicht erinnern.«

»Waren Sie arbeiten?«

»Wahrscheinlich, ja.«

»Oder hat man Sie vielleicht krankgeschrieben?«

Michael runzelte die Stirn. »Krankgeschrieben? Ich war mal krank, Anfang des Jahres. Aber ich weiß nicht mehr, ob das am 15. Januar war. Können Sie das nicht nachprüfen?«

»Sicher können wir das. Aber gehen wir mal davon aus, Sie haben an diesem Tag nicht gearbeitet. Was hätten Sie an diesem Fall mit Ihrer Freizeit angefangen?«

»Falls ich krank war, habe ich sicher im Bett gelegen.«

»Und wenn es nur eine Erkältung war? Welche Krankheit hatten Sie Anfang des Jahres?«

»Grippe.«

»Eine echte? Oder hatten Sie nur keine Lust zur Arbeit zu gehen? Ich könnte das verstehen, Buna ist kein angenehmer Arbeitsplatz.«

»Ich war erkältet«, sagte Michael vage.

»Haben Sie im Bett gelegen? Falls Sie sich nicht erinnern können, fragen wir einfach Ihre Mutter. Sie wird es wissen.«

»Ich glaube, ich bin in der Stadt gewesen, zum Einkaufen.«

»Und nachmittags haben Sie Jana am Treff abgeholt.«

»Sie hat an dem Tag freigehabt.«

»An welchem Tag?«

»Als ich krank war.«

»Aber Sie können sich an das Datum nicht mehr erinnern?«

»Das hab' ich Ihnen schon gesagt, nein.«

»Gehen Sie gerne spazieren?«

»Manchmal.«

»Sind Sie spazierengegangen, als Sie krank waren?«

»Möglich. Ich weiß es nicht mehr.«

»Vielleicht durch Neustadt? Es wird nicht schwer sein, jemanden zu finden, der Sie gesehen hat.« Fast so einfach, wie eine einzige Schrift unter sechzigtausend anderen zu finden – aber das behielt Bausch für sich.

»Kann sein.«

Er hat Mühe, sich zu konzentrieren, dachte Bausch. »Die Grippe war aber nicht Ihre einzige Krankheit, nicht wahr?«

»Ich weiß nicht, was Sie meinen.«

»Natürlich wissen Sie das. Sie sind an diesem Tag, dem 15. Januar, am Treff gewesen. Sie haben den Kleinen gesehen und ihn angesprochen. Dann haben Sie ihn mitgenommen. Ich möchte wissen, was danach passiert ist.«

»Ich . . .«

Bausch ließ ihn nicht ausreden. »Der Junge ist tot. Daran können wir beide nichts mehr ändern. Aber wir wissen, daß Sie ihn getötet haben. Und bis Sie mir nicht alles erzählt haben, kommen wir beide nicht aus diesem Zimmer raus.«

»Ich kenne diesen Jungen nicht.«

»Aber Sie haben ihn umgebracht.«

»Ich habe niemanden umgebracht.«

»Mögen Sie kleine Jungs?«

»Hab' ich noch nie drüber nachgedacht.«

»Das entspricht nicht ganz dem, was Ihre Freundin mir gesagt hat.«

Schweigen.

»Haben Sie Fotos von Kindern aus Zeitschriften und Katalogen ausgeschnitten?«

Michael wich seinem Blick aus. »Manchmal.«

»Was hat Ihnen daran gefallen.«

»Ich fand sie niedlich.«

»Einfach nur niedlich? Oder haben die Bilder Sie sexuell erregt?«

»Nein.«

»Sie waren nicht erregt, wenn Sie die Bilder betrachtet haben?«

»Nein.«

»Jana sagt etwas anderes.«

»Ist das meine Schuld?«

»Sie haben sich doch manchmal vorgestellt, daß Sie kleine Jungs töten, oder?«

»Nein.«

»Ich fürchte, das wissen wir beide besser.«

»Ich verstehe nicht, was Sie meinen.«

Bauschs Stimme wurde jetzt lauter, aggressiver. »Sie haben sich Fotos von Kindern angesehen und wurden dadurch animiert. Sie haben Ihre Freundin aufgefordert, Ihnen Geschichten über das Töten von Kindern zu erzählen. Das ist soweit noch nicht strafbar. Aber dann war Ihnen die Vorstellung daran nicht mehr genug. Sie sind losgezogen und haben den kleinen Sven ermordet. War es nicht so?«

»Ich weiß nicht, was Sie meinen.«

Bausch wurde schlagartig ruhiger. Er setzte den sanften, melancholischen Blick auf, den er so gut beherrschte. »Jemand, der so etwas macht, gehört in ärztliche Behandlung, sonst passiert es wieder. Und wieder. Wollen Sie das wirklich, Herr Berger?«

Michael starrte auf einen imaginären Fleck an der Wand. »Ich bin müde. Darf ich ins Bett gehen?«

»Nicht, bevor Sie mir nicht sagen, was am Nachmittag des 15. Januar passiert ist.«

»Gar nichts. Bestimmt nicht.«

»Sie sagen mir nicht die Wahrheit.«

»Warum soll denn gerade ich es gewesen sein? Es gibt bestimmt noch andere, die . . .«

»Die was?«

»Die dafür in Frage kommen.«

Bausch nickte. »Die sind alle unschuldig. Die kennen Sven Behrendt gar nicht. Das tun nur Sie.«

Michael sagte nichts.

»Niemand will Ihnen etwas anhängen, das Sie nicht getan haben, Herr Berger. Aber ein Arzt könnte Ihnen helfen.«

»Glauben Sie wirklich.«

»Klar. Dafür sind Ärzte doch da, oder?«

Keine Antwort. Jetzt hatte er ihn.

»Meinen Sie nicht, daß es das Beste für Sie und alle anderen wäre, wenn Sie mit einem Arzt sprechen könnten? Sie wollen doch auch nicht, daß es wieder passiert, oder?«

Michael schüttelte langsam den Kopf, hielt seinen Blick weiterhin gesenkt. »Nein, ich will nicht.«

»Also habe ich recht.«

»Ja«, meinte er zögernd, »vielleicht.«

»Sie haben Sven also vorm Treff angesprochen?«

Michael nickte.

»Er hat Ihnen gefallen. Klein, blond, ein süßer Kerl. Er sah aus wie die Kinder auf den Fotos, stimmt's?«

Wieder nickte er. »Ja.«

»Was haben Sie zu ihm gesagt?«

»Ich hab' ihn gefragt, ob er Lust hätte, mit Autos zu spielen.«

»Und weiter?«

»Er hat sich gefreut, glaube ich. War sofort ganz zutraulich. Vielleicht hatte er zu Hause keine Autos.«

»Hatten Sie zu diesem Zeitpunkt schon vor, den Jungen zu töten?«

Michael sah mit einem Ruck auf und schüttelte heftig den Kopf. »Nein, Unsinn. Ich wollte nur mit ihm spielen, einfach nur ein bißchen mit ihm zusammensein, sonst nichts.«

»Gut, Sie haben ihm also angeboten, mit ihm zu spielen. Wo wollten Sie das tun?«

»Bei mir zu Hause. Beziehungsweise in Janas Wohnung. Dort war ja an dem Nachmittag keiner.«

»Haben Sie ihm das so gesagt?«

»Ich hab' ihm erzählt, ich hätte zu Hause eine ganze Menge toller Spielzeugautos, mit denen wir spielen könnten. Ob er dazu Lust hätte. Er hat ja gesagt, und dann sind wir zur Wohnung gegangen.«

»Er ist freiwillig mitgekommen?«

»Ja, sicher.«

»Sie haben ihn nicht gedrängt oder sogar mitgezerrt?«

»Nein.«

»Ich frage, weil wir Schmutz an seinen Knien gefunden haben.«

»Ich hab' keine Ahnung, wo der herkommt, wirklich.«

»Was geschah in der Wohnung?«

»Ich hab' ihn ins Wohnzimmer gesetzt und den Fernseher angemacht.«

»Hatten Sie Autos da?«

»Nein.«

»Und er hat sich nicht beschwert?«

»Er hat gefragt, wo die Autos wären. Ich hab' ihm gesagt, ich könnte sie im Moment nicht finden. Wir könnten ja ein wenig fernsehen und dann später nach den Autos suchen. Damit war er einverstanden.«

Bausch nickte. »Sie haben also beide Fernsehen geguckt?«

»Ja, und plötzlich hab' ich Angst bekommen.«

»Wovor?«

Michaels Stirn legte sich in Falten. »Ich weiß nicht mehr genau. Davor, daß er irgendwem was erzählen könnte.«

»Aber bis zu dem Zeitpunkt war doch noch nichts passiert, oder?«

»Nein.«

»Haben Sie ihn angefaßt?«

»Vielleicht mal über den Kopf gestreichelt, mehr nicht.«

»Wovor also hatten Sie Angst?«

»Ich ... ich weiß nicht, ehrlich. Ich weiß nur, daß ich Angst hatte. Es sollte ja keiner wissen, daß er bei mir war.«

»Warum haben Sie ihn dann nicht schnellstens auf die Straße gesetzt und die ganze Sache vergessen? Das wäre doch das naheliegendste gewesen.«

Michael schüttelte den Kopf. »Ich bin in die Küche gegangen und habe einen Hammer geholt. Damit hab' ich ihm auf den Kopf geschlagen.«

Bausch atmete tief durch. »Aber warum?«

»Ich wußte nicht, was ich sonst tun sollte.«

»Wie fest haben Sie zugeschlagen?«

»So fest ich konnte. Der Kleine ist zur Seite gekippt und hat angefangen zu bluten. Ich hatte Angst, daß es Flecken gibt und Jana oder ihre Mutter etwas merken, deshalb habe ich ihn hochgehoben und ins Badezimmer getragen, in die Wanne.«

»War er da schon tot?«

»Nein, ich glaube nicht. Er hat sich noch bewegt, ein bißchen zumindest.«

»Was taten Sie dann?«

»Ich habe ein Messer aus der Küche geholt und ihn damit erstochen.«

»Wie oft haben Sie zugestochen?«

»Einmal.«

»Er hatte mehrere Stichwunden. Sind Sie sicher, daß Sie nur einmal zugestochen haben?«

»Ich weiß nicht genau. Ich glaube, es war nur einmal.«

»Es könnte auch mehrfach gewesen sein?«

»Vielleicht.«

»Hat Sie die Tat sexuell erregt?«

»Wie meinen Sie das?«

»Hatten Sie eine Erektion?«

Schweigen.

»Herr Berger, hatten Sie eine Erektion?«

»Ja.«

»Und einen Orgasmus?«

»Nicht direkt«, sagte er stockend. »Erst danach.«

»Haben Sie über der Leiche onaniert?«

Michael hielt seinen Blick jetzt nicht mehr gesenkt, sondern sah starr durch ihn hindurch. »Ja«, sagte er.

»Wie haben Sie sich danach gefühlt? Hatten Sie noch Angst?«

»Nein, gar nicht. Es ging mir gut. Ich hatte kein schlechtes Gewissen.«

»Sie waren erleichtert, daß Sie es getan hatten?«

»Ja, ich glaube schon. Es ging mir ziemlich gut, nachdem es vorbei war.«

»Was taten Sie danach?«

»Ich bin in den Keller gegangen, habe einen Koffer von

Janas Mutter und ein Stück Folie geholt. Darin hab' ich ihn eingepackt und mit einem Stück Wäscheleine zusammengeschnürt.«

»Haben Sie den Koffer mit Papier ausgestopft?«

»Ja, mit alten Zeitungen und seiner Kleidung.«

»Und dann?«

»Ich habe die Badewanne saubergemacht und bin dann mit der Straßenbahn zum Bahnhof gefahren. Dort hab' ich den Zug genommen.«

»Welchen?«

»Den Zug nach Leipzig. Den Koffer hab' ich später aus dem Fenster geworfen. Niemand hat was gemerkt.«

»Und wie fühlten Sie sich, als Sie zurück nach Halle kamen?«

»Ziemlich gut, glaube ich.«

»Ihnen war doch klar, daß Sie ein Verbrechen begangen hatten?«

»Darüber habe ich erst später nachgedacht.« Michael atmete tief durch. »Erstmal war ich zufrieden, daß alles so gut geklappt hat.«

Während der halben Stunde, die Bausch benötigte, um Michael Bergers Geständnis zu bekommen, wurde der leitende Staatsanwalt, Wolfram Abel, über die Entwicklungen des Tages in Kenntnis gesetzt.

Abel bearbeitete seit fast zehn Jahren alle Tötungsverbrechen in Halle und Umgebung. Mit fünfundvierzig hatte er es in relativ kurzer Zeit weit gebracht, und manche führten das auf die Tatsache zurück, daß er auch äußerlich dem Klischee des gestrengen Staatsanwalts fast bis zur Perfektion entsprach. Groß, mit blauen Augen unter buschigen, dunklen Brauen, hatte seine Erscheinung die Ausstrahlung eines wilhelminischen Oberschullehrers, Stock und Rute stets griffbereit. Umgeben von einer finsteren Ruhe beeindruckte sein Auftreten Täter wie Kollegen, und nichts charakterisierte ihn besser als seine stets bis zum Kragen geknöpften Hemden. Recht, aber vor allem Ordnung, waren für Abel keine Phrasen, sondern Definition seines Lebensstils.

Die Nachricht, daß Michael Berger mit größter Wahrscheinlichkeit noch in dieser Nacht gestehen würde, erreichte ihn zu Hause in Merseburg. Kurz vor Mitternacht traf ein Streifenwagen ein, der ihn durch dichten Nebel nach Neustadt brachte. Abel drängte den Fahrer zur Eile, und einmal verloren die Reifen auf der nassen Fahrbahn ihren Halt, der Wagen geriet ins Schleudern, und es war pures Glück, daß er nicht in den Straßengraben schlitterte.

Als Abel schließlich im Revier ankam, war Bauschs Verhör noch nicht abgeschlossen. Nachdem Köster ihn in knappen Worten über das Wichtigste informiert hatte, rückte der Staatsanwalt mit einem halben Dutzend Männer zur Wohnung der Saarbachs aus. In kürzester Zeit wurde jedes Zimmer von Angehörigen der Spurensicherung systematisch auf den Kopf gestellt, Schränke und Schubladen durchsucht, Teppiche aufgerollt und große Teile der Tapeten von den Wänden gerissen; Abel wollte nicht das Risiko eingehen, versteckte Blutflecken zu übersehen. Nachdem die Männer fertig waren, sah die Wohnung der beiden Frauen aus wie nach einem Bombenangriff.

In der Zwischenzeit hatte Bausch die erste Vernehmung beendet. Mit aschfahlem Gesicht spielte er seinen Kollegen das Tonband mit Michaels Geständnis ab. Der erste Jubel über den Erfolg wich betroffenem Schweigen, als sie hörten, wie der Junge die Tat beschrieb. Sie alle hatten fast ein Jahr mit dem Mord an Sven Behrendt gelebt, trotzdem traf die nüchterne Beschreibung sie mit unerwarteter Wucht; wieder dachten die meisten an ihre eigenen Kinder. Eine Schnapsflasche machte die Runde.

Kurz darauf setzten Köster und Abel das Verhör fort und überprüften das Geständnis anhand bekannter Details auf seinen Wahrheitsgehalt. Tatsächlich aber bezweifelte niemand mehr, daß sie den Täter nach zehn Monaten endlich gefunden hatten.

Aufregung und Hektik der letzten Tage verflogen innerhalb weniger Minuten, und nach vierzig Stunden Dienst wollten die meisten von ihnen ohnehin nur noch eines: endlich nach Hause und ins Bett.

Während der folgenden Tage wandte Bausch sich anderen Fällen zu und arbeitete fluchend die Papierberge ab, die sich während des Endspurts im Fall des kleinen Sven auf seinem Schreibtisch angesammelt hatten. Regelmäßig ließ er sich über den Stand der Vernehmungen informieren, erfuhr Details über die Beziehung zwischen Michael Berger und Jana Saarbach und hörte von den traumatischen Erlebnissen in Michaels Kindheit, vom Schweineschlachten und dem Mißbrauch durch den alten Schuhmacher. Nichts davon rechtfertigte seine Tat, doch beides sorgte dafür, daß Bausch trotz der langen Ermittlungen fast ein wenig Mitgefühl für den Jungen aufbrachte.

Siegmund Schaft, der nach wie vor die Mordkommission, nicht aber die in Auflösung begriffene *Einsatzgruppe Sven Behrendt* leitete, wurde für wenige Stunden reaktiviert. Bausch erinnerte sich an ein Versprechen, daß Schaft den Eltern des kleinen Jungen gegeben hatte. Früher oder später würden sie den Mörder stellen, hatte er gesagt, und Bausch war der Meinung, es stehe ganz allein Schaft zu, die Behrendts über die Festnahme zu informieren und sein Versprechen einzulösen.

Als Schaft am Tag nach der Festnahme an der Haustür der Behrendts klingelte, peitschte draußen eiskalter Regen vom Himmel. Bald würde es wieder schneien. Er erinnerte sich an den Tag, als er zum ersten Mal vor dieser Tür gestanden hatte, an die Schneestürme, die vom Harz über die Ebene jagten und Neustadt in klirrendes Weiß tauchten. Damals hatte er das Wetter als düster und bedrückend empfunden, doch nun fühlte er sich trotz der guten Nachricht fast noch unwohler. Der Himmel war dunkelgrau, und die eiskalte Feuchtigkeit brannte auf Gesicht und Händen. Der Wind jaulte durch die kahlen Betonschluchten und wirbelte längst gefallene Blätter über den Asphalt. Die Witterung drückte seine Stimmung; er bezweifelte, daß sich durch die Festnahme irgend etwas für die Eltern ändern würde. Ihr Kind war tot, und als er das letzte Mal hiergewesen war, war mehr als deutlich gewesen, wie es um die Ehe der beiden stand.

Maria Behrendt öffnete ihm, und ihr Erstaunen verwandelte sich innerhalb von Sekunden in jenen Ausdruck von Unsicherheit und Furcht, den er so gut von ihr kannte. Schaft war nie zuvor ein Überbringer erfreulicher Botschaften gewesen, und sie erwartete auch diesmal keine.

Sabine war nicht zu Hause, doch Klaus Behrendt saß auf dem Sofa und tränkte die Wohnzimmerluft mit Alkoholdunst. Er war aggressiver geworden, unzufriedener mit sich und der Welt. Schaft erinnerte sich an ihre erste Begegnung; der Mann war noch verbitterter geworden.

Vielleicht war es seine eigene bedrückte Stimmung,

vielleicht aber auch die Angst, sich erneut vom Leid dieser Leute einfangen zu lassen, die Schaft dazu brachte, das Ganze so schnell wie möglich hinter sich zu bringen. Die beiden nahmen die Nachricht von Michael Bergers Festnahme mit einer Mischung aus bitterer Freude und Erschrecken auf, als befürchteten sie, diese unerwartete Entwicklung könne sie an einen Punkt zurückwerfen, den sie längst hinter sich geglaubt hatten; die Botschaft öffnete alte Wunden, fern aller Heilung.

Schaft war froh, als er wieder draußen im Freien stand, und jetzt empfand er den Regen fast als beruhigend.

3. Kapitel

Halles Gerichtsgebäude gleicht nicht nur auf den ersten Blick einem jener mächtigen, verschachtelten Spukhäuser aus alten Gespenstergeschichten. Steile Dächer und hohe Giebel krönen einen düsteren Monumentalbau, in dessen Innerem steinerne Fledermäuse und Fabelwesen kapellenartige Galerien säumen. Eine geschwungene Freitreppe schraubt sich von Stockwerk zu Stockwerk, darüber schwebt ein gewaltiges Kuppeldach. Als der Prozeß gegen Michael Berger am 16. Juni 1982 begann, fand der Geist des kleinen Sven hier ein würdiges Zuhause.

Obwohl die Staatsanwaltschaft verfügt hatte, daß weder der Name des Täters noch Einzelheiten über den Tathergang in die Presse gelangten, wurde die Verhandlung für die Öffentlichkeit freigegeben. Jedem war klar, daß Staat und Justiz ein Exempel vorbereiteten. Der Andrang war enorm, und die Gerichtsdiener schafften zusätzliche Stühle in den größten Saal des Gebäudes, um weitere Zuschauer unterzubringen. Dennoch mußte ein Großteil der herbeiströmenden Menschenmenge abgewiesen werden.

Michaels Eltern hatten sich an einen jungen Anwalt gewandt, der, obwohl er erst seit einigen Jahren praktizierte, bereits als einer der versiertesten Verteidiger in Mordprozessen galt. Im Gegensatz zu vielen seiner Kollegen und den meisten Staatsanwälten des Bezirks war Volker Ketzel kein Choleriker. Seine ungewöhnlich ruhige, fast sanfte Stimme hatte etwas Einschmeichelndes, und es geschah selten, daß er sie zu jener Lautstärke anhob, die Schauprozesse im Osten Deutschlands kennzeichnete. Schmale blaue Augen und ein dunkelblonder Vollbart gaben ihm nicht den Ausdruck gebieterischer Strenge, von denen andere Juristen profitierten, sondern verliehen ihm auch äußerlich den Anschein scharfer Cleverness, die ihn trotz seiner siebenunddreißig Jahre bereits in die erste Riege der örtlichen Anwälte gehoben hatte.

Ketzel wußte, auf was er sich einließ, als er Michaels Verteidigung übernahm. »Das Ganze war ein Skandalfall und alles in allem ein ziemlich undankbarer Job«, erinnerte er sich später. »Wir Verteidiger waren meist der Reibungspunkt zwischen dem Staat und dem einzelnen, und außer dem Klienten selbst waren in der Regel wir diejenigen, die die Macht der Partei am deutlichsten zu spüren bekamen. Es war uns nicht erlaubt, eigene Ermittlungen anzustellen, wir mußten uns völlig auf die Zeugen verlassen, die die Staatsanwaltschaft bereitstellte. Allein das war ein gewaltiges Manko unserer Arbeit. Wir durften keine Gutachten in Auftrag geben, wie das heute üblich ist; auch das war die Domäne des Staatsanwaltes. Zudem wurde uns nicht gestattet, Fotokopien der Akten zu machen. Wir durften sie einsehen und uns die wichtigsten Passagen abschreiben, mehr nicht. Falls während der Verhandlung irgend etwas Unerwartetes passierte, standen wir oft genug ohne die entsprechenden Unterlagen da. Nur der Staatsanwalt war im Besitz der kompletten Akten, eine Waffengleichheit gab es nicht. Zudem bestand die Gefahr, daß wir uns selbst in irgendwelche Dinge hineinritten, die übel für uns ausgehen konnten. Straftaten wurden stets als Konflikt zwischen Einzelpersonen und dem Staat hingestellt, und uns Verteidigern wurde oft vorgeworfen, die Fronten zugunsten des einzelnen zu wechseln und zumindest indirekt die Allgemeinheit zu verraten. Im Fall Michael Berger kam noch der allgemeine Abscheu der Bevölkerung hinzu. Ich fühlte mich während des Prozesses als ziemlicher Außenseiter.«

Ketzel hatte Michael Berger zum ersten Mal kurz nach dessen Verhaftung getroffen. »Seine Eltern hatten mir einen Brief geschrieben und mich gebeten, die Verteidigung zu übernehmen. Ich besuchte ihn in der Untersuchungshaft, und er war ungeheuer bedrückt. Er war sehr ängstlich, sehr verwirrt und gerade deshalb sofort sympathisch. Als er mir dann von den Schlüsselerlebnissen in seiner Kindheit erzählte, von den Schweineschlachtungen und vor allem vom Mißbrauch durch den Schuhmacher, war mir klar, daß ich den Fall übernehmen würde. Michael Berger war ganz eindeutig nicht die Bestie, die alle Welt aus ihm machen wollte. Natürlich hatte er einen furchtbaren Mord begangen – an der Tatsache versuchte ich gar nicht erst zu rütteln –, aber er war kein amoklaufender Wahnsinniger, sondern nur ein kranker junger Mann und mit seinen neunzehn Jahren fast selbst noch ein Kind.«

Bis zur Verhandlung wurde Michael rund fünfzehnmal von Polizei und Staatsanwaltschaft verhört. Zudem fertigte ein Professor der Berliner Charité in Abels Auftrag ein psychologisches Gutachten an und fand einen winzigen Hirnschaden, ohne diesen aber für Michaels Veranlagung verantwortlich zu machen. Er lehnte eine Krankheit als Ursache ab und stellte statt dessen eine ›abnorme Entwicklung der Persönlichkeit‹ in den Vordergrund. Er betonte, daß die ›Perversion des Angeklagten‹ auch nach dessen Entlassung aus Klinik oder Gefängnis noch vorhanden sein werde. Abschließend empfahl er als letztes Mittel der Heilung eine ›operative Kastration‹.

»Ich durfte weder bei den Verhören noch bei Gesprächen mit dem Gutachter anwesend sein«, berichtete Ketzel weiter. »Ich besuchte ihn ein- bis zweimal die Woche und studierte bis zum Prozeßbeginn seine Akten. Das einzige, was ich ihm während dieser Zeit raten konnte, war, sämtliche Vernehmungsprotokolle gründlich zu lesen und nichts Falsches zu unterschreiben. Ich machte ihm klar, daß er sich auf gar keinen Fall erpressen lassen durfte und zur Not die Aussage völlig verweigern sollte. Viel mehr war nicht möglich. In Anbetracht der Maschinerie, die gegen diesen Jungen in Gang gesetzt worden war, kam ich mir reichlich hilflos vor.«

Von Anfang an war klar gewesen, daß Wolfram Abel der leitende Staatsanwalt in diesem Fall war. Trotzdem trat nicht er während der Verhandlung als Ankläger auf, sondern sein Vorgesetzter, der Bezirksstaatsanwalt Johannes Bader. Ketzel erinnerte sich nur ungern an ihn: »Bader spielte sich als Papst des Rechts auf, ein unangenehmer Mensch, der mit scharfen Geschützen schoß, auch politisch.«

Als Michael Berger am 16. Juni den Gerichtssaal betrat, verstummte das Publikum und musterte ihn wie die neueste Attraktion eines Kuriositätenkabinetts. Hier und da gab jemand einen bösen Kommentar ab, doch die meisten verfolgten sein Eintreten mit staunendem Schweigen. Eine Woge des Ekels schlug ihm entgegen, und es gab keinen, der ihm nicht die Höchststrafe wünschte.

In der Menge saßen auch Maria und Klaus Behrendt. Sie faßten sich an den Händen, als der Mörder ihres Sohnes den Raum betrat und auf der Anklagebank Platz nahm.

Nachdem der Richter die Verhandlung eröffnet hatte, warf Bader sich in Pose und verkündete die Anklage. Er war bekannt dafür, in die wenigen Prozesse, die er persönlich führte, stets einen Troß seines Gefolges aus Partei und Staatsanwaltschaft mitzubringen. Seine Getreuen saßen im Publikum und verfolgten jedes seiner Worte mit gespanntem Interesse. Bader genoß seinen Auftritt, und Ketzel war klar, daß der Bezirksstaatsanwalt aus dem Fall Michael Berger einen Schauprozeß machen wollte. Bader hatte neben seinem Posten als Hüter von Recht und Ordnung einen Sitz in der Bezirksregierung inne, und das machte ihn mächtiger als jeden anderen Juristen der Stadt.

Er ließ Polizisten und Nachbarn als Zeugen auftreten, und es gelang ihm, ein Bild des Angeklagten zu zeichnen, das dem Vorurteil der Menge entsprach. Der Gutachter aus Berlin schlug mit seinen Ansichten von abnormer Perversion und Kastration in dieselbe Kerbe. Ketzel wußte, daß er gegen die Beweislage nichts unternehmen konnte, und bestätigte seinen Mandanten als Mörder.

»Es wäre unsinnig, einen Freispruch zu beantragen«, hatte er Michael vorher erklärt. »Die werden nicht einmal der Mindeststrafe stattgeben.«

Auf Mord stand lebenslänglich, was im Regelfall bedeutete, daß der Verurteilte nach zehn bis fünfzehn Jahren begnadigt und freigelassen wurde. Ketzel wollte dem Gericht den Vorschlag unterbreiten, Michael zu zwölf Jahren Gefängnis und anschließend zur Unterbringung in einer psychiatrischen Anstalt zu verurteilen. Er wußte, daß Bader alles tun würde, um ein solches, verhältnismäßig mildes Urteil, zu verhindern.

Die Behrendts verfolgten den Prozeß mit steinerner Apathie. Nur einmal, als erneut Details des Mordes besprochen wurden, stand Klaus Behrendt auf, drohte Michael Berger mit der Faust und schrie, daß er ihn, falls das Gericht das nicht für ihn besorgen werde, mit eigenen Händen umbringen werde. Der Richter ließ den verzweifelten und offensichtlich angetrunkenen Vater aus dem Saal bringen.

Jana Saarbach sollte erst am zweiten und voraussichtlich letzten Tag des Prozesses angehört werden, und Ketzel einigte sich am ersten Abend mit Bader und dem Richter darauf, den Saal während ihrer Aussage zu räumen. Die drei Männer schienen sich einig zu sein, daß man das Mädchen nicht unnötig dem Urteil der Öffentlichkeit preisgeben sollte.

Doch als Jana am nächsten Tag den vollbesetzten Saal betrat und Ketzel offiziell die Räumung der Zuschauerbänke beantragte, fiel ihm der Staatsanwalt in den Rücken. »Nach dem Prozeßrecht der Deutschen Demokratischen Republik ist das nicht üblich«, verkündete Bader triumphierend und versicherte sich der zustimmenden Blicke seines Gefolges. Einige Mitglieder der Bezirksregierung waren anwesend; offensichtlich waren sie der Grund, daß er seine Meinung vom Vorabend so radikal geändert hatte.

Jana und Michael sahen sich lange an, und Ketzel bemerkte, wie schlecht sie aussah. Der Saal mußte geräumt werden, alles andere war für das Mädchen unzumutbar.

Zum Glück war der Richter nach wie vor der selben Ansicht. Er schenkte Bader einen finsteren Blick, blätterte lange im Strafgesetzbuch und gab Ketzels Antrag schließlich statt. Bei anwesendem Publikum müsse man mit einer eingeschränkten oder gar völlig verweigerten Aussage der jungen Frau rechnen, begründete er den Beschluß. Der Staatsanwalt mußte mit versteinerten Zügen mit ansehen, wie seine Regierungskollegen gemeinsam mit dem Rest des Publikums aus dem Saal gewiesen wurden. Ketzel frohlockte insgeheim über die peinliche Niederlage des Gegners.

Jana wiederholte im großen und ganzen die Aussagen, die sie bereits in unzähligen Vernehmungen der Polizei gemacht hatte, die wiederum Wiederholungen des Gesprächs mit Dieter Bausch gewesen waren.

Einmal fragte der Richter fassungslos: »Aber warum haben Sie sich auf all das eingelassen? Sind Sie niemals auf die Idee gekommen, daß mit Ihrem Freund irgend etwas nicht stimmt?«

Jana schluchzte und wußte offenbar keine Antwort darauf. Die gab ihnen später Michael selbst: »Ich glaube, sie war einfach so sehr in mich verliebt, daß sie alles mitgemacht hätte. Jana hatte Angst, daß ich Schluß mache.«

»Hätten Sie das denn getan?«

Michael zuckte mit den Schultern. »Früher oder später, bestimmt.« Und nach einer langen Pause fügte er hinzu: »Eigentlich war ich nie wirklich in sie verliebt.«

Zu den Plädoyers wurden die Zuschauer wieder zugelassen. Bader lief mit donnernder Stimme zur Höchstform an und argumentierte vor allem mit dem Gutachten des Charité-Professors. Er beantragte die lebenslängliche Höchststrafe und endete mit der Feststellung: »Der Angeklagte hat aufgrund der Schwere seiner Tat das Recht verwirkt, ein freier Bürger unseres Staates zu sein.«

Als Ketzel schließlich die Alternativen von therapeutischer Behandlung während der Haft und der anschließenden Unterbringung in einer Anstalt zur Resozialisierung vortrug, wurde beides abgelehnt.

Der Richter folgte Baders Antrag und ordnete eine lebenslängliche Unterbringung in der berüchtigten Haftanstalt Bautzen an. Er begründete das Urteil damit, daß

Michael Berger seit Jahren gewußt habe, wie es um seine sexuellen Obsessionen stand und sich mehrfach in eindeutiger Weise gewünscht habe, ein Kind zu töten. Trotzdem habe er nicht einen einzigen Versuch unternommen, etwas gegen diese Neigungen zu tun. Und schlimmer noch, habe er sein Verlangen schließlich ausgelebt, obwohl doch die vergangenen Jahre gezeigt hätten, daß er seinen Trieb auch auf längere Sicht unterdrücken könne. Zudem habe er während des Fußweges vom Treff zur Wohnung und dem Zeitraum vor der Tat genügend Zeit gehabt, sein Vorhaben zu überdenken. Selbst im Anschluß an den Mord habe er keine Reue gezeigt, sondern alles in seiner Macht Stehende unternommen, um das Verbrechen zu verschleiern. Die Summe dieser Tatsachen beweise eindeutig, daß keine verminderte Zurechnungsfähigkeit vorliege und Michael Berger in vollem Maße schuldig sei.

»Daher verurteilt das Gericht den Angeklagten wegen Mordes in Tateinheit mit sexuellem Mißbrauch von Kindern zu lebenslanger Freiheitsstrafe«, beendete der Richter seinen Vortrag.

Damit war die Verhandlung beendet.

Ketzel ging kurz darauf in Berufung, doch der Antrag wurde vom Obersten Gericht in Berlin abgelehnt. Eine erneute Verhandlung würde zu großes öffentliches Aufsehen erregen, hieß es in der Begründung.

»Aber was kann denn der Verurteilte für das Aufsehen, das von anderen verursacht wird?« fragte Ketzel.

Die Antwort darauf blieb man ihm schuldig.

Während seiner ersten Monate im Gefängnis schrieb Michael Jana einen Brief. *Es wird so lange dauern, bis ich* wieder hier rauskomme, schrie er, *daß ich nicht von dir verlangen kann, auf mich zu warten. Ich glaube, daß es das beste ist, wenn wir uns endgültig trennen.*

Jana traf sich daraufhin wieder mit dem Jungen aus Werder, den sie während des Besuches bei ihrer Schwester kennengelernt hatte. Die beiden heirateten noch im selben Jahr.

Maria Behrendt ertrug die Launen und den Alkoholkonsum ihres Mannes noch ein weiteres Jahr, dann reichte sie die Scheidung ein. Es verging kein Tag, an dem Klaus nicht groteske Pläne schmiedete, um ins Gefängnis einzudringen und den Mörder seines Sohnes zu töten. Er ließ niemanden an sich heran, außer einige Saufkumpane, bei denen er sich ausweinte und seine Verzweiflung und Wut im Alkohol ertränkte. Er war jetzt fast ständig betrunken, phantasierte und lallte, und sein Arzt stellte schließlich schwere Kreislaufstörungen und eine Erkrankung der Bronchien fest. Man versetzte ihn zur Gartenarbeit in städtische Grünanlagen, wo er nur noch sechs Stunden täglich zu arbeiten brauchte. Während der übrigen Zeit, bis tief in die Nacht, betrank er sich.

Die Gründe für die Scheidung waren offensichtlich. Innerhalb weniger Tage war die Trennung offiziell vollzogen. Beide wollten die Wohnung verlassen, in der sie Sven aufgezogen hatten; Maria fand gemeinsam mit Sabine ein Apartment im gleichen Haus, Klaus zog ans andere Ende von Neustadt. Von da an sah er seine Tochter nur noch selten, Maria gar nicht mehr. Alle waren der Ansicht, daß es so das beste sei.

Am 17. Juni 1982, dem zweiten Verhandlungstag, war in der *Freiheit* der erste längere Artikel über den Fall Sven Behrendt publiziert worden. Darin hieß es im typischen Pathos der DDR-Presse:

> Durch den unermüdlichen Einsatz der Volkspolizei konnte in enger Zusammenarbeit mit der Bevölkerung das Verbrechen nach zehn Monaten aufgeklärt werden. (...) In seiner Anklagerede würdigte Bezirksstaatsanwalt Johannes Bader Ausdauer, Klugheit und Initiative der Volkspolizei. (...) »Damit hat unsere VP erneut bewiesen, eine Polizei des Volkes zu sein«, sagte er (...). Sachverständige erklärten (...), daß ein weiteres Verbrechen wahrscheinlich gewesen wäre, wenn die Volkspolizei den Täter nicht dank ihrer intensiven Arbeit ermittelt hätte.

Keine sieben Monate nachdem dieser Artikel erschienen war, am 1. Januar 1983, wurde Siegmund Schaft als Leiter der Mordkommission abgesetzt. Scheinbar über Nacht vergaß man, daß er einer der Initiatoren der Kreuzworträtsel-Ermittlungen gewesen war, von ›Ausdauer, Klugheit und Initiative‹ sprach mit einemmal niemand mehr.

Auslöser war eine Silvesterfeier. Am 30. Dezember erhielt Schaft die Nachricht der Polizeiführung, daß in diesem Jahr kein Geld für eine Feier der Mordkommission bereitgestellt würde. Die Polizisten machten lange Gesichter. Schaft dachte kurz nach und machte dann den Vorschlag, man solle sich trotz allem in einem Restaurant treffen und dort auf seine Kosten auf den Jahreswechsel anstoßen.

Wie abgesprochen erschien das knappe Dutzend Polizisten am vereinbarten Treffpunkt, man aß und trank, doch gegen zehn Uhr verabschiedeten sich die meisten. Schaft und die Übriggebliebenen beschlossen, den Abend in einer anderen Kneipe zu beschließen. Doch als die Männer dort ankamen, überlegte es sich einer nach dem anderen plötzlich anders, bis Schaft schließlich alleine dastand. Einen Moment spielte er mit dem Gedanken, ebenfalls nach Hause zu gehen, doch dann betrat er die Wirtschaft auf eigene Faust, gab seinen Mantel am Eingang ab und setzte sich an einen der dichtbesetzten Tische.

Nach einer Stunde langweilte ihn der Silvestertrubel, er stand auf und ging. Als er seinen Mantel verlangte, bemerkte er, daß er seine Garderoben-Marke verloren hatte. Er eilte zurück zum Tisch, doch dort war sie nirgends zu finden. Also bat er die Frau am Eingang, ihm den Mantel ohne Marke herauszugeben. Sie weigerte sich. Er erklärte ihr sein Dilemma und wiederholte seine Bitte. Sie blieb bei ihrer Weigerung. Ohne Marke kein Mantel.

Schaft wurde wütend. Mit ausgestrecktem Finger zeigte er auf das Kleidungsstück, das nur wenige Schritte entfernt an einem Haken hing. Die Frau schüttelte den Kopf und verneinte schnippisch. Daraufhin drängte Schaft sich an ihr vorbei, griff nach dem Mantel – und wäre vor Schreck fast über die eigenen Füße gestolpert.

Die Frau schrie. Dutzende Gäste fuhren herum und starrten neugierig zu ihnen herüber. Die Frau brüllte etwas von Diebstahl und Polizei, und es dauerte nur wenige Sekunden, bis eine Tür aufflog, zwei Polizisten herbeisprangen und den völlig verdutzten Schaft festnahmen.

»Lassen Sie mich sofort los«, rief er, eher verwirrt als wütend.

Die beiden Männer scherten sich nicht im geringsten darum. Statt dessen führten sie ihn ab.

Draußen verlegte Schaft sich auf Drohungen. »Sie können sicher sein, daß diese Angelegenheit morgen früh Konsequenzen nach sich ziehen wird. Wissen Sie überhaupt, wer ich bin?«

»Nein«, sagte einer der beiden.

»Mein Name ist Schaft, ich bin Hauptmann der Volkspolizei.«

Der Mann grinste unverschämt. »Keine Sorge, morgen früh hat es sich ausgehauptmannt.«

Erst glaubte Schaft, er habe sich verhört, doch dann wurde ihm mit einemmal klar, *was* der Mann gerade gesagt hatte. Und er begriff, daß es hier um mehr ging als den Verdacht des Randalierens. Ohne weiteren Widerspruch ließ er sich aufs Präsidium bringen, wo man ihn in ein Zimmer setzte und ihm befahl, den Raum nicht zu verlassen. Schaft verlangte ein Telefon. Man gab ihm keines. »Warten Sie hier«, war das letzte, was er zu hören bekam, dann ließ man ihn allein.

Schaft wartete. Eine Stunde, zwei Stunden. Niemand kam. Gegen halb drei ging er zur Tür und prüfte, ob sie verschlossen war; sie war offen. Er blickte in den Vorraum, und dort saßen die Polizisten, die ihn festgenommen hatten, regungslos in ihren Sesseln und schliefen. Es würde in dieser Nacht keine Anhörung mehr geben.

Und plötzlich begriff er.

Man *wollte* nicht mit ihm sprechen. Er ahnte, was am nächsten Tag im Protokoll stehen würde: *Der Festgenommene war zu betrunken, um befragt zu werden*. Danach mochte er noch so oft das Gegenteil behaupten – keiner würde ihm auch nur ein Wort glauben.

Eine Weile stand er reglos da, erschüttert von der dreisten Tücke dieses Plans. Wer auch immer für diese Aktion verantwortlich war, er hatte alles gründlich vorbereitet. In einer Disziplinarverhandlung, wie man sie ihm zweifellos anhängen wollte, hätte Schaft nicht die Spur einer Chance.

Dann kam ihm eine Idee. Lautlos schlich er sich zu einem seiner schlafenden Kollegen. Der Mann hatte seine Jacke über die Stuhllehne geworfen, und Schaft brauchte nur einen Moment, um zu finden, was er suchte. Aus einer der Taschen zog er den Dienstausweis des Polizisten, schlich zur Tür und über den verlassenen Korridor hinweg ins Nebenzimmer. Er kannte sich hier unten aus und wußte, daß in diesem Raum Uniformen und Schutzhelme aufbewahrt wurden. Er versteckte den Ausweis hinter einem Helm, trat erneut zwischen den Schlafenden hindurch und setzte sich zurück ins Vernehmungszimmer.

Eine halbe Stunde später tauchte einer der Männer auf und erklärte ihm, er könne nun zurück nach Hause. Ein Streifenwagen werde ihn heimbringen.

Als Schaft am nächsten Morgen ins Büro kam, schlug ihm eisige Kälte entgegen. Man erklärte ihm, er sei nicht mehr länger Leiter der Mordkommission und bis auf weiteres beurlaubt. Bis auf weiteres hieß bis zur Verhandlung. Als er nach den Gründen fragte, bekam er ›Parteischädigendes Verhalten‹ zur Antwort. Sonst nichts.

»Ich weiß bis heute nicht hundertprozentig, was wirklich dahintersteckte«, erzählte er Jahre später als Rentner in seiner Jagdhütte, »aber ich bin ziemlich sicher, daß es mit meinem Posten innerhalb der Jagdgesellschaft zu tun hatte. Ich war dort mehrmals mit einigen Parteifunktionären aneinandergeraten, meist weil sie sich einen Dreck um Artenschutz und ähnliche Dinge scherten. Ob das der wirkliche Grund war, weiß ich nicht, aber die Vermutung liegt nahe. Ich bin niemals auf den verschwundenen Dienstausweis angesprochen worden. Hätte der Kollege zugegeben, daß das Ding fort war, hätte man ihn unweigerlich befragt, wer ihn gestohlen hatte. Dafür kam allein ich in Frage. Das wäre der Beweis gewesen, daß ich in dieser Nacht lange nicht so betrunken war, wie man mir später unterstellt hat. Deshalb wurde der Vorfall totgeschwiegen. Wahrscheinlich hat der Ausweis noch jahrelang hinter dem Schutzhelm gelegen.«

Kurz nach seiner Beurlaubung wurde Schaft im Schnellverfahren von einem Disziplinargericht zum Oberleutnant degradiert, aus der Mordkommission ausgeschlossen und mit einer Geldstrafe belegt, zahlbar an die Partei. Zu guter Letzt beschlagnahmte man seine Jagd- und Dienstwaffen, vorgeblich, ›um einem Suizid vorzubeugen‹.

Jahre später hatte Schaft die Demütigung soweit verwunden, daß er darüber lachen konnte. »Als ob ich das nach all der Zeit nicht besser gewußt hätte ... Ein guter Hanfstrick ist das einzig richtige.«

4. Kapitel

Michael Bergers Aufenthalt im Gefängnis dauerte neuneinhalb Jahre. Während dieser Zeit bekannte er sich offen zu seiner Homosexualität und hatte Beziehungen zu mehreren Männern.

Er erlebte die Wende hinter Gittern und dachte sich wenig dabei. Für ihn blieb die Wiedervereinigung bedeutungslos – bis er eines Tages einen Brief der Anwaltskanzlei ›Ketzel & Partner‹ erhielt. Was er darin las, machte ihn erst stutzig, dann aufgeregt. Mit der Marktwirtschaft war auch bundesdeutsches Recht über die ehemalige Grenze gekommen.

Ende 1991 sorgte der Kreuzworträtselmörder erneut für Schlagzeilen.

Nach der Wende war einer der ersten Schritte der Bundesregierung, die alten DDR-Gerichte aufzulösen und Richter aus dem Westen an ihre Stelle zu setzen. Eine ihrer Aufgaben war es, die Urteile ihrer Vorgänger zu überprüfen, auf politische Manipulationen abzuklopfen und die betreffenden Fälle gegebenenfalls neu zu verhandeln.

Michael Berger war kein politischer Täter und war nie als solcher behandelt worden. Trotzdem gehörte auch er zur Gruppe derjenigen, deren Verurteilung nicht mehr dem neuen Recht entsprach. Ketzel stellte einen Antrag auf *Kassation*, einer Aufhebung des alten Urteils und erneuten Verhandlung nach bundesdeutscher Rechtsprechung.

Am 11. April 1991 traf die Staatsanwaltschaft Halle folgende Verfügung:

> Nach § 105, Abs. 1, Ziff. 1 JGG ist bei einem Heranwachsenden, wie es der Verurteilte zum Zeitpunkt der Tat war, immer zu prüfen, ob der Täter nach seiner sittlichen und geistigen Entwicklung noch einem Jugendlichen gleichstand.
>
> Diese Prüfung ist zum Zeitpunkt der Verurteilung mangels rechtlicher Bestimmungen unterblieben und nun nicht mehr zweifelsfrei nachzuvollziehen, so daß zu Gunsten des Verurteilten neu zu entscheiden ist.

Gleichzeitig sollte über die Notwendigkeit der Unterbringung in einem psychiatrischen Krankenhaus entschieden werden.

Noch bevor ein endgültiges Urteil über die Notwendigkeit einer Kassation getroffen werden konnte, setzte Ketzel für seinen Mandanten einen Brief an die zuständigen Richter auf. Darin wies er auf einen Punkt des Einigungsvertrages hin, in dem festgelegt wurde, daß DDR-Urteile gegen Heranwachsende bis einundzwanzig Jahre in eine dem West-Recht entsprechende Jugendstrafe umgewandelt werden müßten. Demzufolge verlangte er, Michaels lebenslängliche Haft zur Jugendhöchststrafe von zehn Jahren zu verkürzen.

Im August 1991 wurde die Kassation bestätigt, eine neue Verhandlung anberaumt. Zum erstenmal seit neuneinhalb Jahren schöpfte Michael neue Hoffnung. Er hatte sich damit abgefunden, den Rest seines Lebens hinter Gittern zu verbringen, doch nun war mit einemmal die Freiheit wieder in greifbare Nähe gerückt. Er verfaßte einen Brief an seine Eltern und schrieb darin, daß er vielleicht bald zu ihnen zurückkehren werde.

Der Fall wurde Joachim Günther übertragen, einem Richter aus Niedersachsen, der kurz nach der Wende nach Halle gekommen war. Nachdem sich Günther, ein großer Mann mit silbergrauem Vollbart, in die Akten eingelesen hatte, faßte er als erstes den Beschluß, Michael einer neuen Begutachtung zu unterziehen und bis zum Verhandlungsbeginn in eine psychiatrische Anstalt einzuweisen.

Weitere Monate vergingen. Wieder wurde die Berliner Charité mit der Erstellung eines Gutachtens beauftragt, und Michael trat demselben Mann gegenüber, der bereits 1982 seinen Geisteszustand geprüft hatte und damals mit der Empfehlung geendet hatte, den Mörder des kleinen Sven Behrendt einer Kastration zu unterziehen. Ohne Widerspruch ließ Michael sämtliche Tests und Gespräche über sich ergehen.

Schließlich, am 19. November 1991, auf den Tag genau zehn Jahre nach seiner Verhaftung, stand Michael Berger erneut einem Richter gegenüber.

Nur wenige der Zuschauer, die sich an diesem Tag im Gericht einfanden, hatten den Prozeß um Michael Berger von Anfang an miterlebt. Die wenigen, die bereits an der Verhandlung vor zehn Jahren teilgenommen hatten, erinnerten sich kaum noch daran, wie der junge Mann damals ausgesehen hatte; geblieben waren schwache Bilder eines schlanken Jungen mit hübschem Gesicht. Einige von ihnen blickten ein wenig ratlos zu dem Angeklagten hinüber, der ihnen nun vorgeführt wurde. War das wirklich der Kreuzworträtsel-Mörder, der 1982 zu lebenslanger Haft verurteilt worden war?

Die Jahre im Gefängnis hatten Michael verändert. Er hatte zugenommen, Körper und Gesicht waren in die Breite gegangen, und diejenigen, die ihn als gutgebauten, attraktiven Jungen in Erinnerung hatten, sahen sich nun einem dicklichen Mann mit schwammigen Zügen gegenüber. Seine Augen wirkten nicht mehr aufgeweckt, sondern schwer wie die eines Bernhardiners, ihr Blick stumpf und traurig. Geblieben waren seine leise Stimme und die vorsichtige Höflichkeit, mit der er auf Fragen reagierte. Er trug eine Lederjacke, darunter ein rotkariertes Flanellhemd, Jeans und weiße Turnschuhe.

Jana Saarbach war nicht unter den Zuschauern, ebensowenig wie Klaus Behrendt. Allein Maria war vor Gericht erschienen. Als sie hörte, daß man den Mörder ihres Sohnes auf freien Fuß setzen wollte, hatte sie mit Unterstützung des Weißen Rings einen Anwalt gefunden, der sie als Nebenklägerin vertreten sollte. Bevor sie den Gerichtssaal betrat, schwor sie sich, alles zu tun, um sicherzustellen, daß die lebenslängliche Strafe aufrechterhalten würde. Wie groß ihre Chancen auf Erfolg waren, wußte sie nicht. Auch ihr Anwalt, Hans-Werner Schading, konnte ihr keine Sicherheiten bieten.

Mit seinen ein Meter sechzig war Schading nicht der Prototyp des stattlichen Anwalts, der Gericht und Zuschauer im Sturm erobert. Doch wenn der kleine Mann seinen Mund aufmachte, kam Leben in jede noch so trockene Verhandlung; die laute Reibeisenstimme mit ihrem harten, oft aggressiven Unterton schien wie geschaffen für die Befragung widerspenstiger Zeugen und verstockter Angeklagter. Was ihm an optischer Präsenz fehlte, machte der Fünfundsechzigjährige durch das pure Volumen seiner Stimme wett. Die Palette der Ansichten über ihn und seinen Arbeitsstil variierte quer durch Kollegium und Klientel, die einen nannten ihn Giftzwerg, die anderen Genie. Die Wahrheit mochte, wie üblich, etwa in der Mitte liegen.

Schading ging gleich, nachdem man ihm das Wort erteilte, in die vollen. Michael Berger sei bei seiner Tat brutal, ja, bestialisch vorgegangen und habe zu keinem Zeitpunkt Achtung vor dem Leben eines anderen gezeigt. »Stellen Sie sich die Schmerzen vor, die dieser kleine Junge ertragen mußte, der naiv einem Fremden in dessen Wohnung folgte, hinterrücks mit einem Hammer erschlagen wurde und schließlich, weil er noch lebte, wie ein Tier abgestochen wurde! Führen Sie sich vor Augen, was dieses Kind durchgemacht hat!«

Eine Überraschung war für alle das neue Gutachten. Michael hatte dem Psychologen gegenüber behauptet, sämtliche Angaben, die er 1982 gemacht habe, seien falsch. Tatsächlich habe er niemals sadistische Anwandlungen gehabt. Er habe damals gelogen, damit man ihm eine verminderte Zurechnungsfähigkeit attestiere und das Strafmaß dementsprechend herabsetze.

»Heißt das«, fragte Richter Joachim Günther scharf, »daß alle Ihre Aussagen von damals nicht der Wahrheit entsprechen?«

Michael hielt den Kopf gesenkt. »Das ist richtig«, sagte er leise.

»Sie wollen uns aber doch nicht weismachen, daß auch Ihr Geständnis eine Erfindung war, oder?«

Michael schüttelte schnell den Kopf. »Nein, das will ich nicht.«

»Sie haben Sven Behrendt also getötet?«

»Ja.«

»Sie haben früher erklärt, der Mord habe Sie sexuell erregt.«

»Das war gelogen.«

»Inwiefern?«

»Ich war nicht erregt. Ich hatte nur Angst, daß er jemandem erzählt, daß er bei mir war.«

»Sie wollten ihn also nicht fortlassen?«

»Doch, aber er fing plötzlich an zu schreien. Da hab' ich Angst bekommen.«

»Wovor?«

»Daß jemand die Schreie hört.«

»Das hätten Sie verhindern können, indem Sie ihn einfach nach Hause geschickt hätten, oder?«

Michael senkte den Kopf noch weiter und schwieg.

Günther setzte nach. »Herr Berger, noch einmal: Warum haben Sie den Jungen nicht einfach gehen lassen?«

»Ich weiß nicht.«

Der Richter seufzte und blätterte in seinen Akten.

»Im neuen Gutachten steht, Sie behaupten, daß Kinder Sie niemals sexuell erregt hätten. Das ist ein krasser Gegensatz zu dem, was Sie früher ausgesagt haben.«

»Das weiß ich. Ich habe damals gelogen, das hab' ich Ihnen schon gesagt.«

»Hier steht, Sie seien lediglich auf Männer Ihres Alters fixiert. Stimmt das?«

Zögernd: »Ja.«

»Sie sind demnach homosexuell.«

»Ja.«

»Im Gefängnis hatten Sie mehrere Beziehungen, nicht wahr?«

»Ja. Zu zwei Männern.«

»Waren sie intim miteinander?«

»Ja.«

Der Staatsanwalt ließ sich das Wort erteilen. »Herr Berger«, sagte Abel, »Ihre Freundin hat uns damals erzählt, was Sie von ihr verlangten. Erinnern Sie sich daran?«

»Ja, sicher.«

»Wollen Sie dem Gericht verkaufen, Ihre Freundin habe all das erfunden?«

Michael schüttelte hastig den Kopf. »Nein. Aber das war erst nach der Sache mit dem Jungen. Ich hatte Angst, geschnappt zu werden. Deshalb sollte Jana mir von den toten Kindern erzählen, damit ich später den Paragraphen bekomme.« Damit meinte er seine verminderte Zurechnungsfähigkeit.

Abels Stimme klang sehr, sehr zweifelnd. »Sie haben all das also im voraus geplant?«

»Ja, habe ich.«

Der Staatsanwalt schüttelte verständnislos den Kopf und erklärte, er habe keine weiteren Fragen.

So ging es weiter. Michael widerrief fast sämtliche Aussagen hinsichtlich seiner Sexualität und der Motive, die zu dem Mord geführt hatten. Er sei damals wie heute völlig gesund.

Es war offensichtlich, worauf dieser Widerspruch hinauslief: Sollte seine lebenslange Haftstrafe auf die zehnjährige Jugendstrafe verkürzt werden – was nach dem Gesetz unumgänglich war –, drohte im Anschluß daran immer noch die Einweisung in eine psychiatrische Klinik. Mit seiner Behauptung, er sei völlig gesund, wollte Michael dem entgegenwirken. Der Trick war naheliegend, und wenn auch jeder im Gericht ihn durchschaute, blieb Günther doch nichts anderes übrig, als eine erneute

Begutachtung anzuordnen und die Verhandlung zu vertagen.

Schading wetterte; Wolfram Abel zog ein langes Gesicht; und Maria Behrend konnte überhaupt nicht fassen, was um sie herum geschah. Michael Berger hatte ihren Sohn getötet, und jetzt sah es aus, als wollte man ihn laufenlassen. Sie weinte, als die Verhandlung abgebrochen wurde.

Michael wurde mit emotionslosem Gesicht aus dem Saal geführt und ein drittes Mal in die Obhut der Charité übergeben.

Als der Prozeß am 2. Dezember fortgesetzt wurde, lag ein neues Gutachten vor. Zum Erstaunen aller hatte Michael nun sämtliche Aussagen vom ersten Verhandlungstag widerrufen und den Psychologen erklärt, er stehe zu allem, was er bereits 1982 angegeben habe. Ja, der Mord habe ihn erregt. Ja, er habe damals auf kleine Jungs gestanden. Ja, Janas Erzählungen seien für ihn eine sexuelle Stimulanz gewesen.

Das Gutachten wiederholte vieles von dem, was bereits vor zehn Jahren festgestellt worden war. Michael Berger sei damals ein krankhafter Sadist gewesen, der sich jedoch heute auf dem Weg der Besserung befinde. Wie weit diese fortgeschritten sei, könne nicht festgestellt werden. Er habe sich zum Zeitpunkt der Tat auf dem Entwicklungsstand eines Achtzehnjährigen befunden und sei zudem nur vermindert zurechnungsfähig gewesen. Seine sexuelle Entwicklung im Gefängnis und sein eindeutiges Bekenntnis, homosexuell zu sein, führten aber zu dem Schluß, daß die Gefahr weiterer Straftaten enorm gesunken sei.

Michael entschuldigte sich bei den Anwesenden dafür, daß er im vorangegangenen Gutachten und während des ersten Verhandlungstages gelogen hatte. Er werde von nun an bei der Wahrheit bleiben und alle Fragen so ehrlich wie möglich beantworten. Offenbar hatte Ketzel ihn nach der ersten Verhandlung beiseite genommen und ihm klargemacht, daß es wenig Sinn hatte, dem Gericht so offensichtliche Unwahrheiten aufzutischen. Michael selbst gab keine Erklärung für sein Verhalten ab.

Nachdem soweit alles klargestellt worden war, befragten Günther, Abel und Schading Michael als erstes zu seiner Kindheit. Überraschend freimütig schilderte er ihnen den Mißbrauch durch den alten Schuhmacher, das Schweineschlachten und seine frühe Vorliebe für kleine Jungs. Schließlich wollten Richter und Staatsanwalt mehr über seine Beziehung zu Jana wissen.

»Hat sie Sie sexuell erregt?«

»Nicht wirklich.«

»Was hat Ihnen dann an ihr gefallen?«

»Sie war die einzige, mit der ich reden konnte. Manchmal, vor allem, wenn wir miteinander geschlafen haben, hab' ich mir vorgestellt, sie wäre ein Junge.«

»Wie erklären Sie sich, daß sie sich so bereitwillig auf Ihre Wünsche eingelassen hat?«

»Sie wollte mich nicht verlieren.«

»Hätten Sie sie verlassen, wenn sie all das nicht mitgemacht hätte?«

»Ich weiß nicht. Wahrscheinlich schon.«

Kurz darauf wurden die Jahre im Gefängnis zum Gegenstand der Befragung. Michael blieb weiterhin gesprächig und sperrte sich nicht mehr gegen die Fragen des Gerichts, ganz gleich, wie unangenehm sie ihm auch waren.

»Haben Sie während der Haft noch das Bedürfnis nach kleinen Jungs verspürt?« fragte Günther.

»Nein.«

»Niemals?«

»Nein. Ich bin im nachhinein über mich selbst sehr ... erschrocken. Manchmal hatte ich auch Angst vor mir selbst.«

»Lag die Tatsache, daß Sie nicht mehr so oft an Kinder dachten, nicht vielleicht auch daran, daß Sie immer noch die Befriedigung der Tat verspürten?«

»Vielleicht, ja.«

»Im Gutachten steht, Sie seien während der ersten Jahre im Gefängnis oft allein gewesen. Haben Sie nie Kontakt zu Ihren Mithäftlingen gesucht?«

»Anfangs nicht, erst später.«

»Als Sie Ihren ersten Partner kennenlernten?«

»Ja.«

»Wie lange waren Sie zusammen?«

Michaels Antwort kam ohne Zögern, als hätte er mit dieser Frage gerechnet. »Ungefähr vier Jahre, dann bin ich verlegt worden. Dort habe ich dann jemand anderen kennengelernt.«

»Sie haben uns bereits gesagt, daß Sie mit Ihren Partnern intim waren. Haben Sie dabei ähnliche Forderungen gestellt wie damals bei Ihrer Freundin?«

»Nie. Das war nicht nötig. Ich hab' dabei nie an Kinder gedacht, wenn Sie das meinen.«

»Die sexuellen Kontakte mit den beiden Männern haben Ihnen also völlig gereicht?«

»Ja.«

»Haben Sie mit den beiden über Ihre Tat gesprochen?«

»Nein. Ich hätte auch gar nicht gewußt, wie ich das hätte erklären sollen.«

»Sie hatten nach der Wende auch Ausgang.«

»Dreimal.«

»Was haben Sie da getan?«

»Ich bin durch Berlin gelaufen.«

»Haben Sie dabei Kinder gesehen?«

Michael nickte. »Aber ich habe nichts dabei gespürt.«

»Und wie war das bei Frauen? Erregt Sie der Gedanke an Frauen noch?«

»Manchmal. Hübsche Frauen gefallen mir, aber nicht so sehr wie Männer.«

Ein Professor der Charité wurde in den Zeugenstand gerufen. Er gab weitere Details zu Michaels Jugend ab, sprach von einer ›hysterischen Form der Liebe‹ der Mutter zu ihrem Sohn, die aber von ihm nie als wahre Zuneigung akzeptiert worden war. Der Psychologe schilderte Michaels Prüderie während seiner Pubertät und führte sie unter anderem auf die Tatsache zurück, daß seine Eltern stets bemüht waren, ihn von allen Aspekten der Sexualität abzuschirmen. Michael habe beide niemals nackt gesehen, und selbst der Mißbrauch durch den Schuhmacher sei nie offen diskutiert worden. Niemand habe sich jemals bemüht, mit ihm über dieses Erlebnis zu sprechen, der Junge habe stets alles in sich hineinfressen müssen. Schließlich sei das Schweineschlachten für ihn zu einem sexuellen Schlüsselerlebnis geworden; den Grund dafür habe man in der Charité allerdings trotz zahlreicher Versuche nicht herausfinden können.

Michael sei homosexuell mit der Möglichkeit einer Entwicklung zum Heterosexuellen, fuhr der Sachverständige fort. In der Haft habe er keine andere Wahl gehabt, als mit Männern zu verkehren, doch selbst dort habe er eher Wärme und Zuneigung als direkten Sex gesucht.

Abschließend erklärte der Psychologe, er halte eine

Einweisung in ein psychiatrisches Krankenhaus für sinnvoll, mit der Möglichkeit, vorsichtige Kontakte zum anderen Geschlecht, eventuell sogar zu Kindern herzustellen. Die Wahrscheinlichkeit, daß Michaels Sadismus erneut zum Ausbruch käme, sei sehr gering, aber nicht völlig auszuschließen. Der letzte Begutachtungszeitraum sei zu kurz gewesen, als daß er hierzu eine hundertprozentige Aussage machen könne.

»Wenn ich Sie recht verstehe«, sagte Günther, »dann wußte der Angeklagte zwar, daß er es nicht verhindern konnte, hat das Verbrechen aber auch nicht bewußt geplant. Das liefe auf eine erhebliche Schuldminderung hinaus . . .«

»Das ist richtig«, erwiderte der Psychologe.

Schading ging hinter seinem Pult hoch wie eine Rakete. »Das ist doch absurd. Man hätte erwarten können, daß er einen Arzt aufsucht. Berger wußte, wie es um ihn stand, schon seit Jahren, und er hat nichts dagegen unternommen. Er hat schon vor der Tat oft genug daran gedacht, ein Kind zu töten. Seine Phantasien könnte man deshalb genausogut als Planung deuten.«

Der Professor schüttelte energisch den Kopf. »Der Mord war kein geplantes Verbrechen. Sadisten verdrängen ihre Neigungen, bis sie zum Ausbruch kommen. Sie würden niemals zu einem Arzt gehen.«

Günther blätterte in seinen Akten und wandte sich dann wieder an den Psychologen. »Im ersten Gutachten von 1982 steht, die Krankheit sei so schlimm, daß kaum Heilungschancen bestehen. Jetzt erklären Sie uns, während der letzten zehn Jahre habe sich die Prognose enorm verbessert.«

Der Professor seufzte. »Ich kann die Wahrscheinlichkeit einer Wiederholungstat nicht auf zehn oder fünfzehn Prozent festlegen.«

»Ein Prozent ist mehr als genug«, warf Schading ein.

»Das heißt«, sagte Günther, »wenn wir Herrn Berger jetzt freilassen, können wir möglicherweise gleich *auf Wiedersehen* sagen?«

»Ich kann das Risiko nicht ausschließen. Wir brauchen mehr Zeit, um die Gefahr eines Rückfalls besser einzuschätzen.«

»Sie sprechen von einer stationären Beobachtung innerhalb der Charité?«

»Günstigstenfalls, ja.«

»Wieviel Zeit benötigen Sie?«

Der Professor überlegte kurz. »Mindestens zwei Monate.«

Günther atmete tief durch, dann fällte er seine Entscheidung.

»Die Verhandlung wird hiermit vertagt«, verkündete er.

»Was stellen Sie sich denn vor, wie es mit Ihnen weitergehen soll?« war eine der ersten Fragen, die Günther seinem Angeklagten stellte, als der Prozeß am 19. Mai 1992 wieder eröffnet wurde.

Michael wechselte einen Blick mit Ketzel. Der Anwalt nickte und antwortete statt seiner. »Herr Berger hat während der vergangenen zehn Jahre regelmäßig Kontakt zu seinen Eltern gehabt. Sie haben sich bereit erklärt, ihren Sohn wieder bei sich aufzunehmen und ihm Arbeit zu besorgen.«

Michaels Eltern waren bereits kurz nach dessen Verurteilung vor zehn Jahren aus Halle fortgezogen. Anonyme Briefe und Anrufe, Freunde und Verwandte, die sich von ihnen abwandten, und Fremde, die sie auf offener Straße beschimpften, hatten sie überzeugt, daß ein Umzug die einzige Möglichkeit einer Rückkehr in ein normales Leben war. Noch Jahre danach hatte es Veröffentlichungen zu dem Fall gegeben; die Bergers wußten, daß sie in Halle nie wieder Ruhe finden würden. Günther hörte sich die Ausführungen Ketzels über Michaels mögliche Zukunft an, dann rief er ein weiteres Mal den Professor der Charité in den Zeugenstand.

Der Gutachter erklärte dem Gericht erneut, daß Michael sich zum Zeitpunkt des Mordes auf dem Entwicklungsstand eines Vierzehn- bis Achtzehnjährigen befunden hätte. Er sei Opfer einer emotionalen Verarmung gewesen, unfähig, echte Liebe oder auch nur Mitleid zu empfinden. Allerdings habe in seinem Fall eine entwicklungsbedingte Form des Sadismus vorgelegen, die über die Jahre hinweg heilbar sei.

Das stand im Widerspruch zu einigen Angaben, die der Wissenschaftler an den früheren Verhandlungstagen gemacht hatte. Günther sah finster drein. »Ist sein Sadismus nun gefährlich oder nicht?« fragte er mit Nachdruck.

Die Gesichter der übrigen Juristen verrieten, daß sie ebenfalls endlich nach einer klaren Aussage verlangten.

Der Professor holte tief Luft. »Die Rückfallrate bei Sadisten ist sehr hoch, zwischen zwanzig und achtzig Prozent«, begann er.

Schading wollte etwas einwerfen, bremste sich aber im letzten Moment.

»Allerdings sieht die Angelegenheit im Fall eines entwicklungsbedingten Sadismus anders aus«, fuhr der Wissenschaftler fort. »Dieser beginnt meist erst im Alter von etwa zwölf Jahren und kann sich häufig nach einigen Jahren von selbst wieder aufheben. Bei Michael Berger liegt eindeutig ein solcher entwicklungsbedingter Sadismus vor.«

»Dann erklären Sie uns doch bitte, was für eine akute Gefährlichkeit spricht«, verlangte Schading.

»Dafür spricht, daß er uns nie exakt angeben konnte, wann genau seine Phantasien verschwanden. Auch seine homosexuellen Kontakte sind hier kein klares Anzeichen für seinen Sinneswandel. Erschwerend kommen auch die bewußten Falschaussagen während der zweiten Begutachtung hinzu, obwohl er diese später zugab und sich dafür entschuldigte. Trotzdem zeigen sie, daß Herr Berger nur bedingt glaubwürdig ist.«

Der Professor machte eine kurze Pause und fuhr dann fort. »*Gegen* eine Gefährlichkeit spricht allerdings die Tatsache, daß während seiner Ausgänge in Berlin niemals irgend etwas vorgefallen ist, obwohl theoretisch die Möglichkeit dazu bestanden hätte. Zudem haben wir Herrn Berger verschiedenen Untersuchungen und Experimenten unterzogen, unter anderem einem Alkoholtest. Selbst als er betrunken war, kam nichts von seinem früheren Verhalten zum Ausbruch. Wir haben ihn mit einer jungen Assistentin zusammen in einen Raum gesetzt, um seine Reaktion zu überprüfen. Gewöhnlich reagieren Sadisten in solchen Situationen sehr unsicher, und auch Herr Berger hätte noch vor zehn Jahren am liebsten Reißaus genommen, dessen bin ich sicher. Dieses Mal blieb er jedoch völlig ruhig, unterhielt sich mit ihr und zeigte kein ungewöhnliches Verhalten.«

»Haben Sie ihn jemals mit Kindern zusammengebracht?« fragte Richter Günther.

Der Gutachter schüttelte den Kopf. »Nein, wir wollten eine solche Konfrontation nicht erzwingen. Während seines Ausgangs hätte er allerdings mehrfach Gelegenheit gehabt, Kontakt zu Kindern aufzunehmen. Er hat es trotzdem nicht getan.«

»Was heißt das im Klartext?« fragte Schading.

»Das heißt, daß es ein Für und Wider gibt. Trotz aller Untersuchungen kann ich mich nicht definitiv festlegen. Ich kann lediglich sagen, daß die positiven Anzeichen für eine Heilung eindeutig überwiegen. Ich bin jedoch der Ansicht, daß ein Aufenthalt in einer psychiatrischen Klinik nicht von großem Nutzen wäre. Im Gegenteil: Je länger Herr Berger von der Außenwelt getrennt wird, um so lebensuntüchtiger wird er. Von einer langfristigen Einweisung möchte ich deshalb auf jeden Fall abraten.«

Nach einem Blick in die Gesichter der Richter und Anwälte fügte er hinzu: »Es tut mir leid, daß ich beim Gericht solche Ratlosigkeit hinterlasse.« Dann zog er sich auf seinen Platz zurück.

Schließlich ergriff Abel als Staatsanwalt das Wort. »Vermutlich bin ich im Saal derjenige, der sich am längsten mit dem Fall beschäftigt hat. Ich habe damals die Anklage nicht vor Gericht vertreten, habe aber an den Ermittlungen teilgenommen und kann mich noch sehr gut an die Reaktionen der Bevölkerung erinnern. Das Urteil von 1982 wurde damals allgemein als gerecht empfunden. Trotzdem bin ich heute der Ansicht, daß der damalige Antrag der Verteidigung auf eine psychiatrische Behandlung richtig war. Ich glaube, daß wir hier eine gemeinsame Verantwortung für das weitere Leben von Herrn Berger, aber auch für alle gefährdeten Kinder haben. Ich bin deshalb überzeugt, daß eine Einweisung und Behandlung unumgänglich ist.« Zuletzt beantragte er, das frühere Urteil beizubehalten, die Haftstrafe auf eine zehnjährige Jugendstrafe zu verkürzen, und – da diese mittlerweile abgelaufen war – den Angeklagten vorerst in einer Klinik unterzubringen.

Im Anschluß an die Plädoyers der Verteidiger und des

Nebenklägers zog das Gericht sich zur Beratung zurück. Als die Verhandlung schließlich zur Urteilsverkündung fortgesetzt wurde, herrschte angespanntes Schweigen. Dann ergriff Richter Günther das Wort.

»Wir haben uns mit der Urteilsfindung zugegebenermaßen recht schwergetan«, begann er. »Laut den hier vorgetragenen Ausführungen des Gutachters zeichnet sich ein schwerer Sadismus durch eine hohe Rückfallquote aus, was unsere Entscheidung letztlich am stärksten beeinflußt hat. Einige Punkte sprechen dafür, daß der Sadismus im Fall von Herrn Berger nicht akut, trotzdem aber latent vorhanden ist, und es ist die Aufgabe des Gerichts, die Gefahr für das gesellschaftliche Umfeld so gering wie möglich zu halten. Wir sind daher zu dem Schluß gekommen, daß eine Einweisung zwingend erforderlich ist. Eine solche Unterbringung hätte bereits damals erfolgen müssen, dann wäre uns allen heute die Entscheidung möglicherweise ein wenig leichter gefallen. So aber kommen wir zu folgendem Beschluß: Das Urteil auf Mord in Tateinheit mit einem sexuellen Verbrechen wird aufrechterhalten, die lebenslange Haftstrafe jedoch auf die Jugendhöchststrafe von zehn Jahren herabgesetzt. Da diese im November vergangenen Jahres abgelaufen ist, wird der Angeklagte Michael Berger zur weiteren Behandlung in die Landesklinik Bernburg eingewiesen, mit der Option, spätestens nach einem Jahr zu prüfen, wie sich sein Sadismus entwickelt hat. Es steht der Verteidigung frei, dann eine erneute Entscheidung zu beantragen.«

Richter Günther klappte seine Unterlagen zu und stand auf. Kaum einer der Zuschauer regte sich, kaum einer sprach, als Michael sich von seinem Platz erhob und ohne jedes Zeichen einer Emotion aus dem Saal geführt wurde. Selbst als er bereits durch die Tür verschwunden war, dauerte es noch einige Augenblicke, bis die ersten aufstanden, Jacken und Mäntel überzogen und mit einer Mischung aus Müdigkeit und Erleichterung den Gerichtssaal verließen.

Epilog

Es ist tatsächlich etwas los mit den meisten Menschen, die sich tätowieren lassen. Zumindest irgendein schreckliches Schicksal.

– Truman Capote

In einer jener trostlosen Stunden nach Sendeschluß nahm Klaus Behrendt einen weiteren Schluck aus seiner Flasche und hoffte, daß der Junge ein für allemal gegangen war. Einsame, traurige Menschen neigen zu seltsamen Ideen, und Klaus war keine Ausnahme. Er starrte oft stundenlang auf den rauschenden Fernsehschirm, und wenn er eintauchte in dieses flirrende, wirbelnde Niemandsland, dann glaubte er zu sehen, wie die Punkte des Lichtrasters sich zu knisternden Formen gruppierten. Manchmal sah er Figuren, hier und da ein Gesicht. Als Kind hatte er das gemocht, hinaufstarren in den Frühlingshimmel, während die treibenden Wolken zerflossen und zu Dingen wurden, die nur er allein erkannte. Einsame, traurige Ideen.

Er beugte sich über die Sessellehne und stellte die Flasche auf den Boden. Der Schnaps wütete in seinem Körper; schon jetzt sah er den Bildschirm auf der anderen Seite des Raumes wie durch ein engmaschiges Moskitonetz. Wenn die Flasche leer war, würde sich das legen. Dann würde er irgendwann nichts mehr sehen, nicht mehr das Fernsehgerät und nicht mehr den Jungen.

Er stieß auf und bewegte dabei den Unterkiefer, als zerkaue er seinen eigenen sauren Atem. Der scharfe Geruch seines Körpers erfüllte den Raum; der Gestank eines alten Mannes, der er noch nicht war. Manchmal, wie jetzt, konnte er sich selber riechen, und es erfüllte ihn mit Ekel. Anfangs, als es noch nicht ganz so schlimm um ihn stand, hatte er gelegentlich die Fenster geöffnet und frische Luft eingelassen. Bis er bemerkte, daß mit der Luft manchmal etwas anderes hereinkam. Wenn unten auf der Straße die Kinder aus der Nachbarschaft spielten, wenn sie lachten und johlten, brüllten und weinten, dann kroch die Erinnerung an der grauen Fassade herauf und machte, daß er das Fenster wieder schloß, daß er weinte.

Die Wohnzimmertapete hatte er aus Resten zusammengestückelt, manches war mehrfach überklebt. Die Wand, vor der jetzt das Fernsehgerät stand und ihn mit seinem zischenden Zyklopenauge beglotzte, sah aus wie ein Flickenteppich. Seit sie vor Monaten die meisten seiner Möbel mitgenommen hatten, lagen die Schichten offen da für jeden, der sich die Mühe machte, die Treppen zur Wohnung hinaufzusteigen. Das einzige, was die Tapeten gemeinsam hatten, war der gelbbraune Grundton. Klaus mochte Braun.

Es gab kaum noch Möbel im Raum, nur Sofa, Sessel, Fernseher und einen niedrigen Tisch, gleich neben ihm. Seit Tagen stand darauf ein Becher mit offenem Fleischsalat. Die Farbe der brüchigen Mayonnaise harmonierte mit den Tapeten.

Klaus' Arme und Oberkörper waren mit Tätowierungen bedeckt. Die ersten hatte er bereits während seiner Jahre auf See anfertigen lassen, doch die meisten stammten aus der Zeit nach der Scheidung. Die Bilder auf seiner Haut waren keine Kunstwerke. Man hatte ihm versprochen, daß die Ränder sich nicht verfärben würden, aber natürlich hatten sie es trotzdem getan und schimmerten hellblau wie Krampfadern. Einige hatte er sich selbst in die Haut geritzt. Muster und Formen ohne Sinn und Ästhetik. Anfangs hatte er geglaubt, daß sie ihm recht gut gelungen waren. Später wurde ihm klar, daß das nicht stimmte; sie waren häßlich und vernarbt.

Während er auf Alkohol und Fernsehschnee dahintrieb, sprang seine eigene Schaltung wieder auf den Privatkanal in seinem Kopf. Auf sein ganz persönliches Programm, eines ohne Sendeschluß. Er sah Bilder, sah den Jungen.

Leise begann er zu weinen. Der rauschende Fernsehschirm warf flackernde Irrlichter in den Raum, und sein Flüstern zischte ihm um die Ohren wie schwarze Papierflugzeuge. Endlich schlief er ein.

Das Programm in seinem Kopf lief weiter.

ENDE